KEIGO HIGASHINO
東野圭吾 作品集——5

東野圭吾 張智淵 譯

布魯特斯的心臟

ブルータスの心臓

【專文導讀】

以純粹、俐落、乾淨的色彩，透視社會夾縫中潛藏的惡之源

【暨南大學推理同好會顧問】余小芳

東野圭吾，一九五八年二月四日出生於日本大阪市，畢業於大阪府立大學工學部電氣工學科後，一方面在日本電裝公司擔任生產技術工程師，同時也進行推理小說的創作，投稿以長篇推理小說為審查對象的江戶川亂步獎。

在他十多歲的少年時期，曾因為閱讀小峰元《阿基米德借刀殺人》而深深獲得感動，往後又翻閱松本清張《點與線》、《零的焦點》等作。躍躍欲試的他以社會重大議題為主題，撰寫個人生涯首本長篇小說，然而大學時期由於第二部創作因被同學嫌棄而暫且擱筆。

一九八三年，《人形たちの家》投稿江戶川亂步獎落選；一九八四年，《魔球》入圍，但未能獲獎；第三年《放學後》運用青春校園推理的背景，融合高中女生的神秘特質，與森雅裕《莫札特不唱搖籃曲》共同獲得第三十一屆江戶川亂步獎。

頂著光環出道的東野圭吾，得獎次年隨即辭去大阪的穩定工作而前往東京戮力於寫作，然而此後奮戰二十餘年，除了中途於一九九九年以《祕密》一書奪得第五十二屆日本推理作家協會獎以外，卻總是和大小獎項擦身而過；直至以愛情兼容詭計之《嫌疑犯X的獻身》獲得多項大獎的肯定而讓他再度掙得推理文壇的一個地位與席次，過程可謂艱辛不已。

比較東野圭吾從早期、中期到近期的作品風格轉變，若以解謎性和故事性的比例判斷。早期多以本格解謎型的作品為主，有著乾淨、不受污染的特色，從《放學後》、《十一字殺人》等書可意識其以詭計為中心的思想；中期在處理謎團及詭計的同時，背後的動機和人性色彩也顯現得相當清楚，《惡意》可說是當中的翹楚之作；然而到了近期，倒是在強大的故事性當中融合巧妙的謎團，如《嫌疑犯X的獻身》、《流星之絆》等書。

回頭檢視東野圭吾的創作軌跡，其實是有趣的。其出道作場景為女子高中，從青春與不安的雙線基礎，漸次走往晦澀、沉重的情緒；《畢業：雪月花殺人遊戲》、《白馬山莊殺人事件》、等作挑戰密室題材，偵探的身分為大學生；再如《学生街の殺人》、《十字屋敷のピエロ》皆是以年輕人為主角的小說。由此可見東野圭吾在初期的創作上，頗為喜歡挑戰密室的構成，也常以年輕人為故事要角。

《布魯特斯的心臟》出版於一九八〇年代後期，有著高度的解謎風采，充滿純粹俐落的優點。雖然不如往後作品的濃厚批判性及社會性，然而寫實的特質依然閃耀著，宿命的論調、社會的不公、人性的黑暗，在本書中已可窺見一斑，而這些特點後來成為東野圭吾書寫上大加描繪的對象。

本書以企業為舞台，以一名女性職員的懷孕為切入點，帶出三個與她有肉體關係的年輕男性之生活，他們為求保全自己在公司地位及前途，聯手策劃殺害這名女子，透過分工合作來製造彼此的不在場證明，可謂一場完美的完全犯罪。這樣的設定別出心裁，頗有派翠西亞・海史密斯（Patricia Highsmith）《火車怪客》交換殺人、查無動機的創意和架式。

以犯罪小說慣有的開頭為主，有著懸疑緊張的氣氛，中途並揭露血緣及裙帶關係在社會上所造成的不公現象，以及在夾縫中欲求生存的人們，但也或許是許多人都潛藏這樣的野心，對於利益汲汲營營的態度反倒令讀者充分地感受黑暗的力量和味道。

雖然作者寫得不很清楚，然而仔細區分，依然可以察覺書中的事件共有兩大項。一件為先前一名員工疑似因為業務意外而喪生，另一件則是接力殺人的構想和執行。本書最先出現的轉折點在於屍體被調包的事實，此讓原本完美的計畫陷入膠著，也推動整體作品內容的進程，使得本作真正成為一部專注於解謎推理的作品。另外，對於合作對象的個人特質、態度堅定與否的不安因素，幾個人之間的猜忌和曖昧亦可能是破壞這場恐怖平衡的主因。

「布魯特斯」為機器人的名字，只依照程式的設計行動，它不似人類擁有豐沛情感、愛恨糾葛及喜怒哀樂的情緒；和人類相互對照，也許單純得多。然而現實社會原以人類為基礎構成，「人」的因素對於整體犯罪構圖的拼貼和組成，占據著極為重要的位置；在主角及警方探查案件的過程當中，逐漸拾起失落的環節，讓錯綜複雜的人際關係浮上檯面，並將事件的全貌攤開於讀者眼前。

在二十餘年的創作歷程裡面，東野圭吾創造了幾位名偵探，著名的有加賀恭一郎系列、天下一大五郎系列及湯川學系列。

加賀恭一郎自《畢業：雪月花殺人遊戲》登場，再度於《沉睡的森林》現身，其身分已由學生轉變為刑警，而作品的內涵也開始產生質變與層次的跳躍。《どちらかが彼女を殺した》、《惡意》、《私が彼を殺した》等，都是當中的赫赫有名之作。再來，以天下一大五郎

為系列主角的作品不多，如《名偵探的守則》、《名探偵の呪縛》，其風格歸屬輕鬆幽默、諷刺逗趣。至於湯川學系列偵探的塑造可謂回歸作者個人所學，首部作品為《偵探伽利略》，其以理性的科學精神為依歸，打破種種不可思議事件及迷思，《預知夢》亦富含這樣的特質，以離經叛道的怪奇之說破題，用科學的理性邏輯分析結尾。前面作品以短篇為主，湯川學的個人特色並不鮮明，然而在《嫌疑犯X的現身》重新登場，為求和數學天才石神對決而讓他的個性特徵被大為強化，續作有《聖女的救贖》、《伽利略的苦惱》等。

在這些系列作之外，仍有一些特殊的散作，它們沒有名偵探的加持，沒有繁複華麗的詭計，亦不刻意塑造陰森恐怖的氛圍。《布魯特斯的心臟》包藏前述的設定，兼容犯罪小說的風味，以純粹、俐落、乾淨的色彩，透視社會夾縫中潛藏的惡之源，於此，必定能讓讀者對於東野圭吾有著更加全面的認識和期待。

目次

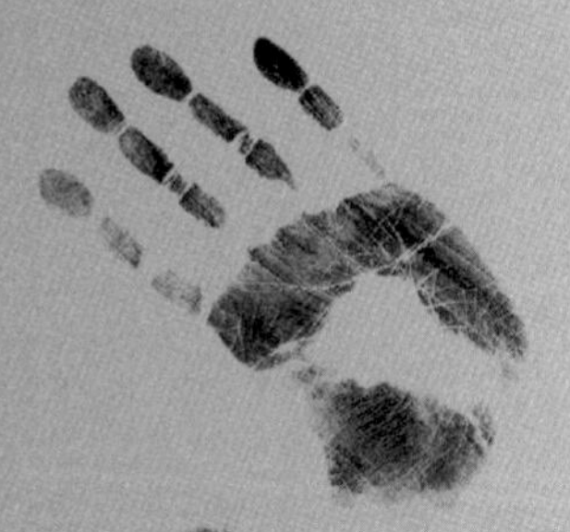

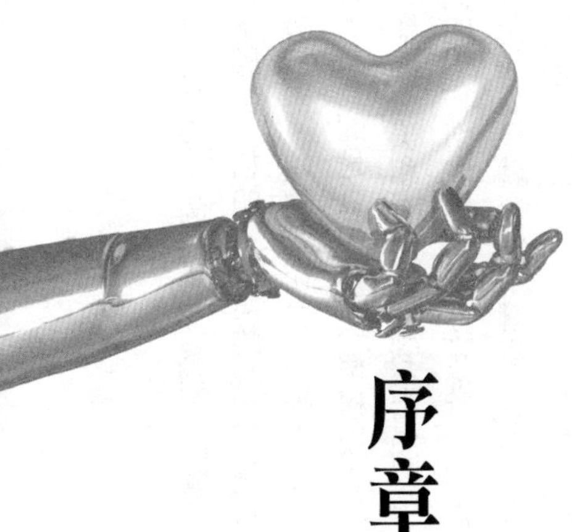

序章

經過直美身旁，高島勇二感到一陣莫名的涼意爬過背脊。

他停下腳步，抬頭看直美的身體。她依舊面無表情地不停舞動那雙細長手臂，動作規律且精準得令人嘖嘖稱奇。她的動作一如往常，感覺不出任何異樣。他將目光移向她身旁，看到站在一旁的春子。春子負責的是直美的上一個程序，負責細部組裝與焊接，而直美的工作則是最後的組裝。

勇二離開直美和春子，回到走道開始平常的路線。工廠內光線微暗，其實就算一片漆黑也不會對她們的工作造成影響。今晚就是為了他才留下些許照明，沒有光線的話，他連路都沒辦法走了。他每走幾公尺就會停下腳步，檢視走道兩側這群沉默夥伴的工作情形。

時間是凌晨三點。第三組裝工廠中，有三十台機器人正在運作，它們無需休息或吃飯，一天二十四小時持續工作。這間工廠的工作人員，包含勇二在內也只有兩個人，然而他卻不曾在上班時間和另一名同事碰過面。因為當其中一人值日班，另一人就值夜班，所以兩人打卡單上的數字幾乎不會有所交集。

勇二面對三十台冷冰冰的機器人度過漫漫長夜，黎明時再與同事換班。兩人只有這時交會，但也經常碰不到面，因為交接事項也只需要輸入電腦就行了。

下班後，勇二更衣回單身宿舍，在專為夜班人員而設的員工餐廳吃下難吃的套餐，接著洗澡，看完事先預錄好的錄影帶後睡覺。睡到傍晚，起床吃了難吃的餐點，然後上班。工廠裡三十台機器人以平常規律的動作，進行與昨晚完全相同的工作。勇二四處巡邏，補充零件。

這種生活持續兩週，隔兩週後，再值夜班。這樣的生活他已經持續一年多了。

我受不了了，勇二抬頭看著大型焊接機器人喃喃自語。輪夜班後，今晚正好是第十天。他想和人說話、想感受真人的觸感。

他想起了女友，她長髮飄逸，五官令人不由得聯想到日本人偶，勇二幾乎每個星期日一定會和她碰面。他自己本身較為沉默寡言，而比起其他年輕女孩，她的話也較少。即使如此，與她相處的時光對他而言，仍是一帖恢復精神的提神丹，使他精神為之一振，足以再奮鬥一星期。

但是前一陣子的星期日，因為她有推不掉的事而無法碰面，不得已他只好獨自上街購物，然後回家。這雖然多少能轉換心情，卻無法和跟她約會相提並論。

兩個多星期沒見到她，令勇二身心備受煎熬。而且他在值夜班，連通電話都不能打。

結婚之後非設法請上頭替我調部門才行——他再度暗自提醒自己。雖然還沒介紹給父母認識，但他打算與她結婚，這樣兩人才能朝夕相處，但若是繼續現在這份工作，就辦不到了。兩人打算暫時都出去工作，所以每隔兩週就見不到面的生活將會持續下去。不過，兩班制在其他部門也很稀鬆平常，或許要完全避免夜班是天方夜譚，但總好過現在。至少那裡有活生生的人可以一起工作，對勇二而言，光是這點就很誘人，即使收入稍微減少也無所謂。

「不知道是哪個天才發明了這玩意兒，真希望他設身處地為我們想想。」盯著一整排機器作業員，勇二不禁咂嘴。

這時，通知狀況異常的警鈴響起。警鈴聲從勇二剛才走來的方向傳來，他看都不看隨著警鈴聲閃爍的燈光，便舉步走向發出狀況異常訊息的機器人。僅靠微妙的聲音差異，他就能立刻發現是哪一台機器人。再說，常出問題的機器人大多是熟面孔。

「果然是妳啊。」勇二看見春子停在從零件供應設備取出零件的狀態，嘟囔了一句。話雖如此，出問題的卻是零件供應設備，而不是機器人春子。由於第三組裝工廠少量生產多樣產品，輸送帶上放著各種尺寸的零件，因此零件卡在途中的情形極為常見。

零件供應設備位於春子和直美之間。

勇二一看，果然零件斜斜地卡住了，他想拿開零件，卻怎麼也拿不出來。

「真不乖，我生氣囉。」勇二抬起頭，低聲對著春子說。

那一瞬間，他看見了——直美落在春子身上的影子動了起來。

他無暇回頭或出聲，就在他想逃命時，直美細長的鋼鐵手臂用力打在他戴了工作帽的頭上。

他立刻昏厥，整個人倒在機器人面前的作業平台上。

直美倒下來壓在他身上。他發出微弱的呻吟，但那聲音不久後也消失了。

幾秒後，直美身上通知狀況異常的警鈴響起，但卻無人趕來。

這件事發生在凌晨三點。

除了直美和春子之外，機器人們忠實地持續作業。「失去」管理員的它們隔了半晌，身上的警鈴才因為欠缺各種零件而響起。

chapter 1

謀殺接力

I

看了裝設在汽車儀表板旁的電子鐘一眼，時間正從二十三點二十九分變成二十三點三十分。也就是說，下名古屋交流道之後過了一小時，汽車已經進入靜岡。

「真快。」末永拓也喃喃自語道。今晚沒有車禍或塞車。預定時間之前應該會抵達厚木吧。在厚木卸完貨，他的任務就結束了，接下來飆回名古屋就行了。拓也想打開收音機，但是手伸到一半，心想還是算了。他為了避免分心，一路上忍著不聽收音機。最好還是再繃緊神經一會兒，如果現在在這裡引發車禍，等於是自取滅亡。不只是車禍，要是因為超速而被躲起來的警車逮捕，那可就糟了。因為今晚行經此路段的紀錄，會留在警方手上。

拓也看了一眼車速表，時速一直維持在八十公里至一百公里的範圍內。就連剛考到駕照時，也不曾這麼遵守交通規則開車過。當前方完全看不見車尾燈時，他有一股衝動想踩下油門，但在差點踩下去之前硬是忍住，今晚的目的是安然抵達厚木。接近急轉彎的路段，拓也大大減速，小心翼翼地轉動方向盤。一輛大卡車從內線車道超車而去。轉彎之後，後方的貨架發出聲響。拓也不禁全身打了一個冷顫，接著心跳加速。拓也注意前方車況，調整後視鏡，檢查貨架。深藍色的睡袋稍微改變了位置，大概是因為轉彎的離心力而有所移動，除此之外，似乎別無異狀。

「別嚇我啦！」拓也歪著嘴角，將後視鏡調回來，映照出後方車輛的車頭燈。大概也有許多人以這種車速行駛在高速公路上，不見得每個人都想超拓也的車。

——這些傢伙大概猜不到我車上載了什麼吧。拓也瞥了四周的車一眼，面露詭異的笑容。

兩星期前——

「別開玩笑了！」拓也將命根子插在康子體內，狠狠地瞪著她。康子將雙手環在他脖子上反瞪回去，兩人停止腰部的動作。

「我當然沒在開玩笑。」雖然呼吸還有些紊亂，她的語調聽起來卻很冷靜。這女人具有獨特的嘶啞嗓音，以及不似日本人的五官，令人難以解讀她的情緒。

「妳是說孩子是我的嗎？怎麼可能？」拓也對那話兒使力，兩人更深入地交合。

康子霎時皺緊眉間，閉上雙眼，旋即睜開眼看拓也，問道：「你是什麼血型？」

「我怎麼知道？」

「跟你說，我是O型。所以如果孩子的血型是O型，就很可能是你的孩子。」

「和妳交往的男人，也有A型或B型的吧？這種情況下，也能生出O型的孩子，誰知道妳肚子裡的孩子是誰的種啊？」

康子咯咯嬌笑，說：「這很難說。」

「少裝蒜了！妳以為我什麼都不知道嗎？」

「我可沒那樣想，但是有很多事你應該不知道。」

「妳會拿掉吧？」拓也問。

康子臉上帶著笑容，爽快地回答：「我要生下來。」

「妳不曉得是誰的孩子，卻要生下來？」

「生下來就知道了，起碼我會知道。」康子自信滿滿地答道。

「絕對不可能是我的孩子。」
「話別說得太滿。就算是你的孩子，我也不在意。」
「知道是誰的孩子之後，妳打算怎麼做？」
「我要他負責。」康子的眼神彷彿在說：這是天經地義的事。
「妳要對方怎麼負責？」拓也一問，她睜大眼睛。
「有了孩子要男方負責，還用得著說要怎麼負責嗎？」
「結婚嗎？別鬧了。我們應該約定過了，絕口不提那種事的。」
「這我知道，特別是對你而言，現在是關鍵時刻。」康子露出意有所指的眼神。
「你只要承認他是你的孩子就行了，我不會要求你娶我。這樣可以吧？」
「妳要用這種方法向我敲詐贍養費嗎？」
「請你別用『敲詐』這種下流的字眼。這是我應有的權利吧？再說，比起你即將獲得的財產，你會付給我的金額，我心裡有數。」
「妳這話是認真的嗎？」
「當然是認真的。」
拓也抬起她的雙腿，跪著挺起上半身。下體軟了一半，兩人處於勉強合為一體的狀態。他直接伸長手臂，用雙掌箍住康子的脖子。「拿掉吧。」拓也說完輕輕掐她脖子。笑容從康子臉上消失了，隆起的乳房隨著稍微變急促的呼吸搖晃，一道汗水順著脖子流到拓也手上。
「你要殺我嗎？」

拓也不發一語，慢慢加強拇指的力道。康子眼中出現些許恐懼，然而緊抿的雙唇，依然不服輸地表現出她的堅強。拓也稍微減緩手指的力道。「算妳厲害。妳打算一輩子纏著我吧？但如果不是我的孩子，就是一樁悲劇了，妳明白嗎？」

「不管你怎麼說，我都不會拿掉孩子。」康子的表情又恢復從容，從紅色的唇瓣間露出潔白的牙齒，說：「我已經下定決心了。」

拓也再度用力勒緊康子纖細的脖子，她瞪大眼珠子。同時，拓也感覺到陰道縮緊的觸感，這股刺激令陰莖再度充血，等到恢復足夠的硬度之後，拓也開始抽送。他以掐住康子脖子的姿勢，反覆活塞運動。康子輕閉雙眼，嘴唇微張。「妳跟其他男人也說了相同的話吧？」拓也說。

康子微微睜開眼睛，斜眼瞧了他一眼，然後咧嘴露出一抹冷笑，彷彿再度品嘗男女交歡的滋味似的，口中開始呼出熱氣。

要動手就得趁早，拓也盯著那雙宛如紅色生物的嘴唇，思考著接下來該怎麼做。

2

末永拓也任職於主要產業機器廠商ＭＭ重工，今年邁入第九個年頭。

他隸屬於研究開發二課，目前主要負責人工智慧機器人的開發與應用。工作地點原則上是在調布的總公司大樓內，但每個月會去幾次埼玉的工廠，因為那裡有許多拓也著手開發出來的機器人在運作。拓也認為，自己是被上天選中的人。這不單指他是菁英分子，而是意味著他理應是人生的贏家。話雖如此，拓也的人生一路走來絕非得天獨厚，反而該說是完全相反。他生於滋賀縣，自幼喪母，由從事水泥工的父親一手拉拔長大。但是在他記憶中，從沒看過父親展現父愛。他總是喝得爛醉，為了買廉價的酒，就算讀小學的拓也營養午餐費遲交，他也絲毫不以為意。他的工作態度散漫，經常三天捕魚兩天曬網。或許是擔心這樣的生活環境，去世母親的妹妹三不五時會來看拓也，煮飯給他們吃。拓也不只喜歡阿姨煮的咖哩飯，也很喜歡她的人。

但是發生那件事之後，阿姨也不來了。

那一天，拓也放學回家，聽見屋內傳來爭執的聲音。他驚訝地打開門一看，喝醉酒的父親把她推倒，騎在她身上。父親一看見拓也，便像個壞掉的人偶停止動作，阿姨乘機從他身體底下脫身，整理好凌亂的裙襬後，從拓也身旁快步離去。阿姨的臉頰紅腫，好像被什麼打過，而且掛著淚痕。拓也抱著絕望的心情目送她的背影，看著盤腿坐在屋內正中央的父親的臉。拓也不曉得那個行為所代表的具體意義，只知道父親想對阿姨做出不禮貌的事。

父親將酒瓶拖過來後，發現兒子的視線，說：「你那是什麼眼神?!」

使出十成力推了拓也一把，他整個人跌倒，頭猛地撞上柱角，痛得他死去活來。他用手按住頭，手上沾著黏糊糊的鮮血。即使如此，父親仍沒有露出擔心的神色。現在拓也的右耳後方，還留著兩公分左右的傷痕。拓也在少年時期，憎恨、輕蔑父親。這個男人是人生的輸家，我不要變成他那樣，拓也心懷這樣的念頭度過每一天。但是在他上高中之後不久，父親的態度有了一百八十度的大轉變。他開始比較認真工作，而且酒也不太喝了。他甚至還面露噁心的笑容說：「如果你想唸大學就說，那點錢我還供得起。」

拓也當然打算唸大學，而且他以東京的一流國立大學為目標。為了提升自己的學力，他一直拚命讀書，壓抑各種欲望。然而，拓也完全不想接受父親的資助。等到高中畢業，他就打算和父親實質上地斷絕父子關係。靠領獎學金、打工，自己一個人應該也撐得下去。而父親之所以突然改變態度，肯定是感覺到他內心的這種想法。這個膽小而愚蠢的男人到了這把年紀，似乎終於開始擔心自己的老年生活。讀完高中三年的那年春天，拓也按照自己擬定的計畫，順利地考上了東京的大學，學費和搬家費用全靠自己籌措。他上高中之後一直打工存錢，就是為了這一天。搬進宿舍的前一天晚上，父親好像想對他說什麼，也許是想對拓也說句為人父該說的話吧。拓也心想：如果真是如此，那可真要笑掉別人的大牙了。拓也不理會他，鑽進被窩裡，馬上假裝睡著了。

離家當天早上，他宛如蛻變新生的蝴蝶，搭上新幹線。沒有半個人來送行。他從車窗眺望遠去的故鄉，在心中大喊：「活該！」他看完故鄉最後一眼，告訴自己絕對別再回頭。

成為大學生之後，拓也仍然比別人努力好幾倍。能上的課他全都上，而且每一科都獲得了優秀的成績。而打工方面，他基於能鍛鍊身體，又有豐厚收入的優點，主要選擇做粗重的工作。看見上大學一心只想和女孩子鬼混的同儕們，拓也只覺得他們很可悲，心想，他們並非被上天選中的人。

拓也也交到了幾個女朋友，幾乎都是其他女子大學的學生。然而就結果而言，她們不過是他用來解決生理需求的工具罷了。她們雖然有豐滿的乳房和細長的雙腿，但是沒有任何拓也想要的關係。她們全都是平凡中產家庭的女兒，既非銀行行長的女兒，也不是政治家的獨生女，而且，一個個都胸大無腦。

進研究所之前，拓也得知父親過世了。聽說是死於腦溢血。拓也接到這項通知時的感想是：「我總算時來運轉了。」因為拓也上東京之後，一次也沒回過老家，住在那個城鎮、自稱是自己父親的男人，是他最大的煩惱。拓也擔心，要是別人知道自己是那種男人的兒子，說不定會對找工作造成影響。是夜，拓也買了香檳，獨自慶祝這份幸運。這個爽快的夜晚，令他忍不住偷笑。

父親的遺體按照習俗下葬了。從此之後，拓也不曾再去掃墓。反正他對末永家原本就沒有感情可言，他不在乎那種人的墓變成什麼德行。

唸研究所時，他參與了校方與MM重工的產學合作。主題是開發新一代機器人。因此，研究所畢業後找工作時，當他想進入MM重工工作時，立刻順利地被錄取了。進公司後，他延續在研究所從事的研究，被分配到研究開發部門。公司以強將的身分迎接他，而不把他當作新進員工看待。

我真走運，命運女神終於看見我了——他這時心裡也如此想。公司方面一開始相當期待拓也的表現，而他的完美表現也沒有讓公司失望。他至今出席過四次一年一度的研究發表會，其中三次奪魁。當他研發出新型的視覺辨識機器人時，在日本國內的學會備受矚目，接著在美國的國際學會上發表。這就是所謂的一帆風順，最近上司對他敬佩有加，拓也認為這是理所當然的。因為開發二課託自己的福，雞犬升天。然而，他並不滿足於現狀。他認為，現在的自己不過是多少比別人優秀的「勞工」，仍不改仰人鼻息的事實。他從以前就認為：人人生而平等，只是個幻想。這世上充滿了不公平與歧視，每個人在出生的那一瞬間起，就被分到了各式各樣的階層。

自己總有一天一定也會站上金字塔頂端，成為統御者——這就是他的最終目標。

3

富士川服務區逐漸接近。他原本想在這一帶稍作歇息，但最後還是繼續往下開，反正還沒有那麼疲倦，於是他決定忍耐到神奈川縣西南的足柄。時間拿捏得精準無比，沒有絲毫誤差。這是理所當然的，因為做事的是我，我怎麼可能會失誤，他喃喃自語著。

車子保持一定速度駛向厚木。

拓也心想，遇見仁科敏樹對自己而言是一件幸運的事。仁科是MM重工創辦人仁科慶一郎的兒子，仁科不僅繼承了慶一郎身後的龐大遺產，現在還坐上了專任董事的大位。

仁科目前投注心力於拓也他們負責的機器人事業部。現在埼玉的新工廠大量使用自家公司的製品，是一間全自動化的示範工廠，而提倡這項企劃案的也是仁科。拓也想和這名專任董事攀關係，不管論實力或論勢力，他顯然都會是下一任社長，而且他很可能長期手握大權。話雖如此，光是一般的關係並沒有意義。仁科也應該知道拓也的實際成績，所以拓也無論如何都想和他建立好私交。但是一介員工與公司幹部之間，交集未免太少了。拓也千方百計蒐集仁科的資訊，最後將目標鎖定在雨宮康子身上。去年春天，康子被分配到機器人事業部，在一群外表清新亮麗的新人當中，她格外引人注目。五官端正秀麗，令人以為她身上可能混著歐美人的血統，而且身材窈窕，自我介紹時的口條清晰，感覺落落大方。

「明明是新進員工，表現得有點太自然了吧？她之前是不是到特種行業兼過差啊？」甚至有些沒口德的同事還會這樣說她，而拓也對她也有相同的感覺，但公司方面似乎將這解釋成她的優點。研習期間結束後，她被分配到幹部辦公室，也就是說，她負責專任董事或常務董事的行政事務。

拓也想辦法接近雨宮康子。他採取的手段極為單純，看準了她加班留到很晚時，埋伏在她回家的路上。他以有話要說為藉口邀康子一同用餐，她先是露出狐疑的表情，然後說了一家西班牙餐廳的店名。

拓也當時心想，這女人很習慣被男人搭訕了。

後來拓也也開門見山地切入重點，表示希望康子透露關於仁科專任董事的資訊。

「資訊？」她睜大眼睛問道。

「雞毛蒜皮的小事也好，」他說：「像是今後的預定行程如何安排，或者他現在對什麼事情感興趣都可以。」

「預定行程，是指預定的工作嗎？」

「這也行，但可以的話，我也想知道他私人的預定行程，或是告訴我他現在喜歡什麼也好。」

聽他這麼一說，康子像是看透他心裡的想法似的，微微抬頭看他，嫣然一笑，問道：「末永先生，你在打什麼鬼主意啊？」

「我不會給妳添麻煩。」拓也說：「如何，妳願不願意提供我資訊？當然，我不會虧待妳的。不過話是這麼說，領低薪的上班族能給的有限。」

她稍微聳聳肩，露出惡作劇的表情，說：「聽起來挺有趣的，好像在當間諜一樣。」

拓也一看見她這種表情，覺得她果然還是二十多歲的小姑娘。

「但是我能那麼順利提供你想要的資訊嗎？畢竟我只是行政人員，又不是專任董事的秘書。」

「這點妳不用擔心。只要是有關專任董事的資訊，什麼都好。」

「這樣啊……」康子偏著頭稍微想了一下，然後微笑道：「我知道了。誰叫拜託我的人是部門內最優秀的菁英，我實在沒辦法拒絕。」

當時光顧的西班牙餐廳，後來也成了接收資訊的場所。兩人約定好，基本上兩週見一次面，若有什麼特別的資訊到手時，再由康子主動聯絡。起先，幾乎都是像仁科預定到國外視察，或是他現在注意的企劃案等，這類不用問她也知道的事情，但漸漸地有越來越多和仁科私人有關的資訊，可見康子也融入了部門中。她提供的資訊當中，第一個引起拓也興趣的，是有關宗方伸一的事。宗方是仁科投注心力的飛機事業部的研究主任，也是仁科的長女沙織的丈夫。沙織今年二十七歲，宗方三十八歲。三年前，仁科認同宗方的實力，將女兒下嫁給他。

「專任董事經常說，女兒的結婚對象是否出身名門並不重要，重要的是他是否具備輔佐仁科家的本事。」康子喝酒，側眼看著拓也說。這一陣子，兩人開始在餐後喝點小酒。

「所以是MXⅢ型招來了幸運。」MXⅢ型指的是目前ＭＭ重工獨力開發中，以短程運輸機為原型的飛機。不但使能源效率有了長足的進步，更成功地大幅縮短了起飛、著陸時的滑行距離。宗方是MXⅢ型開發團隊的領導人，他和拓也隸屬於不同事業部也是原因之一，兩人不曾交談過。

「飛機事業部研究主任宗方是剃刀。」

拓也曾聽過這種謠言。換句話說，這是指他做事乾淨俐落。他的外表看起來身形瘦削，是個性神經質的那種人，但是人不可貌相。

「宗方先生是上班族的兒子，所以專任董事選他當女婿，並不是為了加深和財政界的關係。」

「似乎是這樣。」

拓也在口中頻頻覆誦「輔佐仁科家」這句話。

聽完這段話後，拓也將手伸進西裝外套的內袋，將一個白色信封放在康子面前。「這是我的心意。不好意思，金額不多，妳就當作是今後繼續合作的謝禮。」

康子將目光落在信封上，微笑著將信封推回拓也面前。「老是讓你請吃飯，我覺得過意不去，我不能再收這種東西。」

「沒有多少錢。就當作是給妳添麻煩的一點心意。」

「請你別放在心上。我又沒有幫上什麼大忙，哪天你達成目的，不需要我提供資訊時，你再送份禮物給我就行了。」康子盯著他的眼睛說。

拓也稍微猶豫了一下，拎起信封提議道：「那，接下來再續一攤吧。」

康子緩緩閉上眼點點頭。結果這一晚，拓也和她上了床。拓也之前就察覺到她對自己有好感，而他也從康子身上感覺到性吸引力。即使如此還能自制至今，是因為他認為無論以任何形式，只要和職場上的女人發生關係就有危險。所以和康子發生肉體關係，就意味著他降低了對她的戒心。拓也事後後悔當時的粗心大意。他從小就秉持一個信念，就是無論任何時候，只能相信自己。為何當時會那麼粗心大意呢？拓也知道原因。因為自己的欲望受到她的性吸引力刺激，而喪失了正確的判斷力。然而事隔許久之後，他才知道和她上床是一大失策。

根據康子提供的資料接近仁科的策略，好像開始漸漸出現了效果。拓也能夠配合仁科的喜好來決定工作的方向，有機會和他閒聊時也不愁找不到話題。拓也自負仁科十分了解自己的實力，認為今後只要能夠設法和他建立私人關係，自己肯定前途不可限量。那一年年關逼近時，康子說有急事相告。當時她已提供資訊逾半年，見面時發生肉體關係成了自然而然的事。

「大消息！星子小姐從美國回來了。」

「星子小姐，是指專任董事的小女兒嗎？」

聽說已經結婚的沙織下面，還有一個目前在美國留學的女兒。

「好像是專任董事叫她回來的。這是你期盼已久的大好機會。」康子這時已對他指名道姓。

「大好機會？什麼意思？」拓也問。

康子一臉意外的表情。「你有時候還真遲鈍耶，你不是打算遵循宗方先生的模式嗎？」

「模式？」經她這麼一說，拓也想到了。他的目的是和仁科建立私人關係，再沒有比娶他女兒更親密的私人關係了。但是聽說星子還是學生，而且她不在日本，康子口中幾乎不會出現有關她的話題，所以拓也未曾考慮過這個可能性。

「星子小姐暫時不會回美國嗎？」拓也問道。

「應該說是，她的留學生涯已經結束了，專任董事好像考慮該替她招婿了。」

「招婿？不是出閣嗎？」

「從前好像是那麼打算的，但是仁科家沒有像樣的接班人。」康子的語氣中略帶嘲諷。

接班人指的是仁科直樹。他是沙織和星子的哥哥，目前待在機器人事業部的開發企劃室，頭銜是室長。他只比拓也年長一歲卻有此地位，大概可說是仗著父親的權勢。

對拓也而言，接近直樹也不失為攀權附貴的一個方法。他之所以沒有這麼做，是因為他認為無論和直樹建立何種關係，好處都不多。縱然他坐在企劃室長這個大位，但實際掌權的卻是比他年長的副室長。拓也曾聽過風聲，說喜歡機器人的專任董事，將兒子養成了不學無術的小木偶機器人。

就算是仁科家的接班人，如果沒有實權，就沒有意義了——這就是拓也的結論。

「專任董事擔心這件事，」康子說：「若按照目前的勢力分佈來看，專任董事肯定是下一任社長。但是第二代那副德行，仁科家不能說是高枕無憂。他們需要有能力輔佐第二代的人，宗方先生也是其中一人。」

「仁科挑女婿的條件，是具備輔佐仁科家的本事——告訴我這件事的是妳吧？」

「呃，他想再找一個輔佐他兒子的人。」

「原來招婿包含了這一層用意啊。」

「那或許也是原因之一，但似乎是星子小姐的要求。反正家裡有女傭，會像現在一樣替她做家事，這麼一來，她就能做自己喜歡的事。最重要的是，她不想離開目前住的豪宅。」

「好像很大唷？」

「聽說有幾百坪。仁科似乎也替她姊姊沙織夫婦蓋了一棟不小的房子，但是星子小姐在美國住慣了大坪數的豪宅，大概無法忍受臥室的窗戶對面就晾著鄰居衣物的房子吧。」

哎呀呀，拓也嘆了口氣。然後再度思考自己眼前的大好機會。自己舉目無親，身無分文，若要一口氣衝上高高在上的地位，抱持這種程度的野心也是無可厚非的，不是嗎？

「仁科家中過年會按例舉辦春酒派對，」康子說：「往年都只邀請各事業部部長級以上的高級幹部，但是今年應該會指名幾位年輕員工。表面上是為了加深內部交流，其實是別有用心。」

「選婿嗎？」拓也問。

康子閉上一隻眼睛。「父女兩人想一起挑個金龜婿。」

「原來如此。」

「另外補充一點，專任董事心目中的第一人選大概是你。他好像派屬下徹底調查過你了。」

「是喔，第一人選啊……」拓也欣喜萬分，但這是意料中事。他自負是年輕人當中的第一把交椅。根據康子提供的資訊，接近仁科應該也沒有白費工夫。

拓也點點頭，將加冰塊的波本威士忌一飲而盡。他感覺腦袋微微發麻，握緊酒杯，感覺到連自己也難以掌握的鬥志，漸漸由體內湧上來。這是日本人的夢想啊——他如此低喃道。

4

進了足柄服務區，拓也將車停在盡量遠離洗手間的地方。他下車之前，先確認貨架。雖然位置稍微改變了，但是毛毯沒有脫落。半夜光線昏暗，就算有人看到大概也不曉得貨架上堆的是什麼。拓也下車，確定每一扇車門都鎖上了之後，走進洗手間。上完小號後，心情稍微平靜了些。拓也心想，這種時候或許會想抽菸。他本身只有在高中時期抽過菸，並非老菸槍。洗手間旁並排著各式各樣的自動販賣機。拓也買了一杯即溶黑咖啡，邊喝邊仰望夜空。星星從雲縫間探出頭來。按這個情況來看，不用擔心會下雨。他心想，我果然很走運。

自我介紹之後，拓也偷瞄了星子一眼。她身材纖細、個頭嬌小，五官當中眼睛和嘴巴顯得較大。她身穿紅色套裝，也是為了掩飾體格的缺陷。拓也身旁的人做自我介紹，但是她的眼神仍看著拓也，兩人四目相交。拓也只好放鬆嘴角的肌肉，微微一笑，但星子卻擺譜揚起下巴，別開視線。

她對我有意思——拓也如此確信。

仁科家舉辦的春酒派對上，果然如同康子所說，仁科邀請了幾名年輕員工，拓也也是其中一名成員。他在仁科面前出盡鋒頭，而且實際成績無可挑剔，會被邀請也是理所當然的事，但仁科正式出聲邀請他時，拓也還是鬆了口氣。派對會場是一間十五坪跑不掉的客廳。矮桌一字排開，各事業部部長以上的幹部們依照職位高低由上座依序入座。六名年輕員工並肩坐在末座。

仁科提議讓拓也他們自我介紹，仁科說這是千載難逢的好機會，請大家在上級面前自我宣傳一番。拓也心裡明白，這是為了讓同席的星子端詳清楚。自我介紹意外地炒熱氣氛，先前略微緊張的氛圍一掃而空。部長級的幹部爭相跑到仁科身旁。或許是八分酒醉，仁科心情也很好。

看見星子離席，拓也也站起身來。他從矮桌上的花瓶中抽出一朵玫瑰花，然後確定沒人看見，追在她身後離開客廳。星子在走廊上轉彎，好像要前往茶室。在那裡的話，就不太需要擔心被人看見了。拓也心想，這是個好機會。偌大的仁科家中，雖然大部分改裝成西式，但仍大量保有日式宅第古樸的風貌。能夠眺望整個後院的茶室也是其中之一。星子站在走廊上，神情恍惚地凝望庭院，一看見拓也的身影，旋即恢復先前好強的表情。

「啊，不好意思。」他演出驚惶失措的模樣，「我剛才去上廁所，因為房子太大，我不小心迷了路——」

星子面無表情地冷眼看著他解釋的臉。

拓也自行拆穿戲碼，面露苦笑。「我騙妳的。其實我是尾隨小姐而來，我想和妳說說話。」

「既然這樣，一開始明說不就好了。」說完，星子將臉轉回庭院的方向，依舊面無表情。

「唉，說的也是。對了——」拓也降低音調，「我可以再靠近妳一點嗎？」

星子稍微轉動臉龐，說：「請。」

拓也站在她身旁，她身上微微散發出香甜的香水味兒。

「妳好像累了。」說完，拓也窺視星子的側臉。

她先是抿緊嘴唇，然後小聲但清楚地說：「笨蛋。」

「妳在罵我嗎？」拓也問道。

「你也是。」她說：「大過年的，你卻來這裡拍上司的馬屁，被迫像個笨蛋做自我介紹。」

「原來如此。」拓也搔了搔鼻翼。

「我從沒有自尊心的人身上，感覺不到一絲吸引力。」

「好嚴厲的批評。那，如果我謝絕今天的派對，是否就會獲得小姐的青睞呢？」拓也說。

星子霎時露出狼狽的神色，然後以一雙水靈大眼狠狠地瞪了他一眼。「什麼意思？」

「這點小姐應該最清楚。」

於是星子像在觀察什麼稀世珍寶似的，注視拓也的臉。「你這人真怪。你是為了惹惱我，才故意跟在我身後的嗎？」

「我沒有那個意思。我只是想和妳說說話而已。我惹妳不高興了嗎？」

但是她沒有對此回答，再度側臉對他。「我不曉得你知道多少，但是我和我姊姊不一樣，我不會對我父親言聽計從。我打算自己找自己的結婚對象。」

「很好，這點我也一樣。」話一說完，拓也將從矮桌的花瓶中偷來的紅玫瑰遞到她面前，他知道自己很裝模作樣。星子將玫瑰拿在手中，看著他的眼睛將鼻子湊近花瓣。當她正要開口說話時，拓也背後發出聲音。回頭一看，眼前站著宗方伸一。他當然也出席了這場派對。拓也心想，他大概聽見了剛才的對話吧。但是這個男人的表情難以解讀，令人無法做出任何判斷。細緻的五官給人一種神經質的感覺，但是他無論對誰都不亢不卑，讓人覺得他的城府很深。仁科之所以選他作為長女的丈夫，或許也是因為這個緣故。

「星子小姐，專任董事找妳。」宗方臉上擠出笑容。這或許是習慣，他不稱仁科爸爸。

星子「是喔」地應了一聲，經過拓也身旁，半路上回頭說：「洗手間從這條走廊直走到底，別迷路了。」

她將手中的玫瑰花丟進一旁的垃圾桶，然後經過宗方面前，消失在客廳的方向。

拓也向宗方行個禮，也想回客廳。但是經過他身旁時，宗方低聲地說：「你直覺很準。」

拓也驚訝地停下腳步。

「我說你直覺很準。吸引她的最佳手段，就是一開始惹她討厭。」

拓也不禁看了宗方一眼。他似乎沒打算說出人意料的話，顯得泰然自若。

「好啦，你要加油。」拓也沒任何回應，宗方說完這句話，拍了拍他的肩膀，先行舉步離去。

春酒派對結束一週後，仁科找拓也過去。

「你之前說，你很會打高爾夫球是嗎？」仁科一看見拓也，邊摘下金框眼鏡邊說。銳利的眼神，彷彿想看穿拓也的本質。

「還不到很會打，只是打個興趣而已。」仁科說的是前幾天拓也自我介紹的內容。

「無所謂。總之你會打高爾夫球吧？事情是這樣的，我有一件事要拜託你。」

仁科希望拓也下星期日代替自己去打球。原本預定和星子他們去打，但因為有急事沒辦法去。

「我想，年輕人應該和星子也比較合得來。怎麼樣？你願意替我去嗎？」

「既然這樣……」拓也接著在心裡說：我樂意之至。他賭定仁科接下來會繼續挑選星子的丈夫，沒想到機會竟以這種形式找上門。

「呃，那剩下的成員呢？」

該不會叫我和星子兩個人打球吧？

「嗯，剩下的成員已經決定了。你應該也認識吧？一課的橋本。」

橋本——拓也想咂嘴。果然是前幾天新春派對上受邀的年輕人。他比拓也晚進公司一年，著手開發極限機器人，頗受人矚目。拓也印象中，他是個身材渾圓、娃娃臉，缺乏氣魄的男人。

「還有一個人，宗方也會加入你們。他球打得也很不錯，你們儘管一較高下吧。」

「宗方先生也來啦……」拓也心想，看來這將會是一場不容鬆懈的高爾夫球賽。

打球當天是個晴天，雖說是一月，但不會讓人感到寒冷。星子身穿職業女高爾夫球選手都相形見絀的球裝。這一天一見面時，她抬頭看拓也說：「聽說你很厲害，讓我好好見識你的球技。」

拓也面露苦笑。「妳是不是想用在美國練就的好球技，把我打得落花流水，才找我來的呢？」

「我找你來？沒那回事。是我父親擅自找你來的，你少臭美了。」星子話一說完，便滿臉笑容地走向橋本，和對待拓也時的態度截然不同，橋本則顯得扭扭捏捏。

開始打球之後，星子的態度也不見改變。她會親暱地和橋本交談，但是對拓也卻很冷淡。或許拓也的成績比她好，也是令她不高興的主要原因。

「她好像挺在意你的。她擺出那種態度，就證明了這一點。」移往下一洞時，宗方在拓也身旁悄聲道。

「沒那回事吧，春酒派對的時候，她也無視於我的存在。」

「那種千金小姐經常這樣。你應該也知道今天這場高爾夫球賽，是專任董事設計的吧？」

「知道是知道。」

「指名你的確實是專任董事，但她如果真的討厭你，是不會默不作聲的。就連坐車到這裡的一路上，她開口閉口講的也都是你。不過都在說你壞話就是了。她說，她最受不了像你這種狂妄的男人了。」

「我狂妄嗎？」

「其他年輕員工好像是被她的美貌所吸引，只有你是另有目的。她大概也知道這一點，所以反而故意刁難你吧。」宗方話一說完，賊兮兮地笑了，趕往下一洞。

四人打完球，在休息室裡用餐。上午的成績，宗方和拓也同分並列第一，第三名是星子。氣溫高也是原因之一，剛開始學打高爾夫的橋本打得全身汗流浹背。

午餐過後，當拓也在大廳看報時，星子跑來坐在他身旁。

「你在自我介紹中炫耀球技，果然有兩把刷子。你打很久了嗎？」自從早上見面以來，這是她第二次對自己說話。

「三年前左右開始的。我算是勤於練習的吧。」

「那麼努力練球，果然是為了出人頭地？」星子以水靈靈的大眼睛，直勾勾地瞪著拓也。

他沒有回答這個問題，奉承她道：「星子小姐也很厲害，好像很習慣打長程。」

但拓也話才說到一半，她就開始搖頭。「今天狀況糟透了，我已經想乾脆別打回家算了。」星子不悅地說完，迅速走開了。

下午的球局打到一半，宗方又對拓也說：「我想事先給你一個忠告。」

「什麼忠告？」

「你的目標不光只有星子小姐一個人。當然，得到專任董事賞識是重點所在，但其實還有另外一個強敵。」

「企劃室室長嗎？」拓也腦中浮現仁科直樹的臉問道。

宗方點頭道：「再怎麼說，他也是仁科家的接班人。與其選擇當專任董事的女婿，或許當企劃室室長忠心的家臣會比較好。」

「也就是說，宗方先生這一點合格了。」拓也將目光轉向宗方，眼神中微帶嘲諷。

「是吧。託他的福，我獲得了穩固的地位，同時得永遠扮演輔佐的角色。」言下之意似乎是輔佐直樹。

「你好像心有不滿喔？」

「不是不滿，而是覺得無奈。你有野心是無妨，但這件事你最好謹記在心。一旦成為入贅婿，情況更是明顯。」

「我會當作參考。」拓也說完時，星子打出了第一球。

若考慮到要當上星子的丈夫，直樹的確佔有舉足輕重的分量。拓也心想，他或許會是個意外的棘手人物。打完高爾夫的五天後，當拓也回到公寓在換衣服時，電話響起。當他聽出來是星子的聲音時，下意識地握緊拳頭。

「我打了好幾次電話。你很晚耶，剛才還待在公司嗎？」星子語帶責怪。時鐘正指著十點。

「因為我吃過晚飯才回來的。對了，前一陣子謝謝妳。」

「不用寒暄了。倒是你現在出來陪我。」

「現在嗎？」

「我是這麼說的吧？我半小時後過去，你換好衣服在公寓前面等我。」

拓也還來不及回應，電話就掛斷了。

他按照星子的吩咐在公寓前面等她，出現了一輛白色保時捷，停在他面前。星子坐在駕駛座上，用下巴指了指副駕駛座。

拓也趕緊上車。

「要去哪裡？」拓也試探性地問，但是她面向前方，好像沒有要回答的意思。拓也放棄追問，將身體靠在椅背上。

車子開上中央高速公路。拓也拿出回數票，放在她面前時，鼻子聞到一股淡淡的酒氣。「星子小姐，妳是不是喝了酒呢？」
於是她看著前方，將右手拇指和食指拉開十公分左右的寬度。
「什麼意思？」他問道。
「我喝了這麼多白蘭地。」
拓也瞪大眼睛。「開什麼玩笑。星子小姐，請把車停靠路肩，讓我來開。」
然而星子不發一語，猛踩油門。眼看著速度表的指針向上攀升，拓也從車椅椅背感覺到壓力，腋下冷汗直流。「星子小姐。」
「吵死人了。別對我下命令！」她大聲吼道，繼續加速。以時速一百公里上下行駛的其他車輛，「咻」地消失在後方。拓也不再多說，轉而將注意力集中在前方和星子的側臉，做好心理準備，以便發生什麼事時能夠立刻反應。
「末永先生。」星子持續高速行駛，問道：「你想和我結婚對吧？」
拓也沒有馬上回答，惹得她焦躁地問：「想還是不想？」
「想。」他答道。
星子點點頭，彷彿在說「很好」。
「你愛怎麼想、有何企圖，那都是你的自由，哪怕是不自量力也無所謂。」
拓也默不作聲。
「你為了達成目標而想討我父親歡心，也是你的自由。但是請你別對我哥哥搖尾乞憐，因為那個人和我的未來毫無瓜葛。」

「我並不想對他搖尾乞憐，但我不能不注意他。」

「不用注意他，別理他！」

「這怎麼行……」拓也話說到一半，星子左轉方向盤，切進中內車道，從內側超過前車後，馬上又快轉方向盤，回到內車道。「這樣很危險，妳最好放慢車速……」

「我說過了，別對我下命令！我比你更清楚這樣很危險。你不准理我哥哥。我不曉得誰對你說了什麼，但我只會為我自己選擇自己的結婚對象，而不是為了那種男人而選。我順便告訴你一點，仁科家的接班人不見得是那個人，請你別誤會了。」

看來星子對於自己和姊姊的結婚對象，是被選來作為輔佐直樹的人感到反彈。說不定這種對話今天也在仁科家上演過。所以星子才會如此暴跳如雷吧。但是拓也對於她在這種時候找自己出來作為出氣桶，感到某種預感。換句話說，這意味著自己在星子心中的分量增加了。後來又車行一陣，或許是心情平靜下來了，星子先是離開高速公路，換至回東京的車道，然後大幅減慢車速，從原路折返。自從這一晚之後，星子經常找拓也出來。話雖如此，幾乎不曾一起吃飯喝酒，大多是陪她購物，或充當司機。也曾經當她和朋友進入舞廳時，讓他一直在車上乾等。但即使如此，和她之間的關係變得密切仍是不爭的事實。拓也切身感覺到，目前進展得非常順利。

他心想，正因為如此——康子突然背叛他，對他而言實在很棘手。

5

康子為何不想墮胎呢？拓也尚未完全接受她的理由。因為在這個節骨眼生下孩子，對她而言並不有利。拓也至今反而是基於這種心理，才一直持續和她的關係。然而，她卻說她要把孩子生下來。而且要拓也負為人父該負的責任。但這件事有個先決條件，就是「假如孩子是你的」。

拓也不曉得她除了自己之外，還和誰有關係。所以他無從判斷，生下來的孩子是自己的機率有多大。但是，他心想：就算孩子不是自己的，讓她懷孕、生產還是不太好。畢竟這件事，很可能讓他和康子之間的關係曝光。這種事情絕對得避免。拓也知道仁科星子的自尊心很強，若和康子的關係事跡敗露，和星子的婚事付諸流水自是不用說，自己在MM重工內的地位也將不保。

拓也記得在性行為過程中，勒住她脖子時的觸感。當時如果可以的話，他想就這樣掐死她。

他急著趕緊設法解決問題，但卻苦無對策，唯獨時間無情地流逝。

就在拓也六神無主時，仁科直樹找他出來。

說是開發企劃室長，其實只是虛有其名，實際上發號施令的是副室長萩原。因此，拓也至今與開發企劃室開會時，一般都是和萩原討論。萩原是年資十七年的資深員工，而直樹不過是靠父親的權勢坐上室長的大位罷了。或許是本人對這件事也有自覺，直樹幾乎一整天都把自己關在企劃室隔壁的辦公室中。拓也前往直樹的辦公室，前幾天打高爾夫球時見過面的橋本敦司已經來了。拓也心想，看來要講的果然是和星子有關的事。

「這下到齊了。」直樹一看見拓也就站起身來，指著一旁的會議桌。橋本落坐，拓也坐在他身旁。直樹對這間辦公室裡唯一一名女性屬下說：「中森小姐，能不能請妳出去一下？」

名叫中森的女員工輕聲回應，起身離開了辦公室。區區室長卻有專用辦公室，外加代替秘書的員工隨侍在側，靠的也都是仁科家的權力吧。拓也再度認知到這點，目送她的背影離去。

「好……」直樹在拓也他們對面坐下來，將雙手交疊在桌上，低著頭沉默不語，好像在思考如何開口。他的表情有些陰鬱，但是輪廓很深，應該算是美男子吧。拓也知道有許多女員工說他長得帥，心想，這是不容否定的事。

「別拐彎抹角，有話直說比較好吧。」沉思半晌後，直樹說：「我就開門見山地說了。」

拓也和橋本一起點頭，心想，反正一定是有關星子的事。然而，從直樹口中說出來的名字，卻完全出乎意料之外。

「我要說的事也沒別的，就是雨宮康子懷孕了。」他說道。

拓也霎時啞口無言，只是看著直樹端正的五官。橋本也目瞪口呆。直樹好像對兩人的反應感到有趣似的面露微笑，但是他的眼神毫無笑意。

「你們嚇了一跳吧。這也難怪。當我知道你們也是康子的男人時，我也嚇得跳了起來。」

「你們也……？」拓也說完看著直樹的臉，「這麼說來，室長也是？」

「哎呀，就是這麼回事。」直樹說道。

拓也腦中浮現康子的臉，心想這女人還真是腳踏多條船。接著，他將目光轉向橋本。橋本也以相同的神情看著拓也，然後聳聳肩，緩緩搖了搖頭。

「我真的嚇了一跳，我是懷疑她另有男人，但沒想到……」

「就我調查的結果，只有我們這三個。」直樹說完，解釋為何找兩人過來。據他所說，康子提起自己懷孕，似乎和拓也幾乎在同一時期。對話內容也相近。對於直樹命令她墮胎，她好像也當作耳邊風。拓也心想，這並不意外。

「老實說，我傷透了腦筋。」直樹面露苦笑。「於是我想，姑且先找出她其他的男人再說。因為我早就知道，康子和我之外的男人在交往。」

「您是不是請了徵信社的人呢？」拓也問道。

「不，我親自跟縱康子。過程相當困難，但也挺有趣的。她很難有機會和其他男人見面，所以有點焦躁。」

直樹交相看著兩人的臉，然後說：「橋本上星期四，末永上星期二和這星期三應該和她見過面。我說得沒錯吧？」

「室長是星期一嗎？」拓也半開玩笑地問。

「你猜對了。我是上星期五和這星期一。」直樹若無其事地答道，「她和誰見面沒有固定日期，但對象好像只有我們三個。」

「虧您能跟得那麼緊。」橋本打從心裡佩服道。

「反正我閒著沒事。」

「那，」拓也說：「您找出我們，打算怎麼辦呢？弄清孩子的父親是誰嗎？」

「如果辦得到就好了。但是，這大概是不可能的事。你們能打包票，她肚子裡懷的絕對不是自己的孩子嗎？我先告訴你們，我沒辦法。說不定我是孩子的父親。」

他這段話，令拓也和橋本都沉默了。看見他們的模樣，直樹滿意地點點頭。

「我想，如果我第一個招認，事情會演變得非常糟糕。假如是我的孩子，那女人大概會向我要求龐大的贍養費一輩子。再說，如果引起這種問題，即便我是仁科家的長男，在公司裡的地位也將岌岌可危。」

「為了防止這種情況發生，只好死心和她結婚了吧。」拓也說道。

「那女人或許也是打著這種如意算盤。但是，我沒辦法和她結婚。」

「對了，」直樹看著拓也他們，「我有件事想跟你們確認一下，你們做好了心理準備嗎？假如自己是孩子的父親，做好了以某種形式負責的心理準備嗎？」

他的眼神對著自己，拓也只好先回答。「坦白說，我很傷腦筋。」

「我想也是，你還有星子。就算不是自己的孩子，一旦因為這件事而被星子知道你和康子的關係，後果不堪涉想。」

直樹稍微扭曲嘴角，然後將視線移到橋本身上。「你怎麼樣？」

「我也一樣。」橋本答道：「坦白說，我放棄當星子小姐的丈夫了。但是，我放棄倒不光是因為這件事，好不容易一路順遂地走到今天，我不想在這種時候栽跟頭。」

「那，你打算怎麼辦？」

「這……」橋本口吃了。

直樹點點頭，抽了兩、三口菸。拓也盯著菸頭冒出的白煙，等待他的下一句話。

「我想，你們也思考過這件事了。」他先是做了這麼一句開場白，然後又隔了一段時間。拓也和橋本都默不作聲。直樹閉上眼睛說：「我一直在想，如果康子死掉的話，對我們都好……」

拓也身旁的橋本喉頭發出奇怪的聲音，那是嚥下唾液的聲音。

眾人之間一陣沉默。不久，直樹將變短的菸蒂在玻璃菸灰缸中捻熄。

「如果她死掉的話，對我們都好——」直樹重複之後，看著兩人。「你們沒有這樣想過嗎？」

拓也觀察橋本的表情，小自己一歲的後進，將手抵在額頭上，一動也不動。拓也明白直樹的言下之意，所以無法拐彎抹角地回答。

「其實，我有個計畫，」直樹說：「是什麼計畫，不用我說你們大概也知道吧。這個計畫需要你們的協助。不，這種說法並不恰當。應該說，這個計畫必須由我們三人合作才能順利進行。我們動作要快，否則事情將會變得一發不可收拾。」

即使如此，拓也和橋本仍然不發一語。不久，直樹靠在椅背上說：「唉，算了。你們大概需要時間考慮。後天晚上，我在飯店訂了房間。我們再在那裡集合吧。我想你們應該明白，但我再提醒你們一次，別忘了我們已經沒有時間了。」

直樹最後以低沉的嗓音叮嚀兩人。

那一晚，拓也在自己家中思考直樹的提議。話雖如此，他的心意已決。不用直樹說，他也認為解決問題的方法只有一個。只有殺了康子。這恐怕是克服目前困境的上上策。

拓也也想過，設計某種突發的意外事故讓康子流產。但是這麼一來，難保康子不會大聲張揚。拓也心想，只有殺了她，怎麼能為了那種女人，毀了自己的大好前程。撇開她的事不談，拓也也想到了直樹。沒想到他也和康子有染，他提出這次這種商量，徹底顛覆了拓也對直樹抱持的印象。拓也之前一直認為他一事無成，是個廢物，只會躲在隔離開來的辦公室裡想東想西。

雖然時機不太對，但對他刮目相看了——這是拓也心中老實的感想。和直樹共同擁有相同的秘密，對拓也而言是有利的。如果他站在自己這邊，和星子的事也將進行得更加順利。問題是橋本，能夠相信那男人到什麼程度呢？不，相信他的前提是，他有沒有膽量殺害康子呢？

礙事者解決掉就好了吧？——這個念頭掠過腦海，但拓也發現自己常常將殺人想得太過容易，不禁搖搖頭。兩天後，三人依約聚集在東京都內飯店的一間客房中。這是一間雙人房，擺了一張茶几和兩張椅子。拓也和橋本坐在椅子上，直樹坐在床上。

「Yes或No，你們下定決心了嗎？」直樹看著兩人的臉說。

拓也側眼確認橋本微微點頭，自己也點頭。

「很好。坦白說，如果你們到了這個節骨眼還在猶豫的話，我打算不聽你們的答案，請你們直接出去。」說完，直樹拿出撲克牌，各發給拓也和橋本一張牌。拓也一看，是鬼牌。直樹將剩下的牌遞到拓也面前，要他隨意抽一張。

「這麼做是什麼意思？」拓也問道。

「用來聽你們答案的方法。」直樹答道。

拓也沒有進一步追問，避免讓橋本看見地抽了一張，是方塊國王。接著橋本也一臉高深莫測的神情抽了一張。

「好，這是命運的一刻。」直樹說，拿出一個白紙做成的盒子。「如果是Yes，就將鬼牌放進這個盒子，如果是No，就放進另一張牌。如果兩張都是鬼牌的話，我們的協議就談成了。假如其中一張是另一張牌，我們的聚會就到此結束。各自想辦法解決康子的問題。」

拓也佩服地想：原來如此，他還真是設想周到。按照這種作法，就算事情談不攏，直樹也不知道誰是Yes，誰是No。而站在拓也他們的立場，即使回答是Yes，也不會被對方知道。拓也確認牌之後，放進盒中。接著橋本也放進去。剩下一張牌插進其他牌中，這麼一來大家就不用緊張了。

「那麼，我要看囉。」直樹避免讓兩人看見，確認盒中的兩張牌。拓也注視他的表情。他霎時皺緊眉頭，然後抬起頭來。

「不幸的結果。」直樹說：「不過，這是對雨宮康子而言。現在，我們在場的三人意見一致。」

他攤開兩張牌給拓也他們看。

直樹說：「最棒的就是沒有人會懷疑我們，第三者不曉得我們和康子的關係。」

「關於這一點，我有自信。」橋本稍微揚起下顎，「我之前行事謹慎，應該沒有人知道。」

「這種想法會不會太天真？實際上，室長就知道我們的事。」

「我們可以說是一丘之貉，末永說得沒錯，我們大概沒辦法放心。再說，說不定康子會告訴誰。但是我想，應該是沒有問題。」

「但是就這點而言，我們事到如今也無可奈何。」拓也說道。

「沒錯，所以，我們必須事先擬定萬一被人懷疑時的對策。」

直樹拿出一張A4大小的紙，在紙上以原子筆寫下「不在場證明」，然後在底下畫了兩條線。

「一旦我們成為命案關係人，刑警一定會詢問我們的不在場證明。如果到時能夠提出不在場證明，就洗清了我們的嫌疑。如果無法提出的話，警方將會一直死纏著我們不放。」

「您打算用時刻表的招數嗎？」橋本將手帕抵在額頭上問道。他沒有出汗，這大概是他緊張時的習慣動作吧。

「如果有我們知道而警方不知道的列車，那也可以，但是很遺憾，沒有那種東西。」

「但是您已經有了打算，對吧？」

拓也看著胸有成竹的直樹，他點了個頭說：「警方首先大概會認為是單獨犯，或頂多兩名共犯，他們基於過去的經驗會這樣判斷。但是我們有三個人，所以就出現了這個招數。」

「什麼招數？」

「接力。」

「接力？」

「沒錯。接力棒是屍體。」直樹在紙上稍隔間距寫下「東京、厚木、名古屋　大阪」，然後在大阪兩個字上方打╳。

「康子在大阪遇害。但是屍體的發現地點是在——」他手上的原子筆筆尖經過名古屋、厚木，停在東京的地方。「大約距離五百公里的東京。」

拓也深吸一口氣，看了橋本一眼。橋本目不轉睛地將目光落在紙上。拓也緩緩地吐息，然後對直樹說：「請您說明一下。」

直樹又在紙上寫下A、B、C。「這個ABC就是我們。執行計畫當天，A、B、C分別在大阪、名古屋、東京。首先由A殺害康子，譬如這是在晚上六點半。在那之前，A要事先做好六點之前的不在場證明。」

他在大阪兩個字旁寫下「六點三十分，A殺害康子」。

「然後，A將屍體搬上車，前往名古屋。A在名古屋車站附近的某個地點——假設這裡是X點——將車丟棄在這個X點，再搭新幹線折回大阪。順利的話，應該能趕上九點多，最遲九點半左右的新幹線。這麼一來，十一點以前就會抵達大阪。A要盡早和第三者碰面。這樣A沒有不在場證明的時間，就是六點到十一點。」直樹說到這裡頓了一下，抬起頭來彷彿在問兩人是否明白。拓也沒有回答，只是輕輕點頭。

「接著是B，」直樹用原子筆指著「名古屋」，「B要事先做好十點之前的不在場證明。接著到X點，坐上A丟棄的車，然後開上東名高速公路，前往厚木交流道。抵達厚木應該是在凌晨兩點左右。下了交流道，到事先決定好的地方——假設這裡是Y點。而C已經在Y點等候了。」

「C要怎麼去那裡呢？」拓也問道。

「當然是開車啊。」直樹回答，「然後將屍體移到車上。C前往東京，B馬上折返名古屋。」

「B挺辛苦的耶，必須開六小時以上的車。」

橋本說，但直樹立刻否定：「B是最輕鬆的。他開車時間雖長，但任務這樣就結束了。A必須直接動手殺人，而C肩負處理屍體的重責大任。」

「屍體要在哪裡被人發現呢？」拓也問道。

「哪裡都無所謂，總之最好是及早被人發現的地方，這樣警方也較容易算出死亡推定時間。」

既然做好了不在場證明，康子遇害的時間最好越清楚越好。

「讓我稍微整理一下。」橋本說道。他習慣在會議開到一半這麼說，彙整之前議論的內容。

「詳情我是不曉得，但警方好像會讓死亡推定時間有某種程度的範圍。若是這種情況下，警方應該會推定犯罪時間是下午五點到晚上八點之間。換句話說，刑警會這樣問我們：下午五點到晚上八點之間，你在哪裡……？」

「這種情況下B和C當然回答得出來。他們不用說謊，因為實際上事先做好了不在場證明。」

「但是A要怎麼回答才好呢？他在六點之前有不在場證明，但是六點之後到十一點左右沒有不在場證明。」

「A在大阪，屍體是在東京被人發現的。」

直樹解釋之前，拓也說：「要在五小時之內到東京殺害康子，再回到大阪是不可能的事。」

直樹點點頭，表示他說得對。

「也就是說，三人都有不在場證明。但前提是警方不知道A、B、C是共犯。」

「但是有個大問題。」拓也說：「究竟誰要當A呢？沒有人會想當直接動手的殺人犯。」

「話是沒錯，但是非得有人動手才行。」

「還有一個問題。就算A按照討論內容執行殺人計畫，也不能保證B和C能夠完美地完成後續的工作。直截了當地說，B和C能將罪推到A一個人身上。到頭來如果A被逮捕，B和C只要主張A的供述是捏造的就好了。」

「A是否信得過其餘兩人嗎？嗯，這倒也是。畢竟是這麼浩大的工程，必須事先以某種形式形成共犯結構。」

直樹拿出另一張紙和印泥。「這樣吧。決定當A的人先在這張紙上寫下——我們共謀殺害雨宮康子，然後再在這句話中間蓋上自己的拇指指印，而決定當B和C的人在這句話的兩側署名並蓋上拇指指印，這算是一種連署書。這張紙由A保管，這樣B和C就不能背叛A了。」

直樹偏著頭，彷彿在問：「有問題嗎？」

「呃……」橋本開口問：「那A要由誰當，這也是由室長決定嗎？」

於是直樹目不轉睛地盯著橋本的眼睛，問道：「假如我說你當A，你會接受嗎？」

橋本瞪大眼睛搖頭。

「我想也是。我話先說在前頭，這件事和我們在公司中的地位無關，我想公平地決定角色。」

直樹又拿出先前的撲克牌。「從中抽出一張，按照數字大小依序決定喜歡的角色如何？」

拓也稍微想了一下，答道：「好吧。」橋本也同意。

「但是在那之前，能不能讓我們檢查撲克牌？」拓也說。

直樹扭曲嘴角抿嘴一笑，然後遞出撲克牌。撲克牌並無特別奇怪的地方。拓也遞給橋本，他也仔細地檢查後，將撲克牌還給直樹。「這下你們能接受了吧？」

直樹洗了幾次牌之後，將一疊撲克牌在茶几上攤開。「好，末永你先抽。最大的是A，最小的是2，數字相同就以花色定勝負。」

拓也舔了舔乾燥的嘴唇，然後伸手抽牌。不知為何，康子的裸體霎時掠過腦海。

拓也把心一橫，攤開抽到的牌。橋本失聲「啊」地叫了出來。

「你抽到了一張好牌。」直樹說道。

拓也的牌是紅心國王。他心想：太棒了，後抽的兩人不可能都抽到A吧。

「好，輪到橋本了。」在直樹的催促之下，橋本伸手抽牌。但是，他的手在抓住牌之前停了下來。拓也也感覺得到，他的手不停地在顫抖。橋本做了一個深呼吸，下定決心地抓住一張牌，然後打開。果然，橋本「啊」地張開嘴巴，但是沒有發出聲音。他大概大受打擊，連聲音都發不出來了吧，他抽到的是梅花4。橋本用手摀住口，盯著茶几上的梅花4。他看起來像是要做好殺害康子的心理準備，也像是在思考如何設法擺脫眼前的局面。

「那麼，換我抽。」直樹掃視一疊撲克牌，閉上眼睛拎起其中一張，然後在臉旁邊翻面，用力丟在茶几上。那是方塊2。

橋本「呼」地長吁一口氣。拓也不發一語，看著直樹的臉。提議的人是他，所以這或許是最好的結果。直樹閉著嘴巴，全身僵住了將近一分鐘。接著，他的唇邊漾起一抹冷笑，看著兩人說：「好，既然角色決定好了，先來製作連署書吧，之後再討論細節。」

6

距離厚木還有十公里——拓也看見標示，再度繃緊神經。最後一刻之前，都不能鬆懈，因為還不曉得會發生什麼事。橋本應該在厚木等候。到那裡將屍體搬上另一輛車後，回名古屋——到此為止是拓也的工作。回程路上也必須十分小心，即使車上沒有屍體，也不能留下自己在這個時間行駛於這個路段上的紀錄。又有一輛車以相當快的速度超車。以八十公里左右行駛的廂型車對他們而言，正是不折不扣的障礙物。選擇這輛車作為運送屍體到厚木的工具，也是直樹的主意。

「如果是傍晚六、七點，天色還很亮。我想在車上殺她。這麼一來，先將屍體拖出來，再放進後車廂會是一件煞費體力的工作。至少對一個人而言是如此。就這點而言，如果是廂型車的話，只要直接蓋上毛毯，將屍體滾到後方貨架就行了。就算從車外看得見，看起來應該也只像是貨架上載了什麼。」

直樹說，他有辦法弄到車。他似乎有個親戚在豐橋做木材加工業，工廠車庫裡有輛平常幾乎沒有在用的廂型車。當天早上，直樹搭新幹線在豐橋下車，開那輛車到大阪。

「您要特地從豐橋調車過來嗎？」橋本一臉意外的表情。

「因為如果租車，事後會留下證據。再說，從豐橋開車來是有理由的。」直樹看著拓也說：「我希望你在厚木將屍體搬上另一輛車之後，從東名高速公路折返，到豐橋下交流道去替我還車。然後你再搭計程車回名古屋就好了。無論警方怎麼懷疑，只要沒發現這輛廂型車的存在，應該就不會去調查豐橋的計程車公司。」

至於用來從厚木搬運屍體的車，則由橋本準備。

「對了……您打算用什麼方法殺她？」拓也發問時，饒是直樹也露出了有些痛苦的表情，這是他臉上第一次出現表情。

「我還沒決定，」他總算說道：「我認為最好別出血。關於方法，就交給我來想。」

「麻煩您了。」拓也說道。橋本也點點頭。至於找康子到大阪的方法，也是由直樹來想。

「棄屍的地點由橋本你想，末永請你決定在名古屋和厚木換人接手屍體的地點。」

「好。」拓也應道。

「接下來是執行日，就下星期二吧。十一月十日。末永，你這一天設法待在名古屋準備，你應該能夠找個適當的理由出差吧？」

「嗯，我會想辦法。」拓也說道。

事情決定到這個階段，這一天便各自解散了。下一次討論日期是三天後。這三天內，三人要事先解決各自的問題。但自從這一天之後，拓也的身邊出現了奇怪的謠言：內容是星子中意拓也，兩人見了好幾次面。好幾個人詢問拓也謠言是真是假，他才知道這種謠言傳開了。當然，拓也沒有告訴任何人自己和星子之間的事。這麼說來，會是康子散佈的謠言嗎？不，拓也轉念一想，她應該不會這麼做。因為做這種事，對她沒有好處。那麼會是誰呢？拓也不久後便知道了答案，直樹打內線電話給他，告訴他散佈謠言的是自己。拓也一問理由，直樹就說事後再向他解釋，希望他馬上來開發企劃室一趟。拓也滿腹狐疑地前往企劃室。直樹不在平常的個人辦公室，而是在屬下們待的辦公室裡打開某種資料夾。「您找我嗎？」拓也一靠近他，直樹只移動眼珠子瞪了他一眼，然後又將視線移回資料夾。拓也直覺，情況有點不太對勁。

「你不小心一點，我很傷腦筋耶。」直樹說道。沉悶的聲音，令人有點聽不清楚。

「什麼？」拓也問道。

「傳出奇怪的謠言，會造成我的困擾。」

拓也默默地看著直樹的側臉，不知該做何回答才好。在一旁工作的幾名員工，或許在聽他們的對話，沒有發出半點聲音。

「我希望你謹言慎行，別招人誤解。我父親他——」說完，直樹停了半晌才繼續說：「我是不知道專任董事有何打算，但是關於星子的將來，我想了許多。像你這種局外人在她身邊晃來晃去，會讓我很頭痛。」

「知道了嗎？」直樹從資料夾抬起頭來。

拓也大惑不解，完全無法理解他做這種事情，葫蘆裡賣的是什麼藥。拓也依然不應聲，直樹瞪著他問：「知道了嗎？」

「我知道了。」拓也不得已只好回答。

直樹點點頭，闔上資料夾，不再多說一句，消失在隔壁辦公室。

但是拓也一回到自己座位，直樹馬上打了電話來。

「抱歉啦，」他劈頭就說：「我想就算沒有事先和你套好招，你也會完美演出。」

「這到底是怎麼一回事呢？」拓也自己也知道自己下意識地尖起了嗓子。

「這是計畫的一環。事情是這樣的，我發現好像有幾個人知道你和星子的事。大概是宗方先生那一掛的人流出的資訊吧。所以，我想這樣下去不太好。這是因為，這次計畫的大前提是，三名共犯之間沒有密切的關係。但是你一旦成為星子的準丈夫，我和你之間的關係就會突然拉近。萬一其中一方被警方懷疑的話，警方說不定會看出和另一方是共犯的可能性。」

「這倒是有可能。」

「所以我設計了這齣戲。這麼一來，除非我承認你是星子的準丈夫，否則你和我之間就毫無瓜葛。看在其他員工眼裡，反而會覺得我們的關係交惡。這種佈局，會在萬一的時候發揮效用。」

「原來如此。」拓也一面回應，一面心想：直樹是否對於這次的謀殺計畫樂在其中。若非如此，不可能想出這種點子。

「對了，室長。」

「嗯？」

「您剛才的話完全是在演戲嗎？您說您在為星子小姐的將來做打算……」

於是直樹像是看透拓也的心事似的，在電話那頭笑了出來。「你好像很擔心。坦白說，我根本不管星子想和誰結婚。但是我父親卻要我選擇，老實說，我覺得很麻煩。」

「原來是這樣啊。」

「就是這樣啊。所以你不用擔心，全心投入這次的計畫。」簡直像是在做工作上的指示時，直樹的最後一句話恢復了認真的語調。

就這樣過了三天。三人再度集合於同一家飯店。

「康子的公寓附近，有一個小型的高爾夫球場。因為沒有照明設備，所以晚上是一片漆黑，幾乎可以說是沒有路人會經過。如果將屍體丟在這裡，隔天早上鐵定會被人發現。再說，我想警方很可能會判斷這是過路煞神下的手。」

橋本這兩天內似乎做了一番調查，不像平常的他，一副充滿自信的態度說道。拓也心想，小型高爾夫球場的確是個好目標。直樹似乎也同意，於是採用了橋本的提議。至於交接屍體的地點，按照約定由拓也決定。他在名古屋選擇了車站東邊的停車場，而厚木則是選擇下高速公路後，北上幾公里的一處空地。

「我在這裡畫出了簡略的地圖。請別弄錯地方。」

兩人看著他遞過來的便條紙點頭。

「好，這下全部決定好了。那，我們現在再從頭檢視這項計畫一次。」直樹好像在擬定什麼愉快的計畫似的，發出雀躍的聲音。

7

手錶指針指著一點半，事情進行得比計畫更順利，馬上就會看見厚木的出口。

漫長的一天終於要結束了——拓也粗重地嘆了一口氣。真是漫長的一天。今天早上以出差的名義離開東京至今，已經過了幾小時呢？他出差的名義除了和名古屋的某廠商見面，以取得購買某研究設備的報價單，還包括調查對方的實際業績及機械性能。就距離而言理應當天來回，但是他找了各式各樣的藉口，而獲得過夜的許可。對於拓也的出差，上司幾乎不會囉哩囉嗦。

到了名古屋，拓也和一開始就沒打算採用的業者見面，但是沒有將內心的想法表現出來，對方好像非常歡迎他。出差的目的應該半天左右就能完成，但是他故意拖延，為了隔天留下一些工作。依照不同的觀點，或許可以認為拓也很積極，合作業者好像很高興，甚至提議帶拓也去體驗名古屋的夜生活。但是他只和業者一起用餐到十點左右，鄭重謝絕了酒宴。當拓也說想在旅館彙整今天的工作結果，業者也就無話可說了。

拓也事先在車站前預約了商務旅館，辦完住房手續後，在房間裡換好衣服，便拿著房間鑰匙外出，然後前往約定的停車場。停車場裡車輛並不多，空位還很多。拓也沒花多少時間，就找到了要找的廂型車。如同他猜想的一般，車子停在最角落。拓也試著從車窗窺視車內。後方貨架裡橫放著一個裹著藍色毛毯的大型長條貨物。或許是知道貨物是什麼的緣故，看在他眼裡，毛毯的凹凸清楚地顯示出貨物的形狀。愚蠢的女人——拓也用鼻子冷哼一聲，如果妳沒提出奇怪的要求，用一點錢打發妳就沒事了。拓也繞到廂型車後方，找出用封箱膠帶貼在車體後面的鑰匙，打開右側車門上車，調整後照鏡，再次看了後方一眼。不曉得是用什麼方法殺害她的，血液和穢物沒有濺得到處都是。已經沒有退路了——拓也在口中低喃道，發動引擎。

離開停車場，一逕向東直行。開上位於名東區的名古屋交流道，是在十點三十五分。

看見厚木的出口了，拓也將車開進離線車道。下了高速公路，走一二九號線北上。這條路總是塞車，但是這個時段果然沒什麼車。經過本厚木車站，車行一陣左轉，燈火一下子少了許多，路邊一整排像是倉庫的建築物。再轉進小馬路，他放慢車速，緩緩前行，來到一處看似用來堆放資材的空地，路面已經沒有鋪柏油。空地的角落，停著一輛白色轎車，拓也一面靠近，一面確認車牌號碼。沒錯，是橋本的車。拓也為了方便搬運屍體，將車停成兩輛車的車尾相對。

「你按照計畫來了啊。」拓也下車，橋本也打開車門下來。說到燈光，只有車頭燈的光線。即使如此，拓也還是發現他的臉頰僵硬。

「貨在車上嗎？」橋本看著拓也的廂型車問道，聲音有些顫抖。

「廢話。」拓也打開廂型車的後門。橋本看見裹在毛毯裡的東西，霎時別開視線，然後打開自己車的後車廂。拓也爬上廂型車的貨架，沒有催促橋本快過來，而是看著他揚了揚下巴。

「請……等一下。」橋本爬上貨架後，跪了下來，對著屍體雙手合十，閉上眼睛。他大概是想讓自己心裡好過些吧。拓也不能理解這種心理。如果要在這種地方合掌默禱的話，一開始別參與謀殺行動不就得了。

「你有帶念珠來吧？」橋本睜開眼睛後俏皮地說，但是語氣依然生硬。

「幫我抬那邊。」拓也用手掌比著看似屍體腳部的方向。

橋本點點頭，手部動作僵硬地連毛毯整個抱起。拓也抬起屍體的上半身，屍體比想像中更僵硬，而且更大，感覺不到體溫。

「盡量別移動屍體的姿勢，我想儘可能掩飾屍體被移動過。」

他記得直樹說過屍斑和死後僵硬等屍體現象。

「好重唷。」橋本以半蹲的姿勢，氣喘吁吁地說。屍體的確很重，以救人性命為職業的人經常說，搬運沒有意識的人有多困難。

「我一個人沒辦法丟棄這麼重的東西。」

好不容易將屍體搬到轎車的後車廂，橋本露出一副叫苦連天的表情。「求求你。幫幫我。」

「事到如今別發牢騷，我接下來得折返。」拓也關上自己車的後門。

「你只要在早上之前回去就行了吧？從這裡的話，一小時就能到棄屍的地點。你棄完屍再回去也不遲吧？」

「不行，我請旅館櫃台七點叫我起床了。」這應該也有助於製造不在場證明。

「來得及啦。」

「少廢話！要是來不及怎麼辦？」

「不會怎樣的，頂多就是旅館人員稍微感到奇怪而已，倒是我的工作才是關鍵所在。你至少在我棄屍的時候，替我把風嘛。」

「旅館人員稍微閃過可疑的念頭，說不定會成為重要的證詞。如果你是男人的話，就遵守約定。」拓也撂下狠話，看見橋本露出鬧彆扭的表情，接著窩囊地垂下眉梢。

「好啦。那，請你幫我把屍體稍微移到內側。這樣的話，後車廂關不起來。」

「放太裡面的話，等會兒可就不好搬出來囉。」

拓也想抬起屍體時，毛毯角落稍微掀起。

「哎唷。」拓也霎時別開目光，旋即想伸手將毛毯拉回去，卻從掀開的縫隙看見了腳尖。他看見這一幕，整個人僵住了。

橋本也不發一語。詭異的沉默恐怕持續了好幾秒。拓也緩緩轉頭面向橋本，橋本也看著拓也。

「喂。」拓也低呼他，只將視線移往屍體，然後說：「這……不是康子耶。」

從毛毯縫隙露出來的並非康子的腳，差太多了。

「……怎麼辦？」橋本總算發出聲音。他像狗一樣粗重喘氣。

「什麼怎麼辦……只好打開來看吧？」

拓也嚥下唾液，提心吊膽地掀開毛毯。當屍體的臉出現時，橋本不禁向後一屁股跌坐在地，發出低聲的尖叫。

「這是怎麼一回事？」拓也低吟道：「為什麼會是仁科直樹的屍體？」

謀殺失誤

I

狛江市——那棟公寓建於世田谷大道稍微往北之處，步行幾分鐘即可到達多摩川。車流量不大，環境清幽怡人。公寓是三層樓建築，所有房間坐北朝南，停車場位於東邊。開車通勤的人不多，但停車場裡毫無空位，停滿了車。這棟公寓裡，有個男人在經營小型印刷廠。雖然是承繼父業，但這份工作不太稱得上輕鬆愉快。若有急件的時候，前一晚就要事先將貨搬上自己的車，隔天一大清早直接送到客戶手上。

今天早上正好是這樣的日子，為了應付一個非得在今天上午之前交貨不可的不合理訂單，昨天晚上印刷機運作到十點多。小型印刷廠若不稍微通融客戶無理的要求，就沒辦法做生意。結果，男人昨晚回到家已經十一點了。他的停車位是從內側數來的第二個，開的是幾年前買的客貨兩用車。他的車內側停著一輛富豪（VOLVO）汽車。他經常看見那輛車的主人，似乎比他小十多歲，或許是因為單身漢手頭寬裕，身上穿戴的淨是名牌貨。

他心想，光是單身住在這棟公寓就是一件奢侈的事。這裡雖然不是東京的二十三區內，但是最近地價飆漲，房價是一般上班族買不起的。但是富豪汽車的主人，卻住在這棟大樓中坪數最大、視野最佳的房間。他大概不是從事什麼正當行業吧——男人嫉妒地猜想。

男人上車檢查貨架上的貨物，確認無誤後轉動鑰匙發動引擎，同時調整後照鏡的位置。他發現左側的後照鏡歪了，「嘖」地咂嘴。因為他的車沒有安裝電動後照鏡這種人性化的設備。他將身體探向左側，搖下車窗，伸手移動後照鏡時，鏡中映出了那個。他心想，有人。因為後照鏡中映出的是人的手。他進一步拉長身子，從車窗探出頭來。幾秒後，他沒有熄火，直接跳下車。

「死後經過了十二小時左右。」東都大學法醫學研究室的安藤副教授一面用手指扶正金框眼鏡，一面以沉穩的嗓音說。

佐山總一看著手錶計算時間。現在是早上七點二十六分，所以死者是在昨晚七點左右遇害啊。

「死者好像是被人從身後勒斃的吧？」

「是啊，繩索在脖子後方交叉，大概是被人從身後偷襲的吧。」

屍體橫躺在兩輛車中間。根據發現者的證詞，死者肯定是停在隔壁車位的富豪汽車的主人。從死者身上的駕照和名片得知，他是住在公寓三〇三號房的仁科直樹，今年三十三歲，名片上的頭銜是ＭＭ重工研究開發部開發企劃室室長。

「佐山。」

有人在叫自己的名字，佐山回頭一看，谷口警部揚了揚下巴，示意要他過去。

「發現屍體的印刷廠老闆，昨晚似乎是在十一點多回家的。」

谷口將平常就有點駝背的身體彎得更低。

「這就奇了。」佐山說：「安藤副教授說，死者已經死了十二小時以上。所以犯人應該是在哪裡殺害死者，再將他搬運到這裡來的。」

「大概是三更半夜載過來的吧。」

「說不定住戶當中有人知道些什麼。」

「現在我正派人打聽。我們去看看被害者的家吧。」

谷口舉步朝公寓走去，佐山也跟在他身後。抬頭看建築物，有幾扇窗戶開著，住戶們剛才在俯看停車場。

爬上三樓，樓梯旁邊就是三〇三號房。大門已被打開，幾名調查人員在屋內。谷口也走進去，但佐山按響三〇二號房的門鈴。出來開門的是一名三十五、六歲的女人，似乎是家庭主婦。

佐山問：「妳昨天有沒有聽見隔壁房間發出什麼聲音呢？」家庭主婦搖搖頭。

「晚上也沒有聽見任何聲音。不過話說回來，死者竟然是那位仁科先生啊……」她瞄了隔壁一眼，皺起眉頭。

「妳昨天有沒有見到仁科先生呢？」

「嗯，他早上出門時我有看見。大概是六點左右吧，比平常早了一小時多。」

這麼說來，他並非像平常一樣，是要出門上班。

「他的服裝打扮感覺怎樣？」

「什麼怎樣，就很普通啊。他一身整齊的灰色西裝，拿著公事包之類的東西。」

佐山默默點頭，將這一點寫在記事本上，然後抬起頭來，再度詢問家庭主婦對於仁科的印象。

「我不太認識他，但他是個有點奇怪的人。他有時候會在陽台上，神情恍惚地望著戶外幾十分鐘……說到這個，我還見過他在多摩川吹小號。」

「妳經常和他講話嗎？」

「不，頂多是見面時打聲招呼。」

接著，佐山問：「妳有沒有看過進出直樹家的人呢？」
她將手抵在臉頰上，偏著頭陷入沉思，最後回答：「不曉得，我不太清楚。」
佐山向家庭主婦道謝後，往三〇三號房內看去。他看見屋內的樣子，霎時啞口無言。
「很像颱過颱風吧？」谷口湊了過來。
「簡直慘不忍睹。」佐山說道。
室內的狀態確實宛如小型颱風過境。就單身漢而言，三房兩廳的格局未免太大，每一間房間像是被什麼人徹底翻過。佐山邊戴手套，邊環顧四周。衣櫃和收納櫃裡的所有衣物都被扯出來，散落一地。書櫃上幾乎不剩半本書，書桌的抽屜全被拉出來，裡面的物品傾倒一空。
「連冰箱都被翻得亂七八糟。」谷口說道。
「犯人好像在找什麼喔？」
「似乎是。我認為命案現場不是這裡。」
「應該不是吧。如果是這裡，將屍體移往停車場就失去了意義。犯人應該是不想被知道命案現場在哪裡，才特地搬運屍體的吧。」
「搬運屍體，順便來這間房子翻箱倒櫃嗎？」
「大概是吧。將房子翻成這副德行，還完全沒有被隔壁鄰居發現，可見犯人是個行事小心謹慎的人。」
「問題是，犯人是否找到了他想要找的東西。」
「犯人沒有留下任何蛛絲馬跡嗎？」

「我不曉得這能不能算是蛛絲馬跡……你來這裡看看。」兩人走進客廳，茶几上放著撲克牌和菸灰缸，谷口指著那個菸灰缸。「有燒過紙的跡象對吧？」

「原來如此。」

犯人似乎將什麼紙揉成一團，丟進菸灰缸中燒掉了，紙化成了黑色灰燼。

「紙上大概寫了什麼吧，有沒有辦法辨識出來？」

「還剩下幾個依稀能辨的字，是英文字母的A和B，好像還有C，剩下的就看不清楚了。我打算委託科學調查研究小組。」

「A、B、C啊，是仁科自己燒掉的嗎？」

「我想應該是，犯人燒掉的可能性不高。」

「如果是犯人，大可將紙拿走之後，到外面慢慢處理掉。」

「ABC命案啊，總覺得這件事會變得很麻煩。」

谷口從一旁的撲克牌中拿起一張，將正面攤在茶几上，鬼牌上的小丑笑得令人毛骨悚然。

這一天上午，警視廳調查一課的佐山偕同狛江署的矢野，一起造訪MM重工。矢野比佐山小九歲，才二十多歲，體格高壯厚實，平日犀利的目光更顯尖銳，幹勁十足地參與第一起命案調查。

「我不明白，仁科是為了什麼從大阪回來呢？」矢野在MM重工的會客室等待對方時，壓低音量說。

這個兩坪多的房間，隔音效果良好，待客沙發組也不是劣質品。除了這個房間之外，還有擺設一整排桌子的會客大廳，但是佐山他們一在櫃台報上姓名，身穿藍色制服的櫃台小姐便帶著略顯僵硬的表情，領他們至這間房間。她們似乎也稍微知情。

「不見得是回來才遭殺害。說不定是遇害之後才被搬運回來的。」佐山比矢野更小聲地回答。

「犯人在大阪殺害他，然後將他搬運到東京嗎？」矢野瞪大眼睛，「這麼一來工程浩大，為什麼得那麼做呢？」

「這我就不知道了，只是不無這種可能。」

「我認為仁科是回東京才遇害的。」

「隨你怎麼想。」話一說完，佐山抱著胳膊閉上眼睛，他有他自己要想的事。

確定仁科直樹的身分時，佐山立刻和他的老家與公司聯絡，老家並不怎麼遠。聽見他父親敏樹是ＭＭ重工的專任董事，佐山想通了，他曾聽說過仁科家族的事。

出面認屍的敏樹，一眼就斷定是自己的兒子。他的呼吸有些急促，但面臨這種事情，居然還能以冷靜的語氣說話。只不過他握著手帕的右手，始終在顫抖。

「有沒有什麼線索？」敏樹盯著遺體問道。

一名調查人員回答：「我們警方正要展開調查。」

敏樹瞪著那名調查人員說：「給我及早緝捕犯人到案，我願意提供任何協助。」

佐山他們低下頭說：「我們會盡全力。」

在此同時，公司方面接獲了一項非常有趣的資訊，照理說直樹昨天出差到大阪。出差的目的似乎是去聽機器人的國際學會演講。這麼一來，隔壁的家庭主婦說直樹比平常早出門，這項證詞則足以採信。應該去了大阪的直樹，卻變成屍體在東京被人發現──確實就像矢野所說，這是一件匪夷所思的事。但是比起這件事，有一件事更令佐山耿耿於懷。為何犯人刻意選擇這個時間點，計畫殺害直樹呢？對犯人而言，有什麼方便動手的原因嗎？

聽見敲門聲，佐山說：「請進。」

出現了一個四十歲上下的男人，男人瘦骨嶙峋、臉色不佳。但像是在打量佐山他們似的瞥了他們一眼，眼神中帶有某種敏銳的觀察力。

「讓你們久等了。」男人邊說邊遞出名片，上面寫著開發企劃室副室長萩原利夫。他是遇害的直樹的屬下，但是萩原看起來明顯較為年長，令佐山感到奇怪。簡單來說，這就是仁科家握有的權力嗎？

佐山他們也報上姓名，馬上切入正題，試著詢問仁科直樹是個怎樣的人。萩原下巴向一旁抖動一下，說道：「坦白說，我覺得他是個可憐的人。」

「可憐，怎麼說？」

「他是站在那種立場上的人，親戚們八成對他寄予莫大的期望吧，他本人看起來好像無法回應他們的期望。」

佐山心想，這男人的說話口吻未免太過謙遜。

「工作上的表現如何呢？」佐山問。

萩原在回答之前，下巴又抖動了一下。這似乎是他在腦中迅速思考時的習慣動作。「他對工作……好像不太感興趣。」

「什麼意思？」

「他大部分都關在自己的辦公室裡，很少來我們的辦公室。我們有事找他討論，他也只會說：『按照你們的意思去做。』他會過目報告書，但是幾乎不會指出缺點。」

「這樣工作上不會出現問題嗎？」

「嗯，目前我都有充分把關。」他一副「只要有自己在，室長是多餘的」口吻。當佐山詢問工作內容時，他表現得更是明顯。

「研究開發部的研究人員們，並非只是埋頭研究專業領域，而是有必須開發的對象。依照對象分成大小不同的企劃小組。開發企劃室扮演管理、協調這些企劃小組的角色。若用管絃樂團的指揮比喻，或許會比較容易了解。各企劃小組的負責人，會一一向我報告開發過程，如果我發現什麼，就會給予指示，我自負管理得相當良好。」結尾的方式充滿自信。

「這麼說來，仁科先生不可能是被捲入工作上的問題囉？」

「不可能，我想沒有這個可能。」萩原如此回答，下巴又動了一下。

「那除了工作之外，他最近有什麼奇怪的地方嗎？」

「除了工作之外嗎？」萩原的眼神隱約在游移，但是佐山默不作聲地盯著他。「不……我想，沒有。」

「請你老實說，真的沒有嗎？」矢野突然大聲說話。佐山拍拍他的膝蓋安撫他，就算在這種地方嚇唬對方也無濟於事。

佐山用原子筆筆尖敲了幾下記事本，再看萩原的臉。「對了，你對於他這次出差了解多少？」

「我聽說是去聽學會演講。」

「像這種出差經常有嗎？」

「是的，但是室長親自出席很罕見，大部分都是命令年輕員工去參加。」

「哦。」佐山心想，這是個令人感興趣的證詞，仁科直樹為何偏偏這次想親自出席呢？「你是什麼時候聽仁科先生說他要出席的呢？」

「呃……是什麼時候呢？」萩原打開手中黑色封面的筆記本，翻開行事曆那一頁。「應該是一星期前，他說要到大阪出差過夜，一切交給我了。」

「除了萩原先生之外，有誰知道仁科先生要出差嗎？」

「屬下全都知道。除此之外還有誰知道，我就不清楚了。」

「原來如此。對了，仁科先生的遺體是在狛江的家附近被人發現的。有沒有發生什麼事情，令他改變預定過夜的行程呢？」

萩原立刻搖頭。「關於這件事，我心裡完全沒個底，因為他還特地訂了旅館。」

「這樣啊。」

從萩原身上似乎得不到其他有用的資訊，佐山說：「請你叫一名屬下進來。」

「那我就找有空的人過來吧。」

萩原從沙發上起身。「能請你用這支電話找他過來嗎？」說完，佐山指著放在房間角落的內線電話。這麼做是為了防止萩原對屬下下封口令。

萩原一副老大不願意的樣子，但還是打電話到自己的部門找屬下過來。要來的似乎是一名叫做笠井的男員工。五分鐘後，笠井現身在會客室中。他比直樹小兩歲，所以應該是三十出頭。然而他給佐山的感覺，卻像是大學剛畢業。雖然不是娃娃臉，但是五官線條略顯細緻，感覺太嫩了一點。

萩原起身離開會客室，換笠井坐在佐山他們面前。

「不好意思，工作中打擾你。」佐山說。

但笠井沒有對此回應，好奇心畢露地問：「室長是不是被強盜襲擊了呢？」

他果然和外表一樣，感覺口風不牢靠。

「我們還不清楚。當然也有這個可能。」佐山如此回答，實際上卻覺得不可能是遇上強盜，而且這也是警方的看法。若是單純的搶劫，沒有道理移動屍體。而且死亡推定時間是昨晚的七點前後，對於強盜犯案這個時段嫌早。

「不過話說回來，沒想到室長會遇害，人生真是事事難預料。」笠井發表千篇一律的感想，露出遺憾的表情。

接著，佐山開始問和剛才問萩原的相同問題。笠井口中出現語意稍微不同於萩原的話：「坦白說，室長確實有些矯揉造作。但是，室長對工作不積極，是有其他原因的。」

「怎麼說？」佐山催促他繼續說下去。

笠井先說別說是自己說的，然後接著說：「副室長有點故意排擠室長。這或許是因為比自己年輕的人是頂頭上司，令他心裡頭感覺不是滋味，但我認為專業人士應該忍耐這種事情。萩原先生好像非常希望大家認為，企劃室是副室長一手掌管。」

「所以仁科先生和萩原先生的關係並不怎麼好，是嗎？」

「是啊，他們的關係很冷淡。啊，但是，副室長昨天好像加班加到很晚。」

或許是感覺警方可能懷疑萩原犯案，笠井連忙補上一句。

佐山面露苦笑地點頭，然後問道：「最近直樹身邊有沒有發生什麼奇怪的事？」問題的內容雖然和問萩原時稍有改變，但是問笠井的問題內容更加清楚。

他稍微趨身向前，壓低音量說：「你們沒有聽副室長說嗎？室長妹妹的事。」

「室長妹妹的事？沒有。什麼事呢？」

於是笠井吊人胃口地清清嗓子，先說了一句開場白：「這件事也請務必保密，別說是我說的唷。」

內容是關於仁科直樹的妹妹星子。大家謠傳有個男人是她的丈夫人選，以及直樹對那個男人說的話。「我覺得那種說法有點太過分，就算是仁科家的接班人，也沒有立場對妹妹的婚事發表意見。」笠井嘟著嘴，彷彿自己是當事人。

「嗯……原來還有這種事啊。」佐山心想，這真有意思。也就是說，要和星子結婚，必須獲得直樹的同意。然而直樹卻表示反對。

末永拓也啊——佐山感覺這個素未謀面的男人，強烈地引起了自己的好奇心。

2

中森弓繪自從隸屬於開發企劃室以來，一直都是在八點十分到公司。開始上班時間是八點四十分，所以在那之前的半小時，她會擦桌子或替花換水。弓繪並不討厭這種雜務，例假日時她也喜歡早起打掃房間。但是今天早上沒有那個必要，當她為了換衣服而進入更衣室時，知道發生了一件天大的事。

仁科直樹死了，而且似乎是被人殺害。告訴弓繪這起命案的是同期進公司的朝野朋子。朋子的大餅臉脹紅，上氣不接下氣地炫耀自己挖來的消息。她說仁科直樹在自家公寓的停車場被人發現、董事們為了收拾善後而齊聚一堂——

「真是令人不敢相信，」弓繪低喃道：「為什麼仁科先生會……」

這一天開始上班後不久，副室長萩原集合屬下，正式發佈他的死訊。說不定會有報社記者來詢問這件事，請避免不負責任的發言。

「中森妳要特別注意。」萩原看著弓繪的方向說，其他員工的視線集中在她身上。弓繪點頭，就這樣低著頭。

解散之後，幾名年輕員工聚在一起，開始聊起命案，他們的聲音也傳進了弓繪耳中。

「室長昨天應該出差去大阪啊，這麼說來，他是半夜回來的時候被犯人襲擊的嗎？」一群人當中，年長的笠井壓低音量說。

「原本預定要過夜吧？聽說國際學會是到今天。」另一名員工說。

「所以說不定是有什麼急事。否則的話，沒有理由回東京。」笠井說完抱起胳臂時，和弓繪對上了視線。他露出有點尷尬的表情，清清嗓子回到自己的座位。其他人也注意到弓繪，摸摸鼻子各自回到自己的崗位。

弓繪也坐在自己位於隔壁辦公室的座位上，靠窗處有張仁科直樹的辦公桌。這一年多，她一直在這間辦公室中與他兩人獨處。

她的工作是管理開發企劃室員工的出缺席，以及計算加班時數。她剛進公司時待在設計部，一年前，突然被調到這個部門。關於原因，她自己也不清楚。

此外，弓繪也不曉得為何只有自己和直樹待在同一間辦公室。根據傳言，似乎是基於直樹的想法。而這個傳言被人加油添醋，說成直樹對設計部的弓繪有意思，為了將她留在自己身邊，而把她調過來。企劃室的員工們至今仍以異樣的眼光看她，也是因為這個緣故。

當然，這不過是單純的謠言罷了。這一年來，直樹從未表現出那種態度，也沒有邀過她用餐。工作空檔時，頂多就是在對話間穿插玩笑話。仔細一想，像直樹這種名門出身的人，是不可能理會地方出身、貌不出眾的小女孩的。

弓繪自己也不太把他當作男人看待。畢竟兩人的立場懸殊，而且年紀有差距。最重要的是，直樹這個男人身上總是散發著一股令人難以靠近的氣氛。該說是防衛心太強嗎？他給人的感覺就像是不管在誰面前，都不會表露出自己真正的心情。

不過，弓繪想起自己經常被他不時展示的溫柔所吸引，這倒也是事實。那份溫柔究竟算什麼呢？如此心想時，內心深處果然湧現一股情感。弓繪做了幾次深呼吸，試圖壓抑這份情感，然後打開放在辦公桌旁的電腦開關，決定開始計算出差旅費。機械性的作業，具有安定情感的效果。

相較於其他部門，開發企劃室的出差並不多，但每個月至少仍有幾個人會提出出差申請書。出差地點幾乎都在首都圈內，但也經常會遠赴大阪或名古屋。這種情況下，就由弓繪負責買新幹線或飛機的票。弓繪停止敲鍵盤的手，想起了直樹提出申請書時的事，那已經是一星期前的事了。

「往返都搭新幹線可以嗎？」她請示直樹。

「可以啊，反正也不是什麼急事，去聽學會演講是個輕鬆的差事。」

「要過夜是嗎？旅館離會場近一點比較好吧？」

國際學會的會場在中之島附近的一棟大廈。

「不，最好在新大阪附近，我可以將行李寄放在旅館再去會場。」

「我知道了。」於是弓繪從公司指定新大阪周邊的商務旅館中，挑了大阪綠旅館預定房間。

但是現在回想起來，事情有些古怪。直樹說要寄放行李，但是一個大男人出差過一晚，應該沒有什麼大行李才是。而且，隔天也要出席學會，還是離會場近一點比較方便吧？

這和命案有關嗎？當弓繪想到這裡時，輕輕搖了搖頭，應該不可能有那種事吧。直樹之所以希望住新大阪的旅館，肯定只是隨性的一個念頭。

弓繪繼續敲打鍵盤的作業，但仍持續想著直樹。雖然不曾和他好好說過話，但是加班到很晚時，曾經一起下班走到半路。一開始是像平常的閒聊，久而久之，兩人談起了男女朋友和婚事。她說暫時不願去想這個問題，於是直樹輕輕點頭，然後停下腳步，欲言又止地凝視她的眼睛。她問：「怎麼了？」直樹說：「沒什麼。」又再邁開腳步。他的模樣可說是不知所措，而就弓繪所知，那是直樹第一次露出那種表情。當時，他想說什麼呢？這件事已經無從得知了。

工作告一段落後，弓繪到走廊上前往茶水室。趁工作空檔到那裡休息是一大樂事，ＭＭ重工備有完善的即溶咖啡的自動販賣機，所以女員工一般不用送茶水。打開茶水室的門一看，裡面已經有人，坐在房間角落的椅子上。她是弓繪熟知的女同事，到了這個時間，茶水室裡總會有人。

「午安。」弓繪對她打招呼。

但是那名女同事或許是茫然地在想事情，一臉霎時沒有注意到門打開了的表情。接著她看見弓繪，半張開嘴巴，彷彿在說：「哎呀。」

「妳怎麼了？」弓繪問道。

「不，沒什麼。休息一下。」對方說完起身，看也不看弓繪一眼就離開了。如果是平常的話，按照兩人的交情，她應該會跟弓繪開一、兩個玩笑。

她怎麼了呢？真不像她——弓繪目送長髮飄逸的雨宮康子離去，心裡這樣想。

3

一抵達荻窪的公寓，拓也連西裝外套也沒脫，就直接一頭倒在床上。明明天氣不熱，但全身卻汗涔涔。喉嚨異常乾渴，心跳也不平靜。拓也自我分析，回想今天一整天的緊張情緒，也難怪會出現這種生理反應。

他自言自語道：「事情嚴重了。」解下領帶。今天下午從名古屋回東京，佯裝毫不知情地進公司，公司裡果然引起了軒然大波。公司的人，而且是仁科家的長男遇害，這是再理所當然也不過的事了。然而，若按照拓也他們的計畫，今天令MM重工內部震驚的，應該是雨宮康子的屍體才對。但康子卻還活著，死的是直樹，提議殺害康子的人。

事情嚴重了——他又低喃了一次。

拓也試著回想昨晚發生的事。在厚木的空地移動屍體時，發現那是直樹的屍體那一瞬間的驚訝，終究無法用言語形容。拓也和橋本都像是凍僵了似的動彈不得，連聲音都發不出來。

「什麼時候被掉包的呢？」橋本臉色僵硬地問道。

拓也不曉得用「掉包」這個形容是否恰當。「我哪知道，至少我從名古屋出發時，貨好像就已經不對了。」

屍體不可能在半路上自己換人。

「但事情為什麼會變成這樣？」

「我不知道。」拓也搖搖頭，「難道他……殺人不成反倒被康子殺了嗎？」

直樹遇害就已夠嚇人，屍體被裹上毛毯抬上廂型車這個事實更是令人不寒而慄，犯人為何要做出這種事呢？

持續沉默之後，拓也總算開口說：「沒辦法，姑且先找個地方棄屍再說吧。」

「就丟在這一帶吧。」橋本聲音顫抖地說。

「這可不成。」拓也斷定道，「雖然屍體變了一個人，但還是運回東京比較好。警方說不定會判斷，直樹基於某種理由回到東京，然後才遇害的。」拓也邊說邊想，這種事情不能太過期待。根據死亡推定時間，應該能夠輕易知道直樹是死於大阪或東京吧。拓也將屍體移至東京的真正理由，是想儘可能遠離自己身在的名古屋。然而，橋本好像沒有察覺到拓也心中的這種想法，以他自己的方式說服自己：非得將屍體運至東京不可。

「那，還是要我一個人運屍嗎？」

「廢話。」拓也說：「雖然屍體不同，但做的事是一樣的。」

「可是，到底要丟在哪裡才好？」橋本一臉泫然欲泣的表情。

「室長應該在狛江租了公寓。如果藏在那附近，明天一早應該就會被人發現吧。」

橋本抱著頭哀號。「真不該參與這種計畫的。就算被公司開除，也總比變成殺人犯好。」

拓也一把揪起說喪氣話的橋本領口。「事到如今別發牢騷！總之得盡早想辦法處理掉。少囉嗦，快運走屍體！」

橋本眼中帶著恐懼地點點頭，拓也放開手。必須將棄屍這種重責大任交給這種男人，實在令人不放心。但是除此之外，別無他法。「拜託你，千萬別被人發現。哎唷，在那之前……」

拓也探了探直樹的衣服口袋。必須收回那張連署書，還有指示屍體中途換手地點的紙。但是——兩張紙都沒找到。拓也知道自己臉色蒼白。如果那交到第三者手中，自己將會身敗名裂。

「這下糟了。」拓也咬著下唇，「說不定是被殺害室長的犯人拿走的。」

「不會吧……」橋本也一臉鐵青。

「總之不能再浪費時間下去。出發吧。」拓也一上車，馬上發動引擎，然後將車開到橋本的車旁，打開車窗說：「棄完屍之後，要徹底打掃後車廂唷。可別留下任何小證據，高速公路的收據丟掉了嗎？」

「啊，這個嗎？我馬上丟掉。」橋本拎起收據，撕碎丟出車窗。小紙片隨風飛舞。

「好，走囉。」

兩人驅車前進，一逕南下，拓也和橋本分別駛上東名高速公路的下行車道和上行車道。

拓也在豐川交流道下高速公路，然後往南走，進入豐橋市，經過豐川，來到湊町這個地方，按照直樹畫的路線圖，走在錯綜複雜的路上。看見山中木材加工這面招牌，發現一旁有車庫時，暫且鬆了一口氣。拓也將車停進車庫後，舉步朝車站走去。看了手錶一眼，剛過清晨五點。車站前的計程車招呼站停著三輛車，每個司機都用帽子遮住臉在打盹兒。拓也敲敲擋風玻璃喚醒司機，迅速上車。「到名古屋。」說完，他便讓身體陷入車椅。

抵達旅館是在六點二十分，他小心不被人發現地進房，將疲憊不堪的身體拋到床上。原本以為不會有睡意，但似乎還是小睡了一會兒。拓也被電話鈴聲吵醒，看了手錶一眼，正好七點整，櫃台叫人起床真是準時。

當拓也從床上挺起沉重的身體時，電話和今天早晨一樣響起，令他心臟重重地跳了一下。他嚥下唾液，然後伸手拿起話筒。電話是橋本打來的。今天雖然和他在公司裡見過面，但是兩人之間沒有交談，因為沒有機會說話。

「昨晚累死人了。」橋本劈頭就說。他的語氣凝重，他應該也和拓也一樣——或者比拓也更疲憊。

「你好像把屍體丟在停車場啊？」

「嗯。我一開始原本想讓屍體坐在車上，想說看起來會像是在車上遇襲，但是實在很難做到，所以就把屍體放在和隔壁車輛間的縫隙，屍體重得要命。」

橋本的語氣中對於自己一人背負麻煩事表示抗議。拓也也能想像，那是一件辛苦的工作。但他心想，自己沒有道理向他道謝或道歉。

「沒有被人發現吧？」
「這點你放心，末永先生你那邊呢？」
「進行得很順利。我把車開回室長親戚的車庫了。」
「這樣啊。對了……」橋本隔了半晌，然後接著說：「康子還活著吧？」
「活蹦亂跳呢。」拓也應道：「那女人，昨天請了年假吧？」
「沒錯，所以她應該答應室長的邀約，去了大阪才對。」
「她去大阪應該會被殺害，但卻反而殺死了對方嗎？」
「這實在很難想像。」
「沒想到室長那麼笨手笨腳。」
「但如果真是這樣，她應該會知道我們和室長是一夥的。」橋本指的是那張連署書。
「這件事我們最好做好心理準備。」
「嗯。老實說，昨晚我在棄屍前，進入室長家找過連署書了。我戴了手套，所以不用擔心會留下指紋。我一直提心吊膽，怕被隔壁鄰居發現。其實我本來想別那麼做，丟下屍體逃之夭夭的。」
橋本這時又發出忿忿不平的聲音，拓也假裝沒聽見，催促他往下說。「但是你沒有找到連署書吧？」
「我沒找到。我翻遍了書桌抽屜和收納櫃，連那張殺人計畫書也沒看到。會不會是室長丟掉了呢？」
「計畫書或許是丟掉了。畢竟他為人小心謹慎。這樣啊，果然沒找到連署書。」

「我想那是在室長身上，所以只好認為是被犯人拿走了。」

「是啊。」

「怎麼辦？」橋本又發出了懦弱的聲音，令人忐忑不安。

「還能怎麼辦？總之只好找出殺害室長的犯人。仔細想想，如果東西在犯人手上的話，就還有救。犯人應該不會交給警方吧。」

「是嗎？會不會以匿名的方式寄給警方呢？」

「我想不會，就算那麼做，犯人也得不到任何好處。而且犯人應該害怕警方利用那封匿名信，循線找上他。」

「是這樣就好了……那，我們要怎麼找出犯人呢？」

「暫時鎖定康子，別讓目光離開她身上。不管怎樣，她應該知道些什麼。」

「是啊。對了……」橋本口吃了一下，然後說：「找出犯人之後要怎麼辦？再說，康子的事情也還沒解決。」

拓也對著送話口嘆了一口氣，故意以敷衍的語調說：「這件事等知道犯人是誰之後再想吧。」

拓也掛上話筒後，再度躺在床上。各種念頭在腦中奔竄，思緒遲遲無法集中。康子的事、連署書——假設殺害直樹的不是康子，犯人為何知道大家的殺人計畫呢？犯人不可能不知道。就是因為知道，才會將直樹的屍體抬上那輛廂型車，讓車停在約定的地方。

難道犯人從一開始就知道殺害康子的計畫嗎？

拓也搔了搔頭，腦中浮現橋本剛才的問題——找出犯人之後要怎麼辦？

他心想：別無選擇。前幾天才剛決定，為了保護大家，不得不殺人。這項方針沒有改變。

拓也再度從床上起來時，門鈴響起。他在開門前湊近窺孔一看，門外站著兩名男子，一名眼神兇惡的年輕男子，和一名看似年長拓也幾歲的男人。

或者……他邊想邊開門。年長的男人按照拓也所想的方式，向他打招呼。

「我們是警視廳人員，不好意思，在您休息時打擾，我們有點事情想請教。」

4

外表看似弱不禁風，但行事作風大膽的男人——這就是佐山對末永拓也的印象。瞇瞇眼、下巴尖細，佐山心想，這種人或許難以從表情看透他內心真正的想法。

佐山一提到仁科直樹的話題，末永就皺起眉頭，遺憾地說：「他是今後扛起公司的人，怎麼會遇上這種不幸呢……」他給人的感覺做事一板一眼，但這個男人鐵定不是如此。佐山調查過的公司相關人士，毫無例外地都是露出這種表情。

「我今天來打擾，是想請教你和仁科星子小姐的事，聽說你是星子小姐的丈夫人選，這是真的嗎？」佐山邊說邊看末永的臉。坦率的表情，好像稍有變化。

「被人用這種方式問，我只能回答：那不是真的。」末永慎選詞彙地緩緩回答。

「這話什麼意思？」矢野刑警問道。

「因為沒有人親口說，我是星子小姐的丈夫人選。我不否認我經常跟星子小姐見面。」

「原來如此。你們在交往，但是還沒論及婚嫁是嗎？」佐山說道。

「實際上，我們還不算交往，我只是星子小姐的一個玩伴。」末永輕輕搖頭。

「聽說你們的事情在公司裡傳開了，仁科直樹先生對這件事情有沒有說什麼呢？」

末永露出「原來你知情啊」的表情，然後用小指搔了搔耳後，吁了一口氣。他似乎放棄掙扎，認為紙包不住火了。

「他罵我公司內之所以傳出奇怪的謠言，都是因為我不小心。」末永說道。

「只有這樣嗎？就我們所知，他好像說他不承認你和星子小姐的關係。」佐山看著記事本說，然後微微抬頭看末永。

末永霎時別開視線，但馬上將目光拉回來。「他說，他要替他妹妹找結婚對象，所以奇怪的謠言會造成他的困擾。」

「換句話說，他不承認你是星子小姐的結婚對象囉？」

「是吧。但是，」末永聳肩搔頭，「就我來看，這件事令我有點驚訝。畢竟，我剛才也說了，我對星子小姐而言，根本沒有那麼重要。唉，不過，我能理解室長的心情。」

因此，我不可能憎恨仁科直樹或覺得他礙事——末永似乎想這麼說。

「這麼一來，今後你打算怎麼辦呢？不再和星子小姐見面了嗎？」

「這我不曉得。因為在這之前，我從來不曾約過星子小姐，總是她單方面找我出去。」

「原來如此，所以要看星子小姐的態度囉？」

「是的。」末永輕閉雙眼，縮起下顎。

佐山拿起記事本和原子筆，擺出要做筆記的姿勢，然後刻意以公事化的口吻問：「最後一個問題。能不能儘可能詳細地告訴我，你昨晚的行動呢？」

末永稍微隔了半晌，然後「呼」地吐了一口氣。

「不在場證明嗎？」

「是的，你昨天有和平常一樣上班嗎？」

「沒有，」末永說：「我昨天出差去名古屋。」

「出差去名古屋？」佐山不禁和矢野對看一眼。直樹出差去大阪，而末永出差去名古屋。

「一大早嗎？」

「當然是一大早。我去了名西工機這家公司。我一直和對方的人在一起。」

「你在那家公司待到幾點左右呢？」

「事實上他們請我吃晚餐。吃完晚餐應該是十點左右吧。然後我回旅館。名古屋中央旅館。」

「這麼說，你有過夜囉？」

「是的。然後，我今天一大早又去了名西工機一趟，結束剩下的工作後回來。我為了報告先去公司，剛剛回到這裡。所以，坦白說我有點累了。」

末永故意按摩肩膀。

「不好意思。對了，你出差是臨時決定的嗎？」

「不能算是臨時決定。一星期前左右決定的。」

「一星期前啊。」

佐山詢問名西工機的聯絡方式，末永遞出一張名片；是名西工機的技術課長的名片。末永說他一直和這個男人在一起。

「我借用了。」說完，佐山收下了名片。

是夜，設置於狛江署的調查總部，舉行了調查會議。黑板上寫著仁科直樹昨天之後的行動。

清晨六點　離開家

早上十一點至下午四點　出席國際學會

傍晚六點　到大阪綠旅館辦理住房手續

「而屍體被人發現是在今天早上七點。地點是自家公寓的停車場。」警視廳調查一課的谷口警部說完，環顧齊聚一堂的調查人員，眼神彷彿在問：有意見嗎？

「死亡推定時間怎麼樣呢？」轄區的資深刑警問道。

「根據法醫安藤副教授的意見，是昨天下午五點到晚上八點之間。詳情要等解剖結果。我想，恐怕不會有太大的改變。」

「這麼說來，我們認為犯案現場在大阪，原則上沒有錯囉？」另一名刑警說道。

「大概吧。因為仁科六點人在大阪。他的行李放在旅館，而且外套口袋裡有旅館的鑰匙。」

「這麼一來，犯案現場說不定就在旅館附近。」

「這個可能性很高。明天，我會派幾個人趕往大阪。」

這時，坐在佐山身旁的矢野舉手發問。「辦理旅館住房手續的，確定是仁科本人嗎？」

谷口看著佐山，而不是矢野。「我寄照片給大阪府警察，請他們確認過了。櫃台人員似乎記得仁科，聽說是他沒錯。」

「櫃台人員記性還真好呢。」佐山說道。這是他直率的感想。人的記憶最不可靠。

「這點我也很在意，所以確認過了。仁科辦理住房手續時，要求選房間。因為有不少間空房，所以櫃台人員問他想住哪種房間，仁科似乎回答最好是盡量遠離電梯的房間。於是櫃台人員按照他的要求，給了他一間那樣的房間。聽說是因為有過這樣的對話，所以櫃台人員才會清楚地記得仁科。」

「是喔……仁科總是這樣選房間的嗎？」

「不曉得，不過我曾聽旅館人員說，這種客人很常見。」

總之，這下確定了是直樹本人辦理住房手續的。

「我可以發問嗎？」谷口小組的年輕小夥子新堂微微舉手，「屍體在東京被人發現，意味著是犯人搬運的嗎？」

「應該是吧。」回答的不是谷口，而是轄區的資深刑警。

谷口默默點頭。

「犯人到底為了什麼，要這麼大費周章呢？如果只是不想被人知道犯案現場，根本沒必要將屍體大老遠從大阪運到東京。只要丟到深山或大阪灣就好了。」

「會不會是想故佈疑陣，讓人以為被害者是在東京遇害的呢？」某個人說。

但新堂立即否定道：「不，我想不可能。應該有許多人能證明，仁科直樹當時人在大阪。這麼做會耗費大量勞力和心力，卻徒勞無功。」

「也就是說，只要知道犯人為何將屍體運到東京，或許命案就會真相大白，是嗎……？」谷口自言自語地說。看著佐山他們問道：「仁科的人際關係如何？」

首先，佐山說明今天在MM重工打聽到的內容。沒有得到他在工作上與人交惡的資訊。真要說的話，有謠言指出副室長萩原策動手下排擠他。

「原本萩原應該當上室長，卻被其他部門跑來的小夥子搶走職位，他心情應該很不是滋味吧。」仁科直樹進公司到各個部門累積經驗後，獲得特例提拔，而擔任現在的開發企劃室室長一職。「但是萩原好像一直待在公司裡。我想，他要犯案是不可能的事。」

「再說，他的犯案動機也不強。不過，動機的強弱不是第三者能夠判斷的。」谷口自言自語地說完後，命令佐山：「你報告一下仁科星子的丈夫人選的事。」佐山已經向谷口報告過末永的事了。

佐山一說起末永拓也，所有調查人員的表情出現了變化。

「下任社長的女婿寶座啊，這樣就可以少奮鬥二十年吧。」轄區的主任使用最近的流行語。

「那個仁科星子，和直樹好像是同父異母。」谷口這句話，也令佐山感到驚訝，他第一次聽到這件事。

「新堂刑警剛才調查到的。」說完，谷口將目光飄向新堂。新堂站起身來。

「仁科敏樹和曾是MM重工員工的光井芙美子結婚，生下直樹，不久後離婚。當時，孩子由芙美子扶養。至於兩人之間有過何種協商，詳情還在調查中。敏樹和芙美子離婚兩年後，迎娶第二個妻子山本清美。清美前年因病去世，敏樹和她之間的愛的結晶，就是已經出嫁的宗方沙織，和剛才的話題人物仁科星子。不過，敏樹大概還是想要個兒子。他一知道光井芙美子因為車禍過世，馬上就辦理認養直樹的手續。當時直樹十五歲。」

「仁科家的基業，果然還是想讓兒子繼承啊。」

資深刑警說道。谷口對此補充道：「讓兒子繼承基業，讓女婿輔佐兒子。這似乎是仁科敏樹的構思。直樹之所以說妹妹的結婚對象要由自己決定，大概也是因為這項幕後因素吧。」

「星子怎麼樣呢？今天的女孩子不可能接受這種古老的觀念。」

「我有同感。」谷口點點頭，「關於這件事，需要進一步的調查。還有，末永和星子之間的關係。末永說，他單純只是星子的玩伴，好像沒有意識到自己是她的丈夫人選。」

「真的嗎？」語帶挖苦的人，是剛才譏諷末永「夤緣富貴」的轄區主任。

「假如末永有這種野心的話，直樹的存在將會是個眼中釘。」說完，主任問谷口：「末永的不在場證明怎麼樣？」

「他有不在場證明。」佐山答道，「末永從昨天到今天去名古屋出差。」

「名古屋啊，」主任低吟，「但是末永剛好也出差，實在令人在意。」谷口將雙肘靠在會議桌上，雙掌在面前合十。

「假如他在名古屋，就不可能犯案了嗎？」

「根據他本人的供述，他和客戶在一起到十點左右。」

佐山一說，谷口嘆氣道：「十點啊。那……不可能吧。」

但是他的表情並非完全接受，感覺對什麼耿耿於懷。佐山也是相同的表情。

5

隔天早上，當弓繪去上班，已經有幾名調查人員來到部門裡，四處亂翻直樹的辦公桌和櫃子。弓繪本身早已預料到，警方差不多要找上自己了，但萬萬沒想到會突然發生這種事。

弓繪不得已到隔壁辦公室做自己的工作，他們搜索完畢後，找她進直樹的辦公室中。她隔著會議桌，與兩名刑警面對面，不見其他調查人員的身影。

名叫佐山的刑警問到仁科直樹最近的行動，像是有沒有公事之外的電話打來找他？直樹的模樣有沒有什麼奇怪的地方？弓繪心裡沒個底，於是如實回答。刑警稍露失望的神色，然後問她：

「聽說是妳替他辦出差手續的吧？」

弓繪默默點頭。

「有沒有什麼和平常不一樣的地方？像是特別的指示。」

「不，沒有……」如此回答後，她脫口而出：「但是……」

「有什麼隱情嗎？」

佐山刑警說話的同時，一旁的年輕刑警大聲喊道：「請妳老實回答。」

弓繪身子不禁往後縮了一下。這名叫做矢野的刑警從一開始就露出亢奮的眼神，令她反感，他簡直像是一頭餓肚子的野狗。佐山對矢野使了眼神，要他閉嘴，然後將目光拉回她身上，口氣溫和地問道：「但是什麼？」

弓繪稍微猶豫了一下，然後告訴刑警替直樹預約旅館時的事。內容是她認為學會會場附近的旅館比較好，但是直樹要求住在新大阪附近，佐山刑警顯然對此感興趣。

「他要求住新大阪附近的旅館是嗎？他沒有特別指定哪一家旅館？」

「是的。」弓繪答道。

佐山稍微沉思了一下後，接著問道：「除此之外，妳還察覺到了什麼嗎？」

「雖然稱不上是令人耿耿於懷，但是……」弓繪先說了一句開場白，然後才說：「我想起了他盯著時刻表好長一段時間。好像是新幹線那一頁。」

「他是在看出差早上要搭的新幹線時刻嗎？」矢野刑警大聲刺耳地說。

「或許是，但是我已經查過告訴他有幾點的新幹線了。所以我想，他沒必要再查一次。」

「仁科先生當時在看的，確實是新幹線那一頁嗎？」

聽見佐山的問題，弓繪點點頭。

「是的。那份時刻表只有新幹線的部分不同顏色，所以我記得很清楚。」

「原來如此。」佐山頻頻點頭，在記事本上寫了什麼。自己的記憶好像稍微派上用場，弓繪也沒有感到不舒服。

「對了，」佐山闔上記事本，看著她的臉。「我剛才聽副室長說，妳是去年秋天從其他部門調過來的嗎？」

「是……」弓繪腦中浮現萩原的臉，心想，這男人連毫無關係的事也說了。

「我聽說這是特別的人事異動，仁科先生針對這件事有沒有說什麼？」

「不，他什麼也沒說。呃，那件事和這次的事情有關係嗎？」弓繪反問道。

「不，這倒是沒有關係。我只是想整理一下仁科先生的人際關係。」佐山像在辯解地說，然後站起身來。

刑警放她自由後，弓繪離開辦公室，前往茶水室。但，當她走到走廊一半，身後有人叫她。回頭一看，酒井悟郎一身工作服正朝她走來。他問她：「妳好嗎？」

「嗯，還好。」

「我們去屋頂吧。」悟郎用拇指指著上方，弓繪點個頭。他們的部門在建築物的頂樓。若是平常的話，有人會在屋頂打沙攤排球，但或許是受到直樹命案的影響，今天沒半個人。弓繪跟在悟郎身後，走到鐵絲網處。

「仁科先生的命案，好像很嚴重唷？」悟郎說道。

「嗯。」弓繪點點頭，「剛才也是因為這件事，和刑警先生見了面。」

「和刑警？是喔……連妳也被調查了嗎？」

「倒不是被調查，而是有些事情想問我。因為是我替室長辦出差手續的。」

「噢，這樣啊。」悟郎點點頭，然後說：「總之，妳最近身邊發生了很多事吧？」

「唉，是啊。」

「那，這種時候最好別說讓妳傷腦筋的事吧？」

弓繪十分清楚悟郎指的是什麼。她心知肚明，但保持沉默。

「關於那件事……」悟郎將雙手搭在鐵絲網上，從雙臂間盯著下方說：「我暫時等妳的回應。我想妳現在因為部門人心惶惶，沒有時間好好思考。」

「嗯，」弓繪點頭，「我現在人有點疲倦。」

「發生了那麼多事情，妳大概心力交瘁了吧。妳最好別勉強自己。」

「謝謝你。」說完，弓繪面露微笑。

「希望早點抓到犯人。」

「嗯。我想犯人一定馬上會被抓到，日本的警察很優秀吧？」

悟郎想起佐山的臉，說：「似乎是吧。」

大約兩星期前，悟郎向弓繪求婚。星期天邀她約會，回家送她回單身宿舍的路上，他突然停下腳步開口說：妳願不願意嫁給我？

弓繪並不感到意外，反而覺得：他終於下定決心啦。她之前就已察覺到他的心意，以及他一直忍著不向自己表白。

「能不能給我一點時間？」對於悟郎的求婚，她低著頭應道：「我希望你讓我想一想。我想調適各種情緒。」

「嗯，我知道。這我很清楚。妳可以仔細考慮。可是……」他說到這裡頓了一下，然後說：「可是我期待聽見好消息。」

弓繪仍舊低垂著頭。

後來也沒有下結論，事情就一直拖到了今天。

酒井悟郎和弓繪一樣，出身於群馬縣。兩人的家住得近，從小學到高中都一直同校。或許用青梅竹馬來形容他們再恰當也不過了。小時候，他們還有一同遊玩的記憶。

高中畢業後，兩人走的路一度分歧。悟郎任職於東京的公司，也就是ＭＭ重工，而弓繪則進入當地的短期大學就讀。「弓繪，妳是女子大學生啦──」弓繪記得畢業典禮後，他這麼說，落寞地笑了。悟郎家因為父親剛去世，似乎沒有多餘的錢供他唸大學。

「女子大學生又不稀奇。倒是悟郎你進了好公司，真是太好了，ＭＭ重工可是一流企業耶。」

「但是我只有高中畢業，未來的發展有限。」

「沒那回事。喂，悟郎，你去了東京也要常回來玩唷。」

「嗯，我會回來，反正東京又沒多遠。」悟郎展露笑容。

他依照約定，工作後也經常返鄉。大多是一個人，後來也常帶兩、三名同事回來。悟郎在同期進公司的同事當中，似乎扮演了大哥的角色。不久弓繪到了找工作的時候，她和悟郎一樣，選擇了東京的ＭＭ重工。聽見這件事時，悟郎開心得快飛上了天。

後來約莫過了兩年──悟郎肯定等了她好久。求婚應該也需要相當大的決心。弓繪並不討厭悟郎。應該可以說對他有好感。不但是同鄉，話又投機。他是一個能夠放心在一起的伴侶。但是一旦論及婚嫁，她就傷透了腦筋。倒不是對他有什麼不滿，而是她無法將他視為結婚對象。當然，這並不是因為他只有高中學歷這種荒謬的理由。

我希望你讓我再想一下──這並不單純只是在拖延回應。她心想，如果真的再想一下，或許就能下定決心。

午休時間結束的鐘聲響起。結果，兩人只是隔著鐵絲網眺望建築物下方。

「明天下午，妳有空嗎？」下樓梯之前，悟郎說：「有一場海人樂團的音樂會。不是什麼了不起的樂團，不過部門裡的同事是貝斯手，我被迫基於捧場買了票。」

明天是星期五，弓繪並不討厭音樂會，但是搖了搖頭。「抱歉，我明天不行。我得去參加葬禮，而且我想還有很多事情要幫忙。」

「葬禮？噢，對喔。」悟郎好像一時忘記了仁科直樹的事。聽說今天仁科家裡要舉行守靈夜。

「希望是晴天。因為雨天辦喪事太令人難過了。」說完，他將手搭在弓繪的肩上。

6

有人將手搭在拓也肩上，他回頭一看，首先躍入眼簾的是形狀姣好的雙唇。令人聯想到中國美女的丹鳳眼，凝視著拓也的臉。若是穿上黑色喪服，彷彿就像從水墨畫中走出來的。

星子使了使眼色，要他過來，然後迅速離開了房間。拓也也從坐墊上起身。

他追在星子身後進入另一個房間，那裡是會客室。咖啡色皮革沙發圍著一張茶几，她讓身體陷入其中一張沙發，然後用下巴指了指對面的沙發，彷彿在說「請坐」。拓也按照指示坐下。

她「呼」地悠悠舒了一口氣。

「人未免太多了吧。」她露出厭煩的表情，「那種人的守靈夜，為什麼會聚集這麼多人呢？」

「這是當然的，畢竟是仁科家的長男去世。」

於是星子瞪了他一眼。「你的意思是，我死掉的時候不會聚集這麼多人？因為我是女人，而且是次女。」

「我不是那個意思。我想說的是，只要是仁科家的婚喪喜慶，當然都是聚集一大堆人。」

「是喔，仁科家啊。」星子蹺起二郎腿，對拓也露出有些陰險的笑，「你不知道那個人不是仁科家的人嗎？」

「哪個人？」

「仁科直樹啊。那個人，跟我和沙織姊不同母親。他是我父親和前妻之間生的孩子。」

「哦?!」

這倒是第一次聽到。康子也沒有提過這種事。「你們是所謂的同父異母兄妹嗎？但是這麼一來，你們也不是完全沒有血緣關係。」

「血緣根本不重要。」星子低沉而尖銳地說：「那對母子啊，說他們不要我父親的照顧，離開了這個家。然後十五年毫無音訊。但是我父親說那個人的母親死了，所以決定領養他。誰叫我們的母親肚皮不爭氣，淨生女兒，所以我父親好像突然想念起前妻生的兒子。那個人來我們家時，已經是高中生了。臉上的皮膚白裡透青，但是額頭上卻長滿了青春痘。他就這樣突然闖進家中，我父親要我叫他哥哥。我叫了。我叫他直樹哥。很無奈。但是你能了解我當時那麼叫他的心情嗎？事到如今，我還是不認為那個人是仁科家的一分子。血緣根本不重要。」

拓也不知該作何回應，只好沉默。

「你今天見過我父親了嗎？」

「嗯，剛才見過。」

拓也一抵達仁科家，馬上去向仁科敏樹打招呼。他果然一副筋疲力盡的樣子。拓也請他節哀順變，但他感覺像是沒有聽見。不過，拓也一提起刑警來找過自己，仁科立刻又恢復了平常銳利的眼神，然後相當認真地詢問拓也和刑警之間的對話。

「我父親為了那個人的死而感到難過。這或許也難怪，但是他卻不像我父親愛他那般愛我父親。反而——」星子伸出舌頭舔了舔上唇，「或許該說他恨我父親。自從他被帶到這個家之後，到死於這次的命案為止，他一直對我父親懷恨在心。與其說是恨我父親，不如說是恨整個仁科家。」

「他意識到自己和母親被拋棄了吧。」

「大概是吧，但是如果那麼討厭的話，離開這個家不就得了。他之所以沒有那麼做，是因為覬覦仁科家的財產。我都知道。那個人啊，打算等這個家的財產全部到手之後，在自己這一代將財產揮霍殆盡，那就是他的報復。」

「這猜想不太好耶。」

「這不是單純的猜想，你什麼都不知道，就少自以為是。」

被自以為是的女人說自己自以為是，還有什麼好說的？拓也覺得有些掃興，閉上了嘴巴。但他的樣子看在她眼中，或許被解讀成忠實的態度，她稍微緩和語氣地問：「聽說你沒有家人是嗎？」

「我母親生下我之後不久就撒手人寰，我父親在我唸大學時去世了。」

「是喔。我每次看到像你這種人，就會打從心裡感到羨慕，覺得沒有人綁手綁腳的真好，你會覺得我身在福中不知福吧？」

「嗯，是的。」拓也一面回答，一面心想：沒那回事。他並不想要家人。他心想，妳會羨慕是理所當然的。

「你靠半工半讀，一個人撐過來的啊，是我父親喜歡的類型。」

剎那間，拓也不曉得她在說誰。過了幾秒後他才理解到，原來是在說自己啊。他甚至連半工半讀這四個字都沒想到。

「對了，今天刑警來找過我。名叫新堂的刑警，你知道嗎？」

「不知道。」拓也答道。

「一個感覺很差的男人，死盯著人的眼睛。那個刑警問到了你和我之間的關係，問話的方式簡直像個影視記者。」星子作出惡作劇的表情，重新蹺起二郎腿，牽動黑色裙襬搖曳。「所以我也像個藝人回答他。我說，末永先生是最棒的朋友。於是刑警說：妳哥哥好像不承認他是妳的結婚對象。結果我忍不住吼他，我說，我的婚事和我哥哥無關。刑警的表情有點驚訝。」

「我想也是。」

「總之這下，」她緩緩地靠在沙發上，「我的人生不會再被人任意操弄了。爸爸應該也會純粹為了我的幸福，考慮我的婚事。」

所以，星子看著拓也繼續說：「你當然也有權利。畢竟反對的人消失了。」

拓也默默點頭，然後思考如何處置康子，以及星子第一次稱仁科敏樹為爸爸。

隔天的葬禮上，聚集了比守靈夜更多的人。因為是星期五，所以公司沒放假。然而，如此多的幹部列席，公司實際的運作機能應該停擺了吧。

拓也也加入了上香的隊伍，看見排在正前方的女人，心裡覺得奇怪。她是在直樹的辦公室裡工作的女員工。拓也曾和她見過幾次面，她應該是叫做中森弓繪。

他一叫她，她好像也馬上認出他來，趕緊低頭致意。

「妳大概也很辛苦吧。」拓也說。

她一臉老實地回答：「嗯，有一點。」她臉上稚氣未脫，妝也畫得不能算好。與時下講究打扮的女性相比，她顯得較為不流俗氣。

這女人對仁科直樹知道多少呢——拓也忽然心想。她始終在他身旁，或許對他的人際關係知之甚詳。她心裡對於殺害直樹的人是否有個底呢？

「警方的人有沒有去找妳？」拓也試探性地問。

她馬上回答：「昨天上午，我被警方的人叫去了。」

「問了妳什麼？」

「很多，像是出差的事。」

「出差的事？」

弓繪好像擔心被前後的人聽見，悄聲對他說：「像是直樹要求住新大阪車站附近的旅館，和他認真地看新幹線的時刻表。」

「是喔，刑警對這種事情感興趣？」

「是的，刑警表現出那種樣子。」

「這樣啊。」拓也心想：事情不太妙啊。直樹指定旅館的地點、看新幹線的時刻表，八成是為了製造不在場證明所做的準備，難保刑警不會看穿這一點。

「除此之外，刑警還有沒有問……像是妳心裡對犯人有沒有個底，這類的事情呢？」

「有。」

「妳心裡對犯人有個底嗎？」

於是弓繪搖頭的同時，搖搖右手。「我心裡對於那方面的事情完全沒個底。畢竟室長人很好，絕對不會與人結仇。」她的語氣並非只是口頭說說，而是打從心底如此深信。有人對直樹抱持這種印象，拓也略感驚訝。

上完香後，拓也和中森弓繪道別，尋找橋本。他應該也來了。但是在找到他之前，拓也先遇見了一樣上完香出來的雨宮康子。身材窈窕的康子，即使身穿喪服也十分顯眼。她似乎也發現了拓也，一度停下腳步，然後才靠過來。

「好久不見。」她出聲向拓也打招呼。一陣子不見，她的五官好像改變了。深邃的輪廓帶有外國人色彩，使她的臉看起來略顯豐腴圓潤。拓也心想，這也是因為懷孕的緣故嗎？

「沒想到妳會來，妳和企劃室長認識嗎？」拓也明知她與直樹的事，故意問道。

康子面不改色，若無其事地說：「見過面，但沒說過話。我是基於對專任董事的情分來的。你也是看在星子小姐的面子上，才特地來的吧？」

「嗯，是啊。」拓也用小指搔了搔鼻翼，看著她的臉說：「妳氣色不錯啊。」

「我好得不得了。」康子說完，用手掌輕輕拍了拍自己的下腹部，似乎是母子都好的意思。

「聽妳這麼一說，我就放心了，這樣再好不過。」拓也心口不一地說。

「謝謝你。」說完，她微微抬起頭，揚起一邊的嘴角，「你和星子小姐似乎進展得很順利嘛。我聽說了。」

「託妳的福。對了，怎麼樣？要不要喝杯茶？」拓也皮笑肉不笑地邀她。

康子露出非常遺憾的表情，說：「謝謝你的好意，但是我馬上得回公司。改天吧。」

「真可惜，我有事情想和妳好好聊聊。」

「真是遺憾，那，告辭了。」

她急欲離去，拓也對著她的側臉，沒有抑揚頓挫地問：「這星期二，妳去了哪裡？」

康子停下腳步，往他看了一眼，星期二是直樹遇害的那一天。

「聽說妳請了年假，去哪裡旅行了嗎？」

拓也感覺得出來，她在咬牙切齒，明顯地心生動搖。

「你還真清楚，」她說：「為什麼要問我這種事？」

「沒有理由，不行問嗎？」

「沒有什麼行不行的。我請假是因為年假積太多了，所以請年假悠閒地過了一天。」

「那真是太好了，妳得保重身體才是。」

「嗯，當然。」康子重重地點頭，「當然，我會保重身體，因為沒有比我現在的身體更重要的了。」接著，她舉步前進，走了兩、三步又止步。「我想，我最近會辭去工作。我的身體變化太過明顯了，你應該也會感到困擾吧。」說完，她便撫摸下腹部，咧嘴一笑，頭也不回地走了。

拓也目送她的背影時，有人走近身旁，是橋本。他也看著康子消失的方向，他似乎在哪裡看著拓也他們的對話。

「怎麼樣？」他小聲地問拓也：「康子可能殺害室長嗎？」

「我不知道，」拓也答道：「我覺得這個可能性微乎其微。假如那個女人是犯人，應該會知道你我和室長共謀。但是就我剛才和她對話的感覺，我不覺得她是犯人。」

「她會不會只是在裝蒜呢？畢竟這女人是個狠角色。」

「這倒也是。對了……」拓也迅速掃視四周，確定沒有人看著自己和橋本後，低聲說：「我不知道康子是不是犯人，但仍然必須解決她，你應該做好了這個心理準備吧？」

橋本沒想到拓也會這麼說，驚訝地頻頻眨眼，然後立刻表現出畏畏縮縮的態度。

「怎麼樣？」拓也問道。

橋本用手背抹過嘴唇後，說：「有沒有其他……解決問題的方法？」他露出在觀察拓也表情的眼神。

「其他解決問題的方法？你這話是什麼意思？」

「就是……除了殺人之外的方法。」

「你要怎麼做？」

「哎呀，這我還沒去想。」

拓也伸出右手，抓住橋本的黑色領帶，然後拉向自己。橋本的眼中流露驚恐的神色。「別開玩笑了！」他壓低音量，「完全沒時間了。什麼叫你還沒去想?!你可別忘了，事到如今我們已經無路可退。再說，就算康子不是殺害室長的犯人，她也具有知道什麼內情的危險性。」

「知道了嗎?!」拓也瞪著橋本時，一名ＭＭ重工的董事從兩人身旁經過。拓也趕緊放開領帶，假裝兩人在閒話家常。那名董事似乎也發現了拓也他們，低頭打招呼。董事悄聲對他們說：「仁科專任董事失去接班人，這下事情嚴重了，他好不容易佈局到今天——」話中隱約可見幸災樂禍的絃外之音。

拓也適度地出聲附和，但在心中低喃：「我會繼承仁科家，你不用擔心。這麼一來，你就等著被開除吧。」這名無能董事，除了會對別人的工作雞蛋裡挑骨頭之外，完全一無是處。只不過因為同一輩當中沒有對手，他才爬上今天的地位罷了。

無能董事說完想說的話，便從拓也他們面前離去。拓也目送他的背影，在橋本耳邊說：「沒道理讓那種廢物一直囂張跋扈下去。金字塔頂端的寶座該由有實力的人坐，像是我和你。那種礙眼的傢伙，就和害蟲一樣，只好消滅他。你明白吧？」

橋本依舊眨了眨眼，輕輕點頭。

「要動手吧？」

橋本隔了半晌才彎下頭，動作像是痙攣般。「好!那，關於這件事，我會再跟你聯絡。」

拓也拍拍橋本的肩，留下他邁步前進。但是走到一半，忽然不放心地回頭。

橋本白裡透青的臉上，暴露出他的懦弱，令人擔心他彷彿隨時都會軟癱倒地。他一和拓也的視線對上，便害怕地低下頭。

拓也再度面向前，移動腳步，他的腦海中，開始盤算更邪惡的計畫。

解決完康子之後，就輪到橋本了，遲早得設法收拾他——

7

仁科直樹的葬禮隔天，橋本睡到中午過後。他昨晚夜不成眠，結果看深夜節目到凌晨三點。然而，他只記得看的是一部老舊的西部片，對於劇情完全沒印象。滿腦子都是命案的事。

究竟該怎麼辦才好呢？

坦白說，橋本後悔參與仁科直樹和末永拓也的計畫。為何自己會接受那種邀約呢？難道沒有比殺人更好的方法嗎？好比說像是三人出錢說服康子。但是事到如今，後悔也為時已晚。一個弄不好，警方說不定會發現自己和命案有關。

除了殺害康子，沒有別條路可走了嗎？

橋本想起了末永拓也的話。只好消滅害蟲——

橋本對於康子確實沒有愛情。之所以和她維持關係，純粹只是基於肉體的需求罷了。畢竟，是她主動勾引他的。閱人無數、感覺妖艷的康子，原本就不是他喜歡的類型。即使如此，他仍和她維持關係，是因為她是個方便的女人。她對於玩樂非常放得開，再沒有比她配合度更高的女人了。

橋本壓根兒沒有想過要和她結婚。他感覺得到，她是個危險的女人。最好在事情尚未變得棘手之前，和她斷得一乾二淨。即使如此，橋本還無法和她分手，是因為一個關鍵性的原因。

他並非沒想過她會懷孕。他心想，如果她懷孕的話，給她一筆錢打發她就是了。當然，他小心別讓這種事情發生，但若被人問到「你防護措施做得夠徹底嗎」，他實在沒有自信，康子討厭橋本用保險套，極力希望他別用。橋本心想，我不想殺人。現在雙手都還記得搬運仁科直樹的屍體時的觸感。死人的臉、沒有血色的肌膚。他再也不想做那種事了。

有沒有什麼好方法呢？當他一面低吟、一面翻身時，玄關的門鈴響起。他穿著睡衣去應門，大門外站著郵差。「有您的包裹。」郵差遞給他一個掌心大小的盒子。

橋本收下包裹後順便拿出信箱裡的郵件，然後拿著走進餐廳。腦袋昏昏沉沉的，果然睡眠不足。大部分的郵件，馬上被丟進了垃圾桶。他心想，虧店家能寄這麼多無聊的廣告來。但是表弟寄來的結婚謝函夾在獵人頭通知和直接郵件中。表弟比橋本小三歲，結婚謝函中印著他們夫婦到夏威夷蜜月旅行時拍的照片，新娘子個頭嬌小可愛。

「你也差不多該成家了吧——」每當橋本回千葉老家，父親就會這麼對他說。父親於前年從長年任職的商社退休，現在和母親、妹妹三人一起生活。妹妹也到了適婚年齡，但或許是捨不得女兒出嫁，目前父母還是只催橋本結婚。

他們大概作夢也想不到，兒子竟然會遇上這種事吧——橋本腦中浮現家人的臉。

橋本的家庭極為平凡。五房兩廳的房子距離車站十分鐘路程，綠色草坪上養了一隻淺咖啡色的狗。父母從前就一直將夢想寄託在孩子身上，重視環境和升學率選擇學校，聘請家教使孩子考上明星學校。餐桌上提出的主題是「未來」，一家人經常閃爍著目光。而現在，女兒在父親之前的商社上班，兒子任職於一流的重工機械廠商。橋本確定進入ＭＭ重工時，父親難得沒有加班提早回家，說是為了舉杯慶祝。橋本長嘆一口氣。他心想，不能造成家人的不幸。假如自己以殺人犯的身分遭到警方逮捕，父母和妹妹就無法再過一般人的生活了，這種事情非避免不可。

沒辦法——

方法並非沒有，只是自己至今一直不願正視。

橋本決定與康子結婚。除此之外，別無他法。他心想，為了不失去各種寶貴的事物，至少必須犧牲自己的婚姻。當然，眼前存在著幾個問題。譬如：除非知道誰是康子肚裡孩子的父親，否則說不定她不會答應結婚。然而，橋本心想，只好盡早完成婚事。無論孩子的真正父親是誰，他都要視如己出，扶養孩子長大，並且不告訴任何人這個秘密。

「只好這麼做。」他出聲說出自己的決定。他覺得這麼做，能夠強化自己的決心。接著他心想，幸好想起了家人。

問題在於末永拓也，要怎麼說服那個男人呢？他好像決定要殺害康子。

「他真好啊。不會失去任何東西。」橋本自言自語，將手伸向包裹。寄件人是仁科敏樹，打開咖啡色的牛皮紙，露出知名百貨公司的包裝紙；上頭貼著「禮品」的貼紙。橋本心想，大概是送給列席葬禮的人的回禮吧。但是昨天的葬禮上，離開時已經領了白色手帕。

打開百貨公司的包裝，從中出現鋼筆和墨水瓶。雖然是國產品，但應該算是高級貨。黑底鑲金花。拿在手中，筆身粗重，分量十足。說不定是送給公司相關人士的回禮——橋本如此判斷。

他想用直接郵件的信封試筆，但是似乎沒有裝墨水，寫不出來。打開鋼筆一看，並非插入墨水管的那種，而是安裝了墨水囊，用來從墨水瓶吸取墨水。橋本心想，所以才會一起附上墨水瓶啊，墨水是藍色的。

就用這枝鋼筆寫信給末永吧——橋本穿著睡衣坐在書桌前，打開墨水瓶蓋。他覺得自己若是當著末永的面，就無法直截了當地說自己打算和康子結婚。那個男人渾身散發出壓迫人心的氣氛，他明明裡裡外外充滿了人類的欲望，全身上下卻感覺不到一絲人性。

但是寫信不太好吧，要是陰錯陽差交到了警方手上，可就不得了啦——

橋本腦中思緒千迴百轉，開始將藍色墨水裝進全新的鋼筆中。

「末永先生，有您的包裹。」

那個小盒子寄到拓也手上，是在星期六的中午過後。當他邊啃土司邊看報紙的時候。

專任董事寄來的，到底是什麼呢——拓也一打開包裹，跑出鋼筆和墨水瓶。上頭寫著「禮品」，但是應該價格不菲。「送這種東西，到底想做什麼呢？」

鋼筆中沒有裝墨水，拓也打開筆蓋，盯著筆尖幾秒鐘後，馬上又蓋上筆蓋，然後直接丟進書桌抽屜。就必須等墨水乾這點而言，他並不喜歡鋼筆。寫信時，他大多用水性原子筆。除此之外，他會用簽字筆。

昨晚，他以潦草的字跡在幾張紙上寫了一堆內容，然後又撕掉，當時用的也是簽字筆。

以潦草字跡寫下的內容，是關於殺害康子的計畫。然而，他尚未理出條理。看來殺害一個人，是比製造一台機器人更困難的工作。

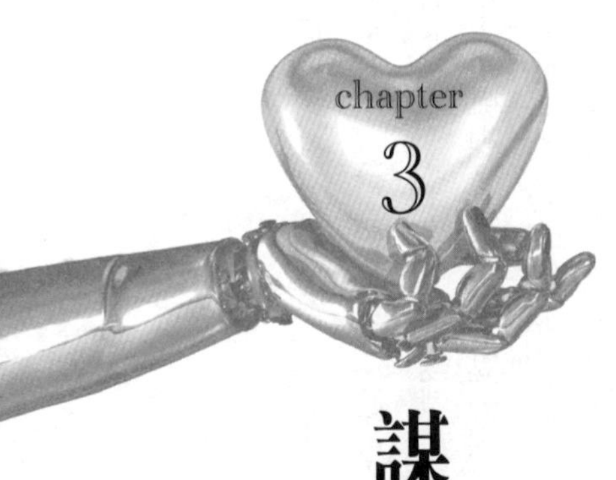

謀殺目標

I

十一月十六日，星期一。

當拓也有事打電話給待在器材室的朋友時，談完正事之後，那名朋友說了一件令人玩味的事，內容是關於警方調查仁科直樹命案。那名朋友似乎在十號那天請了年假，因為這件事而被警方盯上。問他去了哪裡？幾點到幾點外出，回到家幾點？簡單來說，就是被警方調查了不在場證明。

「可是啊，我坦白說我和仁科企劃室長沒有見過面。我這麼一說，刑警像是在找藉口似的說：總之我們在調查所有那天請假的人。」朋友瞧不起警方地說。

「是喔，所謂的無一疏漏策略啊。實際上，那天請假的人有多少呢？」

「不曉得。全公司有幾百人吧？我想應該不到一千人。光是總公司就有兩百人左右吧。」

拓也心想，這麼多人的話，就算是無一疏漏策略，對警方而言或許也不是太困難的作業。不過，犯人不見得是這家公司的員工。掛上電話後，拓也假裝在寫報告，腦中在想：既然警方採取這種方法，康子應該也被調查過了。她那天也請了假。她到底是怎樣回答警方的呢？

只要她沒有隨口亂答就好了——

拓也想像康子在刑警面前驚惶失措的身影，全身發癢、坐立難安。她現在被警方盯上，就各種層面來看，都對自己不利。她變成屍體被人發現之後，才受人矚目——這正是拓也的計畫。

倒是那傢伙怎麼樣了，拓也將臉轉向隔壁的研究開發一課。開始上班之後已經過了半小時以上，卻還不見橋本的身影。他的桌上收拾得乾乾淨淨，留言板上也沒有交代去處。挑這種節骨眼請假啊，拓也有些光火。他不希望橋本現在太引人注目，但若是生病就沒辦法了。

過一會兒，一課課長走近橋本座位，然後用指尖敲桌面問一旁的主任：「這裡是怎麼回事？」以做事靠不住聞名的主任，用手按著脖子一帶，偏著頭搞不清楚狀況。

一課課長命令他：「打電話問問看啊！」

拓也從位子上站起來，假裝在找資料，走到他們身旁。資料和實驗數據的資料夾收納於牆邊的一整面櫃子中，所以拓也待在一課也不會啟人疑竇。

主任打電話到橋本家。對方好像沒接電話，主任拿著話筒一動也不動。隔一陣子，他放棄地放下話筒。

「沒接嗎？」課長問。

「沒接。」主任答。

「那傢伙在搞什麼鬼啊——?!」課長丟下一句，回到自己的座位。

那傢伙在搞什麼鬼啊?!拓也心裡也這麼想，發生了什麼事嗎？

拓也腦中最先浮現的是，橋本不會落跑了吧？他沒有膽量殺人，也沒有解決問題的方法。他會不會是苦思不出對策，最後藏匿行蹤呢？但是拓也心想，他不可能做出那麼輕率的舉動。

不，且慢。拓也想到了別種可能性。這個膽小的男人與其落跑，會不會選擇更直接的方法呢？換句話說，就是自殺，因為煩惱不已，最後選擇自殺。

拓也心想：如果是這樣的話，正是求之不得。事到如今，那個男人只會礙手礙腳。不過，拓也也在心中低喃：你如果自殺，我會心存感激，但可千萬別留下拙劣的遺書啊——

到了下午，橋本還是沒來上班。

拓也在實驗大樓裡，這棟建築物位於總公司內，蓋來只是為了做實驗。拓也他們使用的是三樓，樓層中到處擺滿了機器人的樣品機、實驗儀器等。拓也一手拿著裝了即溶咖啡的紙杯，抬頭看眼前的金屬塊。長長的機械手臂以微米的精準度移動，其指尖能夠輕柔地抓住小鳥，也可以捏碎磚塊。導入模糊理論（Fuzzy Theory），能使機械手臂完好如初地搬運幾塊硬度不一的豆腐。而它的眼睛，能夠立體地辨識物體形狀。

完美，拓也點點頭將咖啡含入口中。這台機器人「布魯特斯」，是拓也進公司以來不停製作的機器人當中，最傑出的作品。當然，「布魯特斯」並非萬能。然而，就受限條件下而言，其性能凌駕人類。比起光會抱怨的現場作業員，它能夠更迅速地進行高精準度的工作。

拓也一想像這出現在生產現場的那一天到來，就樂不可抑，大家肯定都會嚇破膽。

機器人終究比不上人類——拓也最討厭聽見別人這麼說。會這麼說的人，偏偏都是一無可取，所以更令他感到不悅。人類到底能做什麼？根本一無是處。只會撒謊、怠惰、恐嚇，還有嫉妒。這世上有幾個人，能夠完成一件事呢？大部分的人，都只是遵照某人的指示而活著。若是沒有指示，就會惶惶不安，什麼事也做不了。如果只是按照程式行事，機器人肯定比較優秀。

而且你們不會背叛我——拓也在心中對著一排機器人說。這就是他開始致力研發機器人的最大原因。包含自己在內，人類個個暗藏私心，就是對人心有所期待，才會換來失望。

但機器人不會背叛。機器人雖然只會按照期待行事，但對程式永遠忠實。機器人出現錯誤動作時，原因一定是出在執行程式的人身上。

拓也靠近「布魯特斯」，觸碰它的金屬機體。它是這世上唯一能夠推心置腹的對象。和機器人相處的時候，拓也忘了時間的流逝。他啞然失笑。這是發自心安、沒有理由的笑。他試著想像自己不曾體驗過的世界，世人所說的親人的溫暖，大概就是這種感覺吧。

這時，從機器人後方發出「喀嗒」的微小聲音。

「誰？」拓也離開機器人，舉步走向聲音傳來的方向。他看見一個黑影穿梭在機械間的縫隙，朝門口的方向而去。拓也走到走廊上，有人正衝下樓梯，樓梯間響著腳步聲，但已不見蹤影。到底是誰呢？拓也莫名地心神不寧。

到了隔天，橋本還是沒有出現在公司。他部門的主任和課長從一早就走來走去，看來下午向董事做簡報，似乎是由橋本出席，他要在董事面前發表研究內容。不過是這麼點小事，但是橋本的上司——主任和課長卻辦不到。

「昨天，我回家路上去了他的公寓一趟，好像沒人在家，我按門鈴也沒人應門。」主任說道。

「沒人在家？這情形從什麼時候開始的呢？」課長臉上出現了焦躁的神情。

「大概是從星期六下午開始的。」

「星期六？你為什麼會知道這種事情？」

「因為信箱裡插著星期六晚報之後的報紙，但是卻沒有星期六的早報。」

「……原來如此。」課長露出對主任另眼看待的表情。

拓也也感到佩服。雖然沒有什麼大不了，但就這個主任而言，已經算表現得不錯了。

「沒辦法。打電話去他老家問問看吧。」課長忍不住命令主任。他的大嗓門吵到身旁的人，令其他部門的人也看著一課，好奇究竟發生了什麼事。

在課長的命令之下，主任調查橋本老家的聯絡方式，慌慌張張地按電話按鍵。對方好像接了電話，主任有些口吃地說明橋本無故缺勤，然後問對方心裡有沒有個底。從主任的表情來看，橋本的家人似乎也不曉得他為何缺勤。

「橋本的父親說要去他住的公寓看看。」主任掛上電話後說。

「但是他不在家吧？」課長問。

「他說要拜託管理員開門。說不定橋本在房裡病倒了……」後半句話語帶保留。

「病倒了？我想沒那回事吧。」課長說，但還是顯得緊張，接著他嘟囔道：「橋本的老家在千葉吧？這麼說來，不管怎樣他是趕不上下午的簡報了。」他滿腦子好像都是如何在董事面前說明橋本艱深的研究內容。「鈴木，由你準備。」他下定決心地說，鈴木是主任的姓氏。

橋本死在家中的消息傳開，是在當天下午兩點左右。

拓也想知道事態如何，沒有去實驗大樓，坐在自己的辦公桌工作，但是當他聽見這個消息時，不禁想手舞足蹈。這下知道秘密的人就減少了一個。幹得好！拓也覺得橋本真是死得好。

「死因到底是什麼？」一課的人員聚在一起，好像在談論橋本的事，拓也也一臉陰陽怪氣地加入人群中。

「這就不清楚了。橋本的父親進入屋內一看，那傢伙好像是坐在書桌前斷氣的。」比拓也大一歲的男人答道。

「坐在書桌前……沒有外傷嗎？」拓也之所以如此問道，是因為腦中浮現了橋本割腕自殺的畫面，或者他是上吊自殺呢？

然而答案，完全出乎拓也的預料之外。「沒有外傷，他是病死的，聽說可能是心臟麻痺。」

2

目送屍體被抬走後，佐山覺得事有蹊蹺。他聽見MM重工的員工，而且是仁科敏樹中意的一名男子死於非命，便從狛江署的調查總部趕過來。但是橋本沒有任何他殺的跡象，到頭來聽說或許是病死。

「真是白忙一場，他似乎是死於心臟麻痺。」矢野臉上露骨地表現出不耐煩地說。到這裡之前，他口口聲聲說發生了第二起命案，整個人顯得幹勁十足。

橋本敦司被人發現時，似乎是趴在書桌上斷了氣。他一身睡衣，身旁放著一枝鋼筆。他身旁的直接郵件應該是星期六寄到的，法醫推測他八成是死於星期六下午。別無外傷。沒有特別值得一提的屍體反應。

「但是時間點令人在意啊！仁科直樹的葬禮結束後不久他就死了，我覺得事情未免太湊巧了。而且橋本的父親說，他的心臟並沒有特別不好。」

「這種話沒有參考價值，就算是心臟超強的運動員，也常常在某一天突然死於心臟麻痺。」

「這種事情我是聽說過，但是……」

「總之，橋本的死是巧合。再說，要刻意讓人引發心臟麻痺是不可能的事。」

「或許是這樣沒錯，但姑且調查一下他身邊的物品吧。該做的還是得做。」

佐山環顧屋內，走向書櫃；架上放著一排排電子工學或機械工學的專業書籍。除此之外，就是歷史小說或ＳＦ小說的文庫本、旅遊書等。感覺像是一般上班族的房間——書櫃上擺著一個小相框，佐山順手拿起來一看。相片中是橋本和父親，其餘兩人大概是母親和妹妹吧，說不定是全家人去哪裡泡溫泉時拍的照片。從橋本的年齡來看，大概是十多年前的照片了。

「真可憐啊。」佐山不禁低喃道。父母把他拉拔長大，好不容易獨立自主時卻猝死。佐山比起橋本，更同情他白髮人送黑髮人的父母。

當佐山將相框放回原位時，身後發出「哐噹」一聲。回頭一看，矢野蹲在書桌底下。下一秒鐘，他扯開嗓門叫出聲，倒在地上。

「喂，你怎麼了?!」佐山扶起他。但矢野只是用力咳嗽，無法回答。究竟發生了什麼事——？

佐山將目光轉向矢野剛才在看的橋本的書桌。

全新的鋼筆被丟在桌上。

隔天星期三——

「氰化氫氣體？」來自鑑識小組的報告，令佐山他們瞠目結舌。利用氰化鉀或氰化鈉下毒殺人常見，但是氣體……

荻窪署的會議室內，由於警方認為橋本死於他殺的嫌疑濃厚，於是設立了調查總部。此外，這件事和先前的仁科直樹命案可能有密切關係，所以實質上是聯合調查的形式。來自狛江署調查總部的調查人員也齊聚一堂，會議室擠得令人喘不過氣。

「這就是這次命案中，用來犯案的同款鋼筆。」鑑識課人員高舉鋼筆，一枝平凡無奇的黑色鋼筆，鑑識課人員接著進行分解，給眾人看墨水囊的部分。「這是墨水管心，換句話說，這種鋼筆不是插入墨水管，而是從墨水瓶中吸取墨水的款式。將筆尖插進墨水瓶，以活塞運動的方式裝填墨水。竅門就像和從前的水槍裝水一樣。問題在於這個裝填墨水的部分。調查結果發現，這裡面好像裝了氰化鉀的結晶。」

室內引發小騷動。

「這麼一來，會怎麼樣呢？」荻窪署署長問道。

「如果不去動它，倒是不會怎樣。原則上，氰化鉀是一種穩定的物質，但是……」

鑑識課人員拿出墨水瓶，那也和橋本房裡發現的一模一樣。鑑識課人員打開蓋子，將鋼筆筆尖伸進瓶中進行活塞運動。「像這樣裝填墨水，就會引起變化。不過這種情況下，必須是藍色墨水。因為藍色墨水是酸性，和氰化鉀混合會產生化學變化。」

騷動情形變得更嚴重了。

「黑色墨水不行囉？」署長問。

「不行，因為用來製造藍色的成分含有酸性物質。我們實際調查過在現場發現的藍色墨水瓶，發現酸性稍微高於市售品。也就是說，犯人可能是為了促進化學反應，事先添加了幾滴硫酸之類的強酸。」

有人出聲說：「是智慧犯啊！」有幾人點頭。聚集了這麼多調查人員，但是應該沒有人接觸過這種犯罪方式。

「也就是說，橋本敦司是吸了這種氣體而死的囉？」一名調查人員問道。

「是的。我們不曉得氣體的產生量有多少，但畢竟是鋼筆，產生氣體的地方相當靠近臉部。死者可能是在氣體尚未擴散至空氣中就已吸進體內，所以幾乎是接近當場死亡的狀態吧。」

「真可怕啊！」有人說。

「氰酸鉀是很可怕。實際發現時，化學反應已經停止了，但在狛江署的矢野刑警玩弄鋼筆時，剩下的微量成分好像又產生反應。產生的氣體應該非常少量，但矢野刑警的呼吸中樞仍然受到衝擊，整個人跌倒在地。幸好沒有生命危險。」

調查人員當中，有人忍不住笑了出來。話題人物矢野仍在醫院，對他而言是無妄之災，但託他的福，讓警方發現了鋼筆這個詭計。因為氰酸鉀中毒身亡，似乎即使解剖也查不出死因。

鑑識報告結束後，荻窪署的刑事課長針對鋼筆進行說明。據他所說，鋼筆似乎是以包裹的形式，於上星期六寄到橋本手上。屍體旁邊的地上，有用來包裝鋼筆和墨水瓶的牛皮紙。紙上的寄件人是仁科敏樹，寄件日期是前一天十三日，蓋著調布分局的郵戳。該分局就在ＭＭ重工旁邊。

「我們針對這一點詢問仁科先生，他說他完全不記得自己寄過這種東西。」

佐山心想：那倒也是。犯人不可能會寫下自己的名字，不過，使用仁科敏樹這件事令他在意。住址、收件人、寄件人等文字，全部是用文書處理機打的。機種尚未鎖定，但和ＭＭ重工裡各部門的機器字體稍有出入。

鋼筆是S公司的製品，用來包裝盒子的東友百貨公司的包裝紙，和牛皮紙一樣，都是在橋本家中找到的。包裝紙上貼著寫了「禮品」的貼紙——

精心設計過啊，佐山佩服犯人的作法。仁科直樹的屍體隔天，收到喪主寄來寫著「禮品」的包裹，應該會覺得合情合理吧。所以不難理解橋本會徹底中了圈套。

調查會議進入決定今後辦案方針的階段。辦案方向決定由荻窪署循線調查鋼筆和氰酸鉀，而狛江署則調查這件事與仁科直樹命案之間的關聯。

會議結束後，佐山他們前往狛江署。他與谷口警部並坐在年輕刑警開的車後座。

「不但仁科命案的調查進度停擺，現在居然又發生了棘手的事。」車子發動的同時，谷口開口說：「問題是這次的案件和之前的命案之間是否有關。橋本是不是被殺害仁科直樹的犯人，基於相同的動機殺害？或者橋本本身涉及了仁科命案？」

「我們應該思考兩者的可能性。」佐山說：「首先，我會試著調查仁科直樹遇害當天，橋本的不在場證明。」

谷口立即點頭。

「就這麼辦，但是橋本那一天沒有請假吧？」

「他沒有請假。但為了慎重起見，還是姑且查一下。」

「是啊！說不定能夠不提出請假單離開公司。」

「還有，我也會試著調查橋本和仁科直樹之間的關係。」

「他們在工作上有關係嗎？」

「他們同樣隸屬於研究開發部，兩人之間說不定有關係。」

佐山想起了在直樹手下工作的行政人員的臉，她應該叫做中森弓繪，她說不定知道些什麼。

「對了，關於那一天有請假的人的不在場證明，全部調查完了嗎？」谷口試著改變話題。

「可能和仁科直樹有關的人，原則上都調查完了。」

但是谷口不乾不脆地說：「我原本以為既然請假，一定有必須請假的理由，但沒想到有很多人請假並沒有特別的原因，嚇了一跳。MM重工的上司好像會指導屬下計畫性地請年假，所以員工工作一陣子就會休息。日本人工作過度、不會玩樂是事實。很多人都是看一整天電視，或者打小鋼珠消磨時間。」

「要確認這些人的不在場證明也很辛苦。」

「沒錯。」

「那，有鎖定特定的人物嗎？」

「只有一個。」說完，谷口豎起食指，「話是這麼說，但只是基於工作地點令人在意的理由。」

「是誰？」

「仁科敏樹他們的幹部辦公室裡，有一個叫做雨宮康子的行政人員。這個女人那天有請假，她沒有確切的不在場證明。據她所說，她那天在街上閒晃。」

佐山吁了一口氣。「但光是這樣，我也不能說她有嫌疑。」

「沒錯。再說，女人是使不出那種殺人手法的。」

「勒斃啊……」

犯人用繩索從直樹身後勒死他，而解剖的結果，並沒有從直樹體內檢驗出安眠藥。換句話說，直樹應該有反抗。如果男人拚命反抗，一般女人會被甩開。

「不過，」谷口說：「如果有共犯的話，又另當別論了。」

「共犯啊？」佐山感覺有什麼要浮現腦海。對於仁科直樹遇害一事，他一直對什麼耿耿於懷。現在隱約看見了那個。

「你怎麼了？」谷口問道。

佐山搖搖頭。「不，沒什麼。」模糊的事物要成形，似乎還需要一點時間。

3

拓也看星期三的夜間新聞得知，橋木並非病死，而是他殺。這件事本身相當驚人，但更令拓也不寒而慄的是殺害方法。

「用於犯罪的是和這同款的鋼筆。這個墨水囊的部分裝了氰酸鉀——」新聞主播說道。

拓也衝向自己的書桌，從抽屜裡拿出星期六收到的包裹。

這肯定和電視螢幕中的是同樣的鋼筆。除此之外，藍色墨水瓶、東友百貨公司的包裝紙、禮品的文字、寄件人全都一致。而且——拓也試著分解鋼筆。墨水囊的部分呈半透明。仔細一看，裡面確實裝了什麼，是白色的結晶體。

拓也起了雞皮疙瘩。

「這真是嚇死人了……」拓也放下裝了有毒物質的鋼筆，盯著它故意用戲謔的口吻自言自語。他這麼做，是為了稍微減緩內心的恐懼。神秘的殺人魔，不只殺了橋本，同時也企圖殺害拓也。

拓也確信，這個犯人和殺害仁科直樹的是同一人。犯人不知基於何種理由，但鎖定了計畫謀殺康子的三名男子作為下手目標。

下一個是我啊——拓也感覺一陣涼意爬過背脊。

犯人會想別種方法吧，敵人知道拓也沒有報警，告訴警方自己也收到了鋼筆。

星期四的早報，斷言橋本死於他殺。或許是因為將鋼筆作為兇器帶給人不尋常的感覺，刊登了各方面評論家的意見。這是非常具有獨創性的犯罪手法，犯人是否精通毒物呢？——反正事不關己，某推理作家運用推理寫作手法，一派悠哉地說道。而另一欄因為死者是同一家公司的員工，而將這起命案與先前的仁科直樹遇害一事扯在一起。然而，卻完全沒有提到兩者之間的共通點或關聯。其實記者並非不想提，而是沒有任何線索，想提也沒辦法提吧。

看完報紙之後，拓也穿鞋準備出門，打開大門之前，他又環顧一次室內。門窗全都鎖好了，瓦斯總開關也關了。但他心想，下班回家時，還是不能輕易進屋。

即使門窗上了鎖，如果有心，或許要闖進來也不是不可能。此外，也可能在自己不知情的情況下，被人打了備份鑰匙。犯人說不定會用備份鑰匙進屋，拿著刀子躲在冰箱後面。或者，犯人說不定會事先打開瓦斯總開關。天然氣雖然不會導致一氧化碳中毒，但拓也回家打開日光燈的那一瞬間會引發爆炸。

拓也心想，對冰箱裡的食物下毒也是一種方法。除此之外，還有拔掉洗衣機的地線，設計讓自己電死。殺人手法多到數不清，他臉頰抽搐，面露苦笑。現在想到的幾種方法，都是自己想用來殺害康子的手段。他作夢也想不到，這竟然會有助於保護自己的性命安全。總之，得設法先下手為強——當他走出玄關，鎖上大門時，臉上恢復了嚴峻的表情。

到了公司，全部門上下果然都在討論橋本的死。話雖如此，卻沒有半個人大聲嚷嚷，到處形成幾個人的小圈圈，一臉陰沉地低聲談論。

拓也走到自己的座位，發現辦公桌上放著便條紙；上面以工整的字跡寫著：「末永先生，仁科專任董事找您。」這是課裡的女員工的字跡。

他向已經來上班的主任打聲招呼，然後離開研究開發部的辦公室。到了專任董事室，宗方伸一也來了，和仁科敏樹對坐在沙發上，敏樹指示拓也坐在宗方身旁。

「我找你來不為別的，就是為了直樹和橋本的事。」幾乎在拓也坐下的同時，敏樹開口道，沒有多餘的開場白，是這位專任董事的特色。

「你對於他們的命案，心裡有沒有個底？」敏樹一如往常地，以平靜而平穩的口吻問道，完全感覺不出他的兒子上週剛遇害。

「不，完全沒有。」拓也答道，「不過，為何問我呢？我跟仁科室長和橋本又不是特別親近。」

於是敏樹面不改色地說：「這是基於單純的理由。我和宗方提起這次的事，他說，最具有殺害兩人的明確動機的人，恐怕就是你了。」

聽見敏樹這麼說，拓也驚訝地看了宗方一眼。他好像沒聽見敏樹的話，也沒意識到拓也的視線，目光對著牆上的風景畫。

「畢竟直樹好像不承認你和星子的事，而且橋本也算是爭奪星子的對手。不過……」敏樹重新在沙發上坐好，蹺起二郎腿。「宗方還說，你不可能選擇讓自己輕易被警方懷疑的手段。再說，我們也很清楚，橋本已經不是你的對手了。」

但是，敏樹稍微提高音調，拓也不禁挺直背脊。

「這種事情除了感情面之外，也必須合乎道理才說得過去，你真的心裡完全沒個底嗎？」

「沒有。」拓也抬頭挺胸地回答。

「被警方懷疑時，你可以證明自身的清白嗎？」

「可以。」拓也這時瞄了宗方一眼，然後接著說：「事實上，刑警已經調查過一次我的不在場證明了。室長遇害的那一天，我出差去名古屋。這件事應該得到了許多人的背書。後來，刑警再也沒來找我，我想是因為我的不在場證明獲得了證實。」

聽他說完，敏樹看了宗方的方向一眼，一度輕輕點頭，然後再度看著拓也。「好，我知道了。我並不是在懷疑你，只是想要客觀的事實。這樣我就能和你討論這次的命案了。」

「是，請您儘管說——」拓也看著敏樹的眼睛回答時，傳來敲門的聲音。康子端著裝了三杯茶的托盤走進來，拓也立刻別開視線。

「謝謝，妳真貼心。」敏樹對她說，感覺她好像微微一笑。

「我也受了這位雨宮小姐的照顧，但是聽說她再過不久就要辭職了。」

「是喔……」拓也瞥了她的側臉一眼，兩人的目光差點對上的那一瞬間，拓也又垂下視線。

「感覺就像一朵玫瑰花凋謝了，對吧？」

敏樹回應宗方這句話，說：「是啊，令人不勝寂寞。」然後伸手拿茶杯。

康子不發一語地退下。眼看她就要關上門之前，拓也將目光轉向她，她正微微低著頭。只有最後這一瞬間，兩人的視線對上了。

拓也離開專任董事室一搭上電梯，宗方隨後進來，電梯裡只有兩人。

「或許弄得你心裡不愉快，但眼前的狀況不容許我們串通，我希望你能諒解。」宗方看著關上的電梯門說。

「我沒有放在心上。」

「那就好，我也不太清楚機器人事業部的事。我想，我需要你的協助。」他的言下之意是，飛機事業部的事全在我的掌握之中。

「這件事不見得和部門有關。只不過仁科室長和橋本剛好都是機器人事業部的人罷了。」

「希望是如此。如果和工作有關，問題就嚴重了。」

電梯停住，門打開。「那麼告辭了。」宗方正要下電梯，拓也在他面前伸手制止他。

「對了……」他舔舔嘴唇，然後說：「宗方先生對於這次的事，好像要助專任董事一臂之力，你已經透過客觀的事實，證明了你自身的清白嗎？」

拓也期待他會露出某種表情，但宗方仍舊面不改色，他看來反倒像是覺得拓也的問題很有趣。

「當然證明了。」宗方說：「那一天，我去了橫須賀，晚上到仁科家打擾。犯人搬運屍體時，我正在和專任董事喝白蘭地。」話一說完，他輕輕撥開拓也的手出了電梯。

回到部門之後，拓也思考宗方的話，橫須賀指的應該是飛機事業部的工廠吧。宗方說他去了那裡一趟，當天晚上回來。

拓也心想：但如果無法證實他在橫須賀的不在場證明，就不能算是證明了他自身的清白。因為搬運屍體的是包含自己在內的三人，宗方在這種期間就算有不在場證明也沒有意義。重點是，直樹遇害時，他有沒有不在場證明。

宗方伸一……啊——拓也心想，他是個不能輕忽的人。仔細想想，他是仁科直樹死後能夠獲利的人之一。仁科家失去男丁，目前要繼承敏樹績業的就是宗方了。進一步放眼未來，他要坐上MM重工的社長寶座也並非夢想。不過，拓也轉念一想，宗方沒有殺害橋本的動機。縱然宗方從直樹的屍體身上得到那封連署書，有人想殺害康子應該也和他毫無關係。

不，不光是宗方。無論殺害直樹的犯人是誰，應該都沒有理由殺害在那封連署書上署名的橋本和拓也。假如有殺害他們的理由——拓也這時腦中又浮現出康子的身影，對想謀殺自己的男人們復仇，這麼一來就有可能了。

他心想：總之，得設法解決掉那個女人。不管康子是不是殺害直樹和橋本的犯人，對拓也而言，她仍是個眼中釘。她辭職後要是回老家，可就不方便下手了。就算不是這樣，要動手還是趁早得好，拓也把自動鉛筆當作刀子，緊握在手中。得趁警方毫無頭緒時，收拾掉這個麻煩的女人。

拓也心想：最好是製造殺害直樹和橋本的犯人是康子，而她最後也自殺的狀況。這麼一來，警方的動作就會停下來。最糟的狀況是，真正的犯人被警方逮捕。犯人咬出包含拓也在內的三名男子，密謀殺害雨宮。那一瞬間，遊戲就結束了。

最好趁早，盡量早些——

當他使力握緊自動鉛筆時，桌上的電話響起。他忽然回神，接起話筒。「開發二課。」

「末永先生？是我啊。」電話是仁科星子打來的。

4

開始上班的鐘聲響起後不久，萩原找弓繪過去，命令她從室長室搬到大辦公室。開發一課的橋本遇害這個新聞，尚未在部門內平息下來。

「因為室長有自己個人的辦公室這件事本身就很奇怪。那間房間預定要改成資料室，今天之內把妳的辦公桌和櫃子移過來。噢，拜託妳順便整理一下資料夾。」

萩原快速地指示。弓繪低頭說：「我知道了。」然後從萩原面前離去。心想：太好了。仁科直樹死後，萩原成了名副其實的開發企劃室長。弓繪擔心這麼一來，他會不會將辦公桌搬進室長室。弓繪討厭萩原緊迫釘人這一點，並看穿了他相當陰險的個性。一想到要和那個男人兩人獨處一整天，就憂鬱到快神經衰弱。

仁科室長好溫柔——弓繪一面整理桌面、一面想起直樹。和他兩人獨處時，從來不曾感到喘不過氣。他總是體貼地營造氣氛，好讓弓繪能夠心情愉悅地工作。

她心想：換個角度想，這才是最令人費解的一件事。仁科室長為什麼對我那麼好呢？不，更奇怪的是，室長為什麼將我調到他的部門呢？當然，弓繪也記得直樹身上散發出令人難以親近的氣氛。但是這種氣氛漸漸轉淡，現在只剩下良好的印象。

仁科直樹這個好人被殺害了——弓繪終究難以理解這件事。或者他也活在卑鄙骯髒的人際關係中呢？開發一課的橋本明明看起來也是個和善的男人，為什麼也會遇害呢？

「啊！」她之所以停下手邊的動作驚呼出聲，是因為想起了一件重大的事。不，她不曉得這件事是否事關重大，但是不該隱瞞。

弓繪看著月曆心想，那是幾天前左右的事呢？橋本曾被叫到這間辦公室。當時，室長命令自己離席。感覺完全像是要展開密談……不，她想起了不只橋本一個人。對了，還有末永，開發二課的末永，他也在一起。

弓繪猶豫該不該告訴刑警這件事，如果因為這件事令末永莫名地被警方懷疑，自己或許會感到過意不去。如果改天被警方盤問的話再說吧——她說服自己，別主動告訴警方。但是，如果警方問到就老實回答。如此下定決心，她心情輕鬆多了。她默默地收拾辦公桌，整理櫃子裡的資料夾。前幾天調查人員來，帶走了直樹個人持有的筆記本，工作上的資料夾當然仍在原位。當她在整理櫃子的最下層時，心想：奇怪。有幾本標題是「××年度工作計畫」的薄資料夾排成一排，其中夾雜著一本奇怪的資料夾。

昭和四十九年度工作計畫。

說到這為何奇怪，是因為開發企劃室成立於昭和五十年（一九七五年）。成立前一年的計畫書不可能存在。弓繪抽出那本資料夾。更奇怪的是，資料夾並沒有那麼舊。七〇年代的資料夾，幾乎都已經泛黃了，為何唯獨它……？這到底是什麼資料夾呢？她隨手翻開封面。

弓繪請年輕男員工幫忙，將辦公桌和櫃子搬到大辦公室，辦公桌的位置在萩原旁邊。弓繪一坐上新位子，萩原正式向她打招呼：「請多指教。」

「請多指教。」弓繪應道，她只能發出異常沙啞的聲音。

「妳怎麼了？臉色不好耶。」

「不，沒什麼。我只是有點累而已。」弓繪輕輕觸碰自己的臉頰後，開始以方便工作的形式，將辦公用品擺放在桌面上。

萩原桌上的電話響起。他迅速接起話筒，講了兩、三句話，用手掌摀住送話口看著弓繪的方向。「中森，妳現在有空嗎？刑警又來到大廳了，說是有事情想問妳。」

「刑警先生……」她稍微想了一下，然後點點頭。「好，我現在可以。」

萩原收到回應，在電話裡跟對方說了什麼。他放下話筒後說：「對方在會客室的十二號桌等，是一名叫佐山的刑警。」

弓繪依言前往該處，佐山獨自坐著等候。之前和他一起來的另一名血氣方剛的刑警怎麼了呢？她一面心想，一面向佐山打招呼，坐在他對面。

刑警從有關仁科直樹的事開始問起，像是後來有沒有想起什麼？或有沒有聽誰說起令妳在意的謠言？

「沒有。」弓繪答道。

「那有沒有發現什麼？」

「發現？發現什麼呢？」

「可能和命案有關的物品，像是仁科先生的隨手筆記。有沒有呢？」

「沒有。」說完，弓繪將目光落在桌面上，在膝上握緊手帕。

刑警繼續發問，淨是和之前相同內容的問題。所以她一樣回答：「我心裡完全沒有個底——」

「關於橋本先生的事。」話題改變了，「妳有沒有想到什麼他和仁科先生之間的關聯呢？譬如最近工作上的關係加深了，或者有什麼共同的興趣。」

弓繪偏著頭。

刑警進一步詢問：「兩人最近有沒有見過面呢？」

「兩人……」

「哎呀，不是兩人獨處也無所謂。」

弓繪用力握住手帕，然後目光筆直看著刑警，斬釘截鐵地說：「沒有，我沒有印象。」

5

佐山等到中森弓繪離開會客大廳，走到櫃台旁的內線電話，拿起話筒打到研究開發一課，他事前和鈴木主任約好了要見面。

鈴木接起電話，說馬上過去。從他的聲音聽起來，感覺是個懦弱的人。打完電話後回到桌子，整理至今的打聽成果。就橋本的父親所說，橋本和仁科直樹似乎沒有私人交情。父子倆分開生活，照理說他父親應該也不知道實際情況如何，但他父親自信滿滿地應道：「不，敦司這孩子有事情不會瞞著我們。」

佐山心想，這份自信就是陷阱所在，但是沒有道破。他原本期待從中森弓繪口中問出一些消息，但期望卻落空了。她是最靠近仁科直樹的人，所以佐山認為，她手上應該有什麼線索。

對了，狛江署在傳一件奇怪的事——事情和弓繪有關，她從前待在設計部，似乎是被直樹硬調到現在的部門。這件事似乎也傳出了一點八卦，但終究只是謠言罷了。

中森弓繪那一天沒有請假啊——即使如此，當佐山心想還是調查她比較好時，有人站在他眼前。他抬頭一看，一臉寒酸樣的男人低頭行禮，他給人的感覺果然和電話中一樣。

「這麼說來，橋本先生那一天加班到晚上九點是嗎？」

對於佐山的問題，開發一課的鈴木頻頻點頭。他是橋本的上司，但這僅止於形式上，鈴木本人坦白說：實際上橋本是按照自己的意思進行研究。

「你一直和橋本先生在一起嗎？」

「倒不算一直，但我知道他還留在公司裡。因為我在實驗室看見了他。」

「原來如此。」

佐山也想：如果他在九點之前有不在場證明，調查他就沒用了。佐山在調查十一月十日，也就是仁科直樹遇害那一天橋本的行動，但看來他肯定是在工作。

「對了，橋本先生是個怎麼樣的人呢？」佐山以閒聊的口吻試探性地問。

於是鈴木感覺也放鬆了些，態度變得從容，話也變多了。「嗯，他是個工作認真的男人，五官線條細緻、身材肥胖。」

「他很有野心嗎？」佐山問道。

「野心？哎呀，他感覺上不是很有野心，但好像有夢想。」

「怎樣的夢想呢？」

「像是未來想接觸宇宙開發，所以他希望公司能派他去美國ＭＭ。因為那裡有做這方面的研究。實際上，我聽說他的願望有可能實現。所以他也很高興……但很遺憾發生了這種事情。」鈴木先前嘴巴動個不停，說到這裡立刻變得緩慢。

「他和仁科直樹先生的往來情況如何呢？你有沒有聽他說過這方面的事？」

鈴木偏過頭。「基於工作有形式上的關係，但我不記得他們有私交。」

「關於先前的仁科先生遇害一事，橋本先生有沒有說什麼呢？」

主任這時又偏著頭，理不出個頭緒。「畢竟他不太說話。」

「他會避開話題嗎？」

「與其說是避開話題，倒不如說是覺得事不關己吧。他萬萬沒想到自己也會遇上那種事。總之，他不會與人結仇，而且他很孝順。每個月都會回千葉老家好幾次，開車載父母去兜風，這不是一般人做得到的。」

「確實。」佐山出聲應和，察覺鈴木的話中，有些字眼令他有些在意。

「橋本先生喜歡兜風嗎？」

「好像很喜歡，他說他也經常一個人去伊豆。」

「他開怎樣的車呢？」

「呃，自強活動時他載過我。」

鈴木用拳頭輕輕敲了敲髮際線後退許多的額頭，然後說：「噢，對了。是皇冠（CROWN）。他說，因為想讓父母坐得寬敞舒適。」

「皇冠……啊！」佐山想起那款車的車體，除了座位之外，後車廂也是大容量。

「那次自強活動時，他也是毫無怨言地接下了累人的司機工作。他是個好人，我實在是不懂，為什麼會發生這種事呢？」佐山心不在焉地聽鈴木沒完沒了地說。

橋本的白色皇冠停在公寓東邊的停車場，似乎勤於打蠟，閃著新車般的光輝，看來橋本的性格也能從這種地方窺見一斑。這麼說來，車內平常也經常仔細打掃嗎——？

佐山心想：如果是這樣的話，要判斷就有點困難了。

「九點還待在公司的橋本是清白的，你調查他的車也沒用吧。」佐山一提出想調查橋本的皇冠車的要求，谷口就發出這種疑問。佐山也知道這是正確的想法，但試著堅持下去。

「但是為了慎重起見，還是調查一下比較好。犯人是用車搬運直樹的屍體。就犯人的心理而言，我想不會用租來的車。因為會留下證據。我猜想，那輛車可能是犯人身邊的車。」

「基本上，我同意你的想法。」谷口點頭說道。

事實上，他讓鑑識人員徹底調查過直樹的愛車富豪。因為犯人也可能用直樹自己的車搬運屍體。然而，鑑識人員卻沒有從富豪查出任何可疑跡象。而從公寓住戶的證詞得知，命案當天富豪車停在停車場中。

「還是調查一下吧。因為橋本可能將車借給犯人。」思考半天後，谷口接受了佐山的提議。

會不會出現什麼蛛絲馬跡呢？哪怕是一根頭髮也好——佐山看著鑑識人員作業，祈禱自己的直覺準確。

「怎麼樣？」佐山試著問正在調查後車廂的鑑識人員。

但還年輕的鑑識人員一面作業，一面偏著頭。「有最近打掃過的跡象。車上沒有半張紙屑。」

「哦……」佐山心想：有打掃過的跡象，可以解釋成有希望。犯人不可能不打掃就丟棄搬運過屍體的車。不過，因為打掃過而找不到犯罪留下的跡象也很令人頭痛。

佐山繞到座位的地方。這裡也有鑑識人員動作慎重地在採集指紋。假如犯人借了這輛車，方向盤上可能有橋本之外的人的指紋。

「好乾淨的車。」鑑識人員對佐山說：「樹脂部分塗了專用的保護液。車上一塵不染。實在不像是買了兩年的車，看來車主相當常打掃。」

「會不會是最近臨時打掃乾淨的呢？」

「我想不是，如果不平常保養，沒辦法保持這樣。」

「這樣啊。」佐山心想，這樣就不好玩了。如果有臨時打掃過的跡象，事情就好辦了。

佐山說：「麻煩你了。」正想離開時，鑑識人員發出驚呼聲。佐山一看，發現鑑識人員盯著車椅底下。「怎麼了嗎？」

「嗯，我找到了這種東西。」鑑識人員交給佐山的是，一平方公分左右的紙片。

「上面寫了數字耶。」佐山說道。

白紙上寫著「1150」的數字。似乎是用蓋章的，字體有些歪斜。數字上面有一個橘色的「金」字。這顯然是用印的。

「這是什麼呢？」佐山低喃道。

「不曉得，感覺好像在哪裡看過。」

「嗯，」他點頭，「我剛才也這麼想。」接著他用指尖拎著紙片，試著讓陽光穿透它。

喜歡開車兜風的新堂刑警，輕易地解開了佐山的疑問。佐山將問題的紙片帶回狛江署的調查總部內時，他看一眼便說：「噢，這是高速公路的收據，肯定沒錯。」

「收據？」

「嗯。我想我身上有。」新堂從自己的錢包中拿出一張白紙，上頭印著「收據　日本道路公團❶」。佐山看見這個，馬上就想通了，眼前這很眼熟，是在收票站一定會拿到的收據。

「原來如此。『金』是『料金（費用）』這兩個印刷字的一部分。那，『1150』是用印章蓋的金額嗎？」

「即使是看慣的東西，如果只有一部分就會認不出來，這就是一個範例。」新堂搓著鼻子說。

「那不重要，這下確定橋本最近走過高速公路。不，不見得是橋本本人開的車。」佐山自言

譯註❶：日本公營事業的特殊法人之一。

自語地說。

一旁冒出谷口的聲音：「喂，你在想什麼？就算那張紙片是在橋本的車上找到，也不能說和命案有關吧。不管是誰的車，只要找一下都會跑出一、兩張收據。再說，沒有找到搬運屍體的關鍵跡象吧？」

但是佐山站在谷口面前反駁道：「您說得沒錯，但是我們不能放過從橋本車上找到這種紙屑的事實。我向橋本住的公寓的住戶確認過了，聽說那傢伙一、兩星期一定會洗一次車。洗車的時候，他八成會順便打掃車內。這麼一來，應該可以認為這張紙片掉在車上，並非太久之前的事。」

「或許不是太久之前的事，但不見得就是仁科直樹遇害的那一天。」

「但也不見得不是他遇害的那一天啊。」

谷口瞪視佐山幾秒鐘，指示一旁的年輕刑警拿道路地圖冊過來，然後拿在手中，翻開後面的頁數，遞到佐山面前。標題是高速公路過路費一覽表。

「東京到大阪之間的費用是多少？」谷口問道。

佐山查表後回答：「一萬多。」他回答的同時，明白了谷口想說什麼。「對吧，但是那張紙片上卻寫著一千一百五十圓。換句話說，這不是行駛東京到大阪之間的收據。」

「不見得是直走，可能在半路下交流道，再上高速公路。」

「為什麼要那麼做？」

「這我就不知道了，說不定是為了隱藏什麼秘密。還有一點，我想將焦點鎖定在為何撕碎收據。如果要丟棄的話，揉成一團隨手一丟應該就行了，撕碎感覺是必須消毀這張收據不可。」

或許是震懾於佐山的語氣，谷口沉默半晌，然後放鬆嘴角的肌肉，露出放棄的表情。

「總覺得你有點牽強附會，但不調查看看你是不會死心的。」

「我的老毛病。」

「這是好習慣，首先你打算怎麼做？」

「我想調查這張收據是用於哪個區間。」

「一千一百五十圓的區間啊，如果這是某種解決問題的關鍵就好了。」說完，谷口將高速公路的費用一覽表用力塞向佐山。

6

「弓繪第一次約我，我期待聽妳告訴我好消息，但感覺事情好像不是那麼回事。」酒井悟郎停止用手拿叉子戳牛排說道。

他看了弓繪一眼，微微一笑，然後將肉片送進口中。接著，他以開朗的語調繼續說：「沒關係啦，妳不用在意，如果妳討厭我就直說。我已經習慣被甩了，失戀經驗增加一次又沒什麼大不了的。妳不用顧慮我的感受。」

「咦？」弓繪反問。然後，她了解了他在說什麼。她稍微和緩面容地說：「噢，你誤會了。我今天約你出來，不是為了回答你。那件事，你能不能再等我一下？」

這次換悟郎「咦」了一聲。然後，或許是了解了她話中的含意，露出一口白牙微笑。

「這樣啊，原來不是為了那件事啊。嗯，當然再久我都等。」不過，他盯著弓繪的臉，「今天的弓繪，樣子有點奇怪唷。妳不太說話，好像也沒有食欲。公司裡發生了什麼事嗎？」

「嗯，倒也不是因為這個緣故……」弓繪剩下一半以上的牛排，放下刀叉。她確實沒有食欲。從以前每當她有煩惱時，就會馬上影響食欲。

她今天準備下班時，決定找悟郎商量。

她打電話到悟郎的部門，問他今晚能不能見面。

他雀躍地回答：「我預定要加班，但我會設法早一點走人。」七點在咖啡店碰面後，兩人來到之前來過幾次的這家牛排館。這家店以價格公道及分量多吸引顧客上門，攜家帶眷的身影格外顯眼。

「命案的事嗎？」悟郎壓低音量問弓繪，「好像又有人遇害了，這件事怎麼了嗎？」

弓繪默默低下頭，不久後下定決心，將一旁的紙袋拉過來，然後從中拿出一本資料夾。「我想請你看這個。」弓繪隔著桌子遞向悟郎。

他放下刀叉，用餐巾紙擦手，一臉狐疑地收下資料夾。

「四十九年度工作計畫……這是什麼？」

「總之你先看內容。」

悟郎點點頭，翻開封面。他臉上一開始是匪夷所思的表情，眼看著變成了緊張的神情。

弓繪心想：發現這本資料夾時，自己大概也是這種表情吧。

「弓繪，這……」悟郎抬起頭來，一面鐵青。

「今天，我在整理室長的櫃子裡偶然發現的。嚇了我一大跳。悟郎，我問你，你覺得這是怎麼回事？」

他再度翻閱資料夾，然後搖搖頭說：「不曉得。但是仔細想想，或許並不值得大驚小怪。站在仁科先生的立場，這種東西也必須保存吧。」

「訂為四十九年度工作計畫這種虛構的主題？」弓繪一說，悟郎沉默了。

「我覺得很奇怪。總覺得這件事背後有隱情。」

「弓繪，妳告訴過誰……像是刑警這件事了嗎？」

弓繪搖搖頭。「今天刑警先生來了。當時我原本想告訴他，但是我沒有說。關於這個問題，我不想輕率行事。」

「我懂。」悟郎說道。

「那，妳打算怎麼做呢？」

「嗯，」弓繪點了個頭，然後再度看著他的臉。「我總覺得這和室長把我調到現在的部門有關。還有，和這一陣子發生的許多事情也有關。」

「和命案有關？不會吧……」悟郎頻頻眨眼，舔舔嘴唇。

「我也沒有根據。但我就是強烈地這麼覺得。我問你，悟郎，你肯幫我嗎？」

「當然，為了妳赴湯蹈火在所不辭。」

「我想自己調查一下，雖然我猜不到和什麼事有何關聯，但我暫時想儘可能地調查。」

接著，弓繪對悟郎說：「否則的話，我沒辦法回答你。」

悟郎目不轉睛地凝視她的眼，然後低喃道：「或許吧。」

7

拓也於十五分鐘前進入店內，坐在靠窗的座位。點完咖啡之後，將臉貼近窗邊，目光不離樓下的馬路，這就是和星子約見面時的鐵則。

「今晚陪我，」星子在電話中劈頭就這麼說：「七點在常去的那家店前面。可以嗎？」她的語氣不容分說。

拓也答應之後，問道：「今晚有什麼事呢？」

「搬家。」她答道。

「搬家？」

「我決定搬到大房間。為了死去的人浪費一個空房間，很可惜吧？」

「哈哈，原來如此。」

簡單來說，星子似乎要從現在的房間搬到直樹的房間，而她要拓也幫她搬。

「今晚只有這件事嗎？」

「是啊。只有這件事你不高興嗎？」星子尖起嗓子，真是個難伺候的女人。

「不，不是那樣，我以為妳要找我談的事是有關橋本的死。」

「橋本先生……他好像死了對吧？」饒是個性潑辣的她，也稍微沉下了嗓音。

「他是被人殺害的，妳看過報紙了嗎？」

「看過了，但為什麼我和他的死有關？」

「哎呀，沒有特別的理由。」

「沒有理由，就別胡說八道。七點唷，別遲到！」話一說完，她就單方面地掛上了電話。

拓也不加糖和奶精，直接喝服務生送上來的黑咖啡，心想：並非沒有理由。對星子而言，直樹也是個礙事者，她有殺害直樹的動機。不過，她和宗方一樣，拓也從她身上找不出連橋本都要下手的理由。

喝完半杯咖啡時，拓也看見窗戶下方有一輛保時捷停下，粗魯地放下咖啡杯，拿著帳單衝向收銀台，打開錢包發現只有萬圓大鈔而咂嘴。喝咖啡事先準備好錢不用找零，也是鐵則之一。收銀小姐動作慢吞吞的，大概是打工的女高中生吧，她笨手笨腳地遞出找零，拓也一把抄起，直接塞進口袋走出店外。

星子坐在保時捷的駕駛座上，邊用指尖敲方向盤邊等他。拓也舉起手，從另一側的車門上車。

「收銀小姐耽擱了時間。」拓也找藉口安撫她，但星子不發一語地驅車前進。電子鐘尚未顯示七點。即使如此，她應該還是不會等超過三分鐘。拓也曾有一次不知道她這個習慣，結果當他在咖啡店上廁所時，她立刻走人。哪怕離約定的時間還有將近五分鐘，她也會二話不說地掉頭就走。所以和她碰面時，目光不能從咖啡店的窗戶移開。

「關於橋本先生的事，」星子在車行片刻後說：「我從報紙照片上，看到了用於犯罪的鋼筆。」

「是S公司的製品吧。」拓也說。

星子不屑地冷哼一聲。「就算是一介基層員工，我父親也不可能送那種國產的便宜貨。稍微動腦就會起疑了，但橋本先生大概覺得那是高級貨吧。」

「不是嗎？」拓也心裡啐道，那對我們而言是高級貨。自己也險些著了道，中了犯人的毒手。

「所以犯人真是笨得可以，這種拙劣的手法，根本不可能殺得了我。」

「應該是吧。」拓也一面回應，一面心想：覺得星子怪怪的果然是自己多心了嗎？

到了仁科家，搬家業者的卡車正要離去。據星子所說，直樹的行李似乎是從狛江的公寓搬來，放進了後方的倉庫。

「我退掉了那間公寓，想順便整理一下這邊的房間。」

拓也跟在星子身後進宅院。這個家的長女，也就是目前身為宗方伸一妻子的沙織，也來指示兩名女傭如何整理行李。她和星子不同，感覺五官線條細緻、個性嫻靜，她的五官也頗具日本特色。拓也重新扣好西裝外套的鈕釦，向她打招呼。

「我告訴她用不著急著搬家，但這孩子就是不聽，真是對不起啊！」沙織一臉歉疚。

於是星子一臉怒容說：「當初要是那個人搬去狛江的公寓時，就把房間裡的東西全部丟掉就好了，但爸爸和姊姊卻都扮白臉。」接著，她拉著拓也的手說：「快，我們走吧！」走向樓梯。

直樹分配到的是一間坐北朝南的六坪大房間，地上鋪著深紅色地毯。進房處有一套簡單的沙發，床鋪和書桌擺在窗邊。

除此之外，還有包含大喇叭的家庭劇院組、排滿專業書籍的書櫃等。電視櫃中放著十七年份的百齡罈蘇格蘭威士忌，掛在窗戶上的是和地毯同色系的窗簾。

「這房間真棒，」拓也說：「從窗戶就能看見外面的樹林，簡直不像是在日本。」

「原本這間房間應該是我或沙織姊的。我現在都還覺得，如果找朋友來這裡辦生日派對一定棒呆了。但那個時候，這間房間卻突然被素未謀面的骯髒男人搶走了。所以，我的房間是四坪大的和室，一點都不適合擺床鋪或掛粉紅色的窗簾。你覺得天底下有這麼不合理的事嗎？」

拓也心生厭煩，他不能理解，星子究竟不喜歡四坪大和室哪一點。

「總之……我想搬進來這間房間。」

「其實不只是房間的問題，這是單純的象徵。」星子自行接受自己的說法。

拓也走向靠窗的書桌，拿起立在桌面上的小相框。照片中是一名三十五、六歲左右的女人和唸小學左右的男孩子。

「這是仁科室長小時候的照片吧，他身旁的女人是他母親嗎？」

但是星子沒有回答，從拓也手中搶走相框，然後扔進一旁的瓦楞紙箱，說：「沒有時間了，請你開始動手吧！首先把這個裝了破爛的瓦楞紙箱拿去丟。」說完，她將舊雜誌等物品丟進紙箱中。

繼丟瓦楞紙箱之後，星子命令拓也將書櫃中的大量書籍搬進倉庫。拓也以繩索將幾本書綁成一捆，雙手能搬多少是多少。這令他想起了大學時代的打工經驗。

星子說書櫃和電視櫃、影視器材等，她打算自己要用，但拓也一問到床鋪，她的臉色馬上拉了下來。「開什麼玩笑？為什麼我得睡那個人的床鋪?!」

「但是書桌妳要用吧？」

「床鋪和書桌是兩回事！」星子怒斥道，離開了房間。

女人真難懂——拓也如此低喃，繼續用繩索捆書的作業，再度環顧四周，然後嘆了口氣。

他心想，果然人人生而不平等。直樹分配到這麼棒的房間，在這麼豪華的宅院中長大。他來到這裡時似乎是十五歲，但這一切並非他特別努力得來的。只不過是他身上流著仁科家的血液罷了。相較之下，自己又是如何呢？自己的父親是個酗酒、無可救藥的男人。因為他要買酒，所以拓也必須壓抑各種欲望，從沒進過柑仔店，也沒有買過塑膠模型。

拓也下定了另一個決心，總有一天我要住進這間房間。如果娶星子為妻，這並非遙不及的夢想。拓也心想，書籍大致上整理好了，卻發現書桌底下還有幾本。他機械性地進行作業，無意中看見其中一本的書名而停下手邊的動作。

書名是《撲克牌魔術入門》。他又看了一眼自己剛才用繩索捆好的書。類似撲克牌魔術的書共有六本。這是怎麼一回事？拓也目光落在散落一地的書上，整個人愣住了。

這時，星子進來，問他怎麼了。拓也抬頭看她，說他發現了許多撲克牌魔術的書。

「那也難怪。」她若無其事地說：「畢竟那個人好像很迷撲克牌魔術。他很愛讓人抽牌，然後猜中那張牌的數字，自得其樂。」

「他很擅長嗎？」拓也聲音微微顫抖地問道。

「好像是吧。我沒陪他玩過，所以不太清楚。」星子一臉不感興趣的表情。

8

關之原、小牧、岐阜羽島、名古屋、豐田、豐川、岡崎、三之日、大井松田、横濱，然後是厚木、東京。以上是東名～名神高速公路的一千一百五十圓的區間。

厚木・東京間……啊——佐山很在意這個區間。除此之外的區間，好比說要得到關之原、小牧間的收據，就必須在半路下兩次高速公路。然而這個區間因為東京是終點，所以只要在厚木下一次高速公路。

犯人將屍體從大阪搬運至東京的途中，是否一度在厚木下高速公路呢？為什麼必須那麼做呢——？說不定是因為發生車禍引發塞車，半路下高速公路，改走高速公路底下的一般國道二四六號線至厚木，再從那裡駛上東名高速公路。從御殿場到都夫良野隧道一帶，半夜經常發生車禍。

佐山試著詢問日本道路公團。然而得到的答案卻是，當天晚上的東名高速公路狀況良好，沒有發生車禍。如果曾經走東名高速公路，從大阪開到東京的人，就會知道這條高速公路行車順暢，開起車來很舒服。

「這麼說來，難道犯人從一開始就預定要在厚木下高速公路嗎？」佐山自言自語地說，將目光落在道路地圖上。他觀察厚木交流道周邊，但是沒有特別之處。

他看了手錶一眼，已經將近晚上十一點。他將雙手向上伸展，做了一個深呼吸，聽見身後有人說：「你好像陷入了苦戰耶。」

原來是新堂回來了，他應該去了荻窪署。

「你很慢耶，荻窪署那邊掌握到什麼消息了嗎？」

但是新堂坐在佐山面前，噘起下唇搖搖頭。「包裹上蓋的是調布分局的郵戳，但是負責人完全不記得犯人的長相。畢竟已經過了幾天，而且郵局人員每天要面對大批客人，也難怪會不記得。」

「而且中間隔了星期六、日，屍體又發現得晚。或許犯人很走運吧。」

「犯人不只這件事情運氣好。荻窪署的人好像也去了包裝鋼筆的東友百貨公司，但似乎沒有半個店員記得買用來犯罪的鋼筆的客人長什麼模樣。」

「真的嗎？但是鋼筆和小包裹不一樣，買鋼筆的客人不可能多到店員完全不記得的地步。」

「你說得沒錯，鋼筆又不是天天有人買。可是正因為如此，店員才會忘記。譬如澀谷的東友百貨公司，用來犯罪的鋼筆是在兩週前賣出去的。這在發票上留下了紀錄，所以不會錯。荻窪署的人好像還問了其他分店，每一家分店賣出鋼筆都是在兩週前。因為這個緣故，就算店員沒有記憶也不奇怪。」

「所以犯人在兩週前就準備好了嗎？」

「是這樣沒錯吧，犯人在仁科直樹遇害之前，就準備好了嗎？」

「真奇怪。」

「是很奇怪。」

「假如當時就已經準備好用氰化氫氣體犯案，一般不是都會先用這一招殺害仁科直樹嗎？」

「我也這麼認為，或者殺害直樹和橋本的犯人是不同人呢？」

「不，我認為是同一個人。因為橋本和直樹命案有某種關係，所以才會被殺害吧，而這會是犯人從一開始就預定好的嗎……？」

「不曉得。」佐山搔了搔頭。總覺得案情卡住了，有某個環節脫鉤了。

「佐山先生。」新堂一本正經地說：「我想去仁科直樹的老家看看。」

「老家？」

「這種說法很奇怪，是直樹十五歲被仁科家領養之前住的家。也就是母親這邊的老家。」

「是喔。在哪裡？」

「愛知縣的豐橋。他母親的兄弟姊妹應該住在那一帶。我啊，想進一步了解直樹的背景。我總覺得因為他是仁科家的人，底細實在令人難以捉摸。」

關於這點，佐山也有同感。「很好啊，就看谷口先生同不同意了。」

「問題就出在這裡，能不能請佐山先生向署長說呢？我想如果佐山先生開口，署長應該聽得進去。」

「沒那回事，但我就說看看吧。我現在想要一個突破點。」說完，佐山將注意力拉回道路地圖。他也想要突破點。他雖然也對犯人殺害直樹的動機感興趣，但首先想解決這件事。

「關於那張收據，有沒有找到合理的解釋了？」新堂也從對面盯著道路地圖問佐山。

「很難，我覺得那張收據絕對和命案有關，但是怎麼也找不出頭緒。目前，我認為這是行駛厚木、東京間的收據。」他說明達到這個結論的理由。

新堂仔細聽他說明，但提出疑問：「不，未必一定是厚木、東京間。」

「為什麼？其他區間的話，就得下兩次高速公路唷。」

「這我知道，但我很在意屍體被人發現的地點。地點是直樹的公寓對吧？也就是狛江。」

「這我知道。這有什麼問題嗎？」

「如果是狛江，與其在東京，不如在東名川崎下高速公路比較快，不是嗎？」說完，新堂翻開那附近的道路地圖，佐山看著地圖驚呼出聲。原來如此，新堂說得沒錯。如果要下高速公路前往狛江，在川崎下高速公路比較近。

「我真是太粗心了。」佐山不禁低喃道。

「或者犯人也很粗心呢？」

聽見新堂這句話，佐山搖頭否定。「計畫周詳的犯人，不可能刻意繞遠路。你說得沒錯，如果要下高速公路，就會選擇川崎。那麼，那張收據是從哪裡開到哪裡時的收據呢？」

9

打掃完直樹的房間，已經快十二點了。拓也在仁科家中用完餐、洗過澡之後，回到自己家時，終究還是感到疲憊，伺候任性傲慢的千金小姐還真辛苦。

拓也掏出鑰匙，插進鑰匙孔中轉動，到此為止是下意識的動作。但是拉門把的同時，他想起自己現在身處險境之中。他稍微打開大門，試著聞聞味道，沒有聞到瓦斯味。他伸長手臂打開電燈開關，乍看之下，屋內沒人，於是他才放心進屋。關門上鎖，還不忘拉上門鏈，然後抽出一支雨傘，拿在右手脫鞋。窗戶上了鎖，他逐一檢查隔壁房間、浴室、廁所、壁櫥內。確定屋內沒有躲人，他才將雨傘放回原位。

他檢查信箱，今天沒有郵件。接著檢查冰箱內，罐頭和真空包沒問題。如果要下毒的話，就是乳瑪琳和開封的紙盒牛奶了。拓也心想，這類的東西還是全部丟掉比較保險。反正在這種心情下，也不會想吃下那種東西。

他確定沒有人進屋的跡象，這才坐在餐桌椅上，鬆開領帶、脫下襪子。

傷腦筋啊，他深吐一口氣，如果每天都得過這種提心吊膽的日子，根本受不了。

他心想：總之只好一一收拾掉他們了。只剩下這個存活之道。這種情況下，存活兩個字並非單純的比喻。

得先解決掉康子——拓也站起身來，拿起放在桌上的鋼筆，那件會產生氰化氫氣體的可怕禮物。也不能直接用這個當兇器，如果康子是殺害橋本的犯人，這招當然無效，就算她不是，她應該也知道橋本是被這件兇器殺害的。然而，其中裝填的氰酸鉀並不能隨便丟棄。讓康子服下這個殺了她，使她看起來死於自殺。因為使用相同的毒物，警方大概會判斷殺害橋本的犯人自殺了吧。

問題是怎麼讓她服下。等到兩人獨處時，再混入果汁中讓她喝下就行了，但不可能有這種機會。重點是，假如康子是這一連串命案的犯人，說不定她也想殺害拓也。

必須思考——不出現在康子面前，讓她服下毒物的方法。

拓也將鋼筆放回原位，從櫃子拿出酒杯和Chivas Regal蘇格蘭威士忌，然後將琥珀色液體注入酒杯三公分高，拿著酒杯坐在床邊。他喝了一口之後，才意識到自己做了一件非常粗心的事。Chivas的酒瓶已經開封了，可能被人下毒，也能事先將毒物塗在酒杯內側。

拓也拿著酒杯，保持這個姿勢一分鐘左右，確認痛苦是否會襲上身，但除了腋下流汗之外，沒有其他變化。他放心地吁了一口氣之後，再度喝酒。

這件事說來詭異。想殺人的拓也，現在反被人釘上。他心想：這麼說來，這次的命案從一開始就是如此。想殺害康子的直樹反而被殺。

不過話說回來，那傢伙到底有何打算呢？

拓也想起在直樹房內發現的撲克牌魔術的書。實際上，自從他發現那些魔術的書之後，有件事一直在他腦中盤旋不去。

聽見撲克牌想起的是，當直樹向拓也他們提起殺害康子計畫時的事。殺人計畫分成A、B、C三種角色。實際動手殺人的是A的工作。任誰應該都不想扮演這個角色。所以大家以撲克牌決定，洗了好幾次牌之後，各自抽了一張，然後由拿到數字最大的人挑選希望的角色。

想到這裡，拓也心中產生第一個疑問。直樹為什麼會想用撲克牌決定角色呢？當時，拓也覺得他是在裝模作樣，但實際上是否有特別的理由呢？也就是說，擅長撲克牌魔術的直樹能夠發揮這項技巧的理由。

但假如真是如此，直樹應該會設計不讓自己負責A的工作。但實際上卻不是如此。拓也和橋本分別抽到國王和4，挑選B和C的工作。也就是說，不得不負責A的工作的人，是抽到2的直樹。可能的理由只有一個，就是直樹從一開始就打算由自己扮演A的角色。為了達成這項目標，而以撲克牌抽籤。

A是直接動手殺害康子的角色，他為何希望扮演這個角色呢？他想親手手刃康子嗎？不，應該不可能，拓也立刻否定。仁科直樹不是那種男人。再說，如果他希望那麼做的話，直說就好了。即使不用撲克牌魔術，大家也會樂意將殺人的角色讓給他。

「他到底打算做什麼呢？」拓也低喃道。

關於殺害康子，仁科直樹肯定有事瞞著拓也他們，所以他才會遇害。

橋本恐怕也是因為這個原因遇害，而現在連拓也的性命也被釘上了。

謀殺再現

I

十一月二十日，星期五。佐山工作到一半暫時休息，按摩眼角一帶。他不太擅長長時間閱讀小字。他伸了一個懶腰，觀察眾人的模樣。

調查總部內快要出現焦躁的氣氛了。

和仁科直樹命案一樣，橋本命案的調查情形也毫無進展。譬如調查相關人士在犯人將鋼筆包成包裹寄送的那段時間的不在場證明。然而當時正好是直樹的葬禮結束，大家回公司的時候，所以如果有心犯案，可以說誰都辦得到。犯人八成也將這件事列入計算當中，才會利用公司附近的郵局吧。不過關於鋼筆的購買處，負責調查東友百貨公司的調查人員，得到了頗有意思的資訊。他拿著在橋本家中找到的包裝紙，造訪各家百貨公司的鋼筆賣場，試圖從該包裝方式鎖定犯人是在哪裡買的。結果，得知一項十分令人意外的事。百貨公司的店員們，口徑一致地如此回答：

「我們不會包得這麼醜。」

這究竟意味著什麼呢？可能是犯人在別家店購買鋼筆，再用事先準備好的東友百貨公司的包裝紙重新包裝。當然，目的大概是混淆警方的視聽。而這個招數在某種程度上，可說是成功。

總之，這個事實使得警方必須進一步擴大調查範圍，才能查出鋼筆的購買處。警方增派調查人力，連日四處打聽。然而，目前卻沒有獲得有力的資訊。

至於氰酸鉀從哪裡到手，則大致查明了。MM重工熱處理工廠的倉庫中，保管著相當大量的氰酸鉀，非工廠人士當然禁止進入，然而若是身穿公司的制服或工作服，則不會受到任何人的盤問。話雖如此，因為氰酸鉀是劇毒，所以放在上了鎖的保管庫中。問題是這把鑰匙在哪裡。鑰匙平常放在倉管人員的桌子抽屜中，但知道鑰匙在哪裡的人就能輕易拿走。簡單來說，這麼一來犯人更可能是公司內部的人了。

範圍確實縮小了，但是沒有決定性的證據——

佐山使用會議桌角落，瀏覽從ＭＭ重工的橋本敦司辦公桌抽屜裡借來的開會筆記本及個人筆記等。因為其中說不定會有公司內部的機密，所以佐山原則上請橋本的上司檢查過了，幸好沒有不方便外人看的部分。但，橋本的上司當然叮嚀過佐山別告訴媒體。

「怎麼樣？有沒有發現什麼？」狛江署的刑警端茶過來。一名好脾氣的中年男子。

佐山道謝接過茶杯，露出疲倦的笑容說：「沒有耶。」

「我以為或許多少會有和仁科直樹有關的事，但就我的調查，完全無關。研究開發一課和開發企劃部，這兩個部門之間明明有合作關係啊？」

「因為仁科說是企劃室長，其實只是掛名的，實際上幾乎完全不碰工作。」

中年刑警也沒什麼精神。

這時，身旁的電話響起。佐山手伸到一半，對面的刑警制止他，搶先拿起話筒。

「是我啦……噢，那件事啊。還是毫無發現啊。嗯……是喔，真遺憾。辛苦你了。」他的聲音越來越沒勁。毫無發現、真遺憾——最近老是這種報告內容。

「那，你現在帶著那樣東西馬上回來。咦？你要去哪裡？……噢，這樣啊。傷腦筋，我現在想要耶。」他看了手錶一眼，「好，那我到半路上去跟你拿，車站可以吧？你從那裡到下一個地方打聽。五點嗎？ＯＫ。」

距離直樹屍體稍遠處掉了一顆咖啡色鈕釦，似乎是針對此調查的調查人員打來的。這項細微的調查工作雖然不知是否與命案有關，但是不能偷懶。

佐山對面的刑警一掛上話筒，馬上拿著西裝外套離開。

到半路上去跟你拿……啊——自然的一句話，這經常出現在平常的對話中。但這個時候，這句話卻喚醒了佐山腦中的什麼。到半路上……去跟你拿……忽然，他腦中靈光一閃。不，並沒有到靈光一閃那麼誇張，只是他意識到自己忽略了一件事。他拿著這一陣子經常隨身攜帶的道路地圖冊，大步走到谷口身邊。「署長，橋本的車果然是在厚木下高速公路的吧？」

佐山突然這麼一說，谷口好像無法馬上會意過來，過了幾秒鐘才明白他的意思，說：「那張收據的事嗎？」

「疑問解開了。」

「那件事不是卡住了嗎？」

「我並沒有死心。我一直在想橋本的車駛於東名高速公路上行車道的情況。我一心認定他是在大阪遇害，然後被搬運到東京。但事情不見得是這樣。那張收據應該不是從厚木去東京時的收據，而是從東京去厚木時的收據。」

谷口重新看著佐山的臉。「為什麼你會這樣認為？」

「因為我想到可能有共犯。首先由實際殺害直樹的犯人將屍體運到厚木。在此同時，共犯從東京出發前往厚木，接過屍體直奔直樹的公寓棄屍。這麼一來，雙方就都有了不完全的不在場證明，也就是負責殺人的沒有時間搬運，而負責搬運的有犯案時的不在場證明。這是個簡單的圈套。」

「以接力的方式搬運屍體是嗎？」

「沒錯，這比喻說得真好。」

谷口沒在聽他戴高帽，低吟著抱起胳膊。「你想說負責搬運的是橋本嗎？」

佐山用力點頭。「如果只是在深夜搬運屍體，橋本應該也辦得到。就算他去公司加班，也有足夠的時間。」

「那，橋本是被主犯殺害的嗎？」

「八九不離十。」

「真有趣啊。」谷口鬆開盤起的雙臂，將雙手放在桌上。

「我覺得這項推理很有意思。但僅止於此。你有什麼證據能替這項推理背書嗎？」

「目前沒有。」佐山說：「但是，也沒有證據能夠推翻這項推理對吧？我們應該思考所有可能性。」

「不，並非沒有證據能夠推翻這項推理。」

谷口目光銳利地抬頭看佐山，「仁科直樹的死亡推定時間，是這個月十號的傍晚六點到晚上八點之間。也就是說，犯人在大阪殺害他，將屍體搬運至厚木的時間是深夜。如果是三更半夜，就算在厚木將屍體交給共犯，也不用大費周章製造強而有力的不在場證明吧。凌晨十二點之前沒有不在場證明，但之後有不在場證明，所以自己無法搬運屍體。如果有人這麼主張的話，事情就另當別論。」

「很遺憾，沒有這種人。」

「既然這樣，你就死心吧。」

「但倒有人無法將屍體搬運到直樹的公寓，卻能搬運到厚木，不是嗎？」

谷口揚起一邊的眉毛，「誰？」

「像是，」佐山稍微想了一下，說：「像是末永拓也。他當天在名古屋。晚上十點到早上七點這九個小時沒有不在場證明。要在這段時間內將屍體搬運到狛江的公寓，再折返回名古屋的旅館是難如登天，但要往返名古屋和厚木之間卻是易如反掌。」

「末永啊，原來如此，這傢伙有殺害直樹的動機。」

谷口以右手食指敲了敲桌面，「但你是不是忘記了重要的事呢？我說了，死亡推定時間是六點到八點。如果他這段時間有不在場證明，我們就沒辦法對他展開調查了。」

「我沒有忘記，我會再試著整理一下那段時間的不在場證明。」

「喂，佐山，讓腦袋冷靜一下吧。」谷口用食指指著佐山的鼻尖。「你好像執著於橋本的車，但壓根兒沒有證據證明犯人是用那輛車搬運屍體的。」

但是佐山撥開他的手。

「您看過鑑識課的報告了嗎？橋本車子後車廂的調查結果。」

「看過了，除了毛髮之外，沒有發現疑似從屍體身上掉落的事物。」

「鑑識人員發現了許多藍色的羊毛纖維。」

「那輛車會不會載過羊呢？」

「是毛毯。」佐山說：「藍色毛毯。犯人會不會是用那個包裹屍體的呢？」

於是谷口認真地看著屬下的臉，放棄爭辯地搖搖頭。「虧你想得到。」

「調查屍體身上穿的西裝外套就會知道。」

「你的意思是，西裝外套上沾著藍色的羊嗎？」

「是羊毛。總之——」佐山將雙手撐在桌面，「總之我會將以接力的方式搬運屍體列入考慮，試著再次重新調查各個相關人士的不在場證明。」

谷口誇張地皺起眉頭，不耐煩地說：「好，你儘管調查到你滿意為止，我會派人重新調查屍體身上的西裝外套。」

但是佐山的這項推理不久後便遇上了瓶頸。

縱然認為犯人是以接力的方式搬運屍體，但是相關人士當中，卻找不到不在場證明和這項推理吻合的人。唯一有可能的是末永，但是他擁有完美的不在場證明。他似乎一直和名古屋的客戶在一起。蒐證的調查報告書中，也沒有提出不利於他的證據。

佐山心想，他的不在場證明完美到像是預料到自己會被警方懷疑似的。太過完美而顯得可疑。但是佐山之所以會這麼想，說不定是案情陷入膠著，導致他產生幻想。

佐山甚至認為：說不定仁科遇害的地點不是大阪，而是末永身在的名古屋。直樹六點曾出現在新大阪附近的旅館。然而，他不見得是在大阪遇害的。假設他後來基於某種理由要和末永見面，而前往名古屋。然後被末永殺害——未嘗不能這麼想。但是無論直樹在哪裡遇害，都無法改變死亡推定時間。查出直樹最後用餐的地方與時間，以及當時吃的食物，能夠相當正確地推斷出時間。直樹於六點到八點之間遇害，這點不會改變。而當時，未永有不在場證明。

或者——佐山感覺自己腦中萌生了另一個想法。這樣的話，一切就說得通了。

不，不可能吧——他否定這個想法。因為他認為，未免太過偏離現實了。

2

到了下午，拓也前往樣品工廠。這座工廠是用來決定量產之前，製造研究過程中的樣品，沒有量產的能力，但設備齊全，能夠依照技術部的各種指示，隨機應變地製造任何製品。進入工廠的左手邊有一間隔間，透明壓克力的窗戶對面，可以看見樣品部人員忙碌走動的身影。

拓也走進房內，尋找片平肥胖的身軀。拓也和這個男人一起工作過好幾次，樣品部當中他是最合得來的一個。片平正在自己的位子上打電話。拓也滿臉笑容地朝他走去，片平也一手拿著話筒低頭致意。他馬上講完了電話。

「我想要不鏽鋼的板材。厚一點五。」拓也說道。

「材質呢？SUS304可以嗎？」

「可以，一點就行了。」

片平戴上帽子，從椅子上起身。前往材料放置場的路上，片平向拓也詢問命案的事。「研究開發部鬧得雞飛狗跳吧？聽說刑警每天都來不是嗎？」

「倒是沒有每天啦，但弄得人心裡不太舒服。」

「遇上那種事情，心裡不可能舒服吧。我作夢也沒想到公司裡會發生這種事情。」

到了材料放置場，片平拖出一塊一平方公尺的四方形不鏽鋼板。拓也嚇了一跳，說：「不用這麼大塊，五平方公分左右就夠了。」

「搞什麼，這樣廢材那邊就有了。」說完，片平走進廢材放置場，拿了一塊大小適中的不鏽鋼板回來。「這塊可以嗎？」

「可以，對了，我想切成有點複雜的形狀，可以借我車床嗎？」

「車床？用線切割機比較快唷。」

「不，我需要精準度，而且修邊很麻煩。」

片平點點頭，又帶頭走了起來。這次來到的是模型加工部門。這裡製造衝壓機專用的模型等。片平向組長商量，達成拓也的要求。

「你到底要做什麼？你告訴我的話，我可以替你做。」

「不，小事一樁，不用勞動你。而且我自己來比較快。」

「新製品的零件嗎？」

「不是那麼好的東西。」

「好吧，你加油。」片平說完便離去了。

等到他的身影消失，拓也開始動手。所謂線切割機是一種讓直徑〇・三釐米的黃銅線在水中放電，截斷材料的機械。只要是金屬都能截斷，精準度達到微米，而且能夠利用電腦隨心所欲地控制截斷形狀。

黃銅線慢慢截斷不鏽鋼板。拓也盯著截斷情形，在腦中整理殺害康子的計畫。這兩、三天，他絞盡腦汁。最後得到的結論是，沒有一種殺害康子的方法不用冒風險。不，並非沒有方法殺害她，而是不確定能否成功，譬如將下毒的巧克力寄給她也是一種方法。寄件人姓名可以用她的朋友。但若用這種方法，可以斷言要讓她看起來是自殺幾乎是不可能的。康子必須安詳地死在自己家中，吃到一半的毒巧克力，可不能在屍體旁邊散落一地。

這次計畫的靈感，是來自昨天一名和康子交好的女員工說的話。她們兩人約好了明天星期六晚上，要去看音樂劇。康子在這種節骨眼應該不會去看戲，但是之前約好了，又不能拒絕。

拓也佯裝隨口問道：「從幾點開始？」她開心地說：「從七點到十點半。」

好機會！沒道理錯失這個良機。

拓也心想：只好冒險一試了。反正為了殺害康子，早已冒過一次險了：就是搬運屍體時。只要再做一次當時的心理準備就好了。

換句話說，就是謀殺再現。

而這次只許成功不許失敗。不管是哪種遊戲機，都不會給人三次機會。

3

星期五下班前，整個部門的人都無心工作。最近大家都說美好的星期四❷，但還是一週當中最後一天上班的這個時間最令人開心。

不久，下班鐘聲響起。面向辦公桌的人一臉興匆匆地開始收尾，而打電話和客戶洽商的人則想盡快掛斷電話。年輕員工草草收尾，便開始呼朋引伴去喝酒。

「中森小姐要不要一起去？偶爾一塊兒喝一杯嘛。」

當弓繪正在清理黑板時，同部門的男員工約她。

她至今被約過好幾次，但是從沒參加過。「抱歉。我今天有約。」弓繪低頭道歉。

「這樣就沒辦法了。和男朋友約會嗎？」

「嗯，算是……」

「哇，我不知道妳有男朋友耶。改天再嚴刑逼供，今天就放妳一馬。」

「再見。」她目送那名員工離去。

收拾完畢，弓繪也換衣服離開公司。她和悟郎約好了六點在常去的咖啡店碰面。

弓繪早到五分鐘，但悟郎早已坐在靠牆的座位了。他身穿牛仔褲搭黑色皮夾克，一身固定的打扮。他發現弓繪，笑出魚尾紋並舉起手來。

「有什麼發現？——我也要咖啡。」弓繪在椅子上落坐，問悟郎的同時，對前來點餐的服務生說。悟郎面前已經放著咖啡杯了。

「很遺憾，沒有大收穫。坦白說，這種事情很難調查。」悟郎歉疚地說。

「是喔。果然變成了一種禁忌嗎？」

「或許吧。太過追根究柢，會被人以異樣的眼神看待。」

譯註❷：日語為「花の木曜日（簡寫為：花モク）」，意指星期四是一週當中最空閒的一天。

「是喔……老實說，我這邊也沒什麼進展。我有朋友在人事部，我請她幫忙，今天早上稍微查了一下。」

「有什麼發現？」悟郎問道。

弓繪搖搖頭。「只知道開發企劃室想找一名人事事務負責人，所以從當時空閒的設計部調一個人過去。」

「那一個人就是弓繪嗎？」悟郎說完時，服務生送咖啡來。

弓繪邊加牛奶用湯匙攪拌，邊看著他說：「可是，我有一個有趣的發現。」

「什麼發現？」

「關於悟郎的事。」

「我的事？我怎麼了嗎？」

「我之前沒注意到，當我調部門的時候，你也調了部門。你從製造部調到了現在的實驗部。」

「噢，」他一臉被人提起意外的事的表情點頭，「嗯，是啊。因為我進公司之後一直待在同一個部門，也差不多該調部門了。」

「可是，這是巧合嗎？」

「咦？」悟郎皺起眉頭。

「我總覺得這不是巧合。」

「怎麼可能……妳想太多了。」

「是嗎？」弓繪定定地盯著咖啡杯內。她陷入沉默，所以悟郎也低著頭。但不久後，他主動打破沉默。

「我十分了解妳的心情。但是，妳想太多了，這次的命案和妳想的沒有關係，我是這麼認為的。」如此說完後，他又低下頭，他的態度感覺只是試著陳述自己的意見。

「我知道，」弓繪說：「我十分清楚，這或許只是我的想像，但是我希望……我希望你再讓我放手去做一陣子，如果你說你討厭我這樣的話——」

「我不是那個意思。」悟郎有些不知所措地游移視線，「我不是討厭。但是，妳接下來打算做什麼呢？」

「嗯，這我還沒決定，但是……」弓繪又含了一口咖啡，從咖啡店的窗戶看了稍遠的景色一眼，然後接著說：「末永先生——我想調查看看這個人的事。室長遇害之前，曾叫橋本先生和他進辦公室，這件事令我很在意。」

4

二十一日星期六，雨從早下到晚。拓也將車停在距離公寓稍遠處的電話亭旁，目光望向康子回家的路。康子家位於一棟五層樓公寓四樓最內側，拓也確認過管理員不在。

電子鐘的數字是十一點四十分，她差不多要回來了。其實，拓也想別和她見面執行計畫，但不管怎麼想，這都是不可能的。總之，非得和她見上一面不可。

他看了時鐘一眼，十一點四十二分。這時，前方出現車頭燈。一輛計程車緩緩朝這裡靠近。計程車一在公寓前停車，後座左側的車門就打開了。車內燈點亮，可以看見客人在付錢，但是看不見臉部。客人下車，迅速撐開傘。肯定是康子沒錯，她身穿灰黑色外套，一手提著紙袋。她好像沒有發現拓也，走向公寓。

拓也拿著行李下車，走進電話亭。從那裡能夠看見康子家的窗戶。他拿起話筒，目光直盯著窗戶。感覺時間過得特別慢。康子家在四樓，應該會搭電梯，但她現在走到哪裡了呢？

當拓也掌心冒汗時，康子家的窗戶亮起了燈光。或許是因為深色窗簾拉上的緣故，光線顯得朦朧。拓也插進電話卡，一面讓心情平靜下來，一面按下數字按鈕。撥號聲響了三聲，然後聽見康子的聲音。

「是我，末永。」拓也說道，感覺康子在電話那頭倒抽了一口氣。

「什麼事？這麼晚打來。」

「關於孩子的事，我有話要跟妳說。我在妳家附近，現在方便去妳家嗎？」

隔了一會兒，遺憾的是拓也不曉得康子腦中在想什麼。

「明天再說不行嗎？」

「不行，所以我一直在等妳回家。」

「……什麼事？」

「就是孩子的事啊，孩子和我們今後的事。」

又是一陣沉默。康子或許知道拓也想殺她，如果是這樣的話，她當然會採取警戒。但即使如此，拓也也非設法進入她家不可。

「還有，」拓也決定祭出王牌，「橋本和仁科直樹的事。」

「……你知道什麼了嗎？」

拓也快速動腦想，這個反應代表了什麼？也就是說，她什麼都不知道嗎？不，未必。

「我知道了。」拓也說：「所以我想和妳好好談談。」

又是幾秒鐘的沉寂，她終於說：「好吧。我門沒鎖，你自己進來。」

「好。」說完，拓也掛上了話筒。

拓也小心不被人看見，走到康子家門前，悄悄握住門把。指尖事先塗了接著劑，不方便轉動門把。這是為了不留下指紋所下的一番工夫。如果戴手套的話，康子會起疑。

和她說的一樣，門沒有上鎖。一進屋內，康子坐在牆邊，以警戒的眼神看著他。

「哎呀，」拓也說：「好久沒來這間房間了，這應該是我第二次來吧。」

「是第三次。」

「原來如此。」

「先坐下來再說吧。」康子用下巴指了指矮茶几對面的沙發。拓也鎖上大門脫鞋，落坐在她指定的位置。

「我原本想買點伴手禮來，但想不到該買什麼才好。所以隨便買了妳喜歡的東西。」

拓也將白酒瓶和方盒放在茶几上。「先用白酒乾杯吧，能不能拿酒杯出來？」

「為了什麼乾杯？」康子冷淡地說：「你有話快說吧。」

「在那之前，我想放鬆一下。」

電視櫃就在一旁。拓也自己從中拿出兩個酒杯，然後用開瓶器拔出軟木塞，將淡金黃色的液體倒進兩個酒杯中。

「那，乾杯。」拓也拿起酒杯。

但康子只是露出想看出他葫蘆裡賣什麼藥的眼神，沒有伸手拿酒杯。

「怎麼了？」他問道。

「我戒酒了，」她面無表情地回答，「對肚子裡的孩子不好吧？」

「喝一點沒關係。」

但是她搖搖頭，說：「我從剛才就在等你要說什麼。」

於是拓也也沒有喝酒，直接將酒杯放在茶几上。「我再問妳一次，妳有沒有意思拿掉孩子？」

「沒有。」

「孩子的父親或許已經不在人世了唷。橋本和仁科……」拓也說完，觀察她的反應。

康子霎時垂下目光。「你知道了？」

「嗯。如果孩子是其中一個人的，妳怎麼辦？」

於是康子稍微聳肩，用鼻子冷笑一聲。「那種事情用不著你費心，你只要想你如果是孩子的父親的情況就好了。」

猜不透啊，拓也焦躁了起來。猜不透她心裡在打什麼算盤。

「如果警方知道遇害的兩個人都是妳的男人，會怎麼樣呢？」

「你的意思是，你要告訴警方？如果你那麼做的話——」康子的目光閃了一下。

「我知道。妳要說，妳也會告訴警方妳和我的事，對吧？所以我反而擔心。我問妳，妳手上沒有東西會洩漏和我們三個之間的事吧？像是將我們的名字寫在記事本上之類的。」

「放心，我總是用公司的內線電話和你們聯絡對吧？」

「這樣就好。」拓也真的鬆了一口氣，「不過話說回來，當我聽說那兩個人遇害的時候，坦白說，我懷疑是妳幹的。」

「別開玩笑了。」她以強硬的語氣說：「為什麼我得殺害那兩個人呢？倒是那兩個人說不定想殺我呢。」

這是事實！拓也忍住想說出來的衝動，說：「但是仁科直樹遇害那一天，妳向公司請假對吧？難道妳要說，那是單純的巧合嗎？」

於是康子先是露出放鬆的表情，然後像是在猶豫什麼，視線不停游移。但她的視線最後停在拓也臉上。她說：「那一天啊，仁科先生要我去大阪。」

「室長要妳去大阪？做什麼？」拓也佯裝驚訝，裝傻地問。關於直樹找她去大阪的理由，拓也比誰都清楚。

「我不太清楚，他說有重要的事情，希望我去一趟。他還說，是和我肚子裡的孩子有關。所以我就請假去了大阪。」

「大阪哪裡？」

「新大阪車站地下樓層，有一家叫做『Vidro』的咖啡店，他要我五點在那裡等他。」

直樹似乎打算和她在那裡碰面，然後開車載她到適合殺害她的地點。然而，五點稍嫌早了些。直樹到底有何打算呢？

「可是，」康子說：「他沒有來，我乾等了兩個小時。」

「是喔……」拓也凝視康子的臉。她在撒謊，還是陳述事實呢？然而，這種程度的演技對她而言，或許只是小事一樁。

「然後隔天，就聽說他遇害了。我嚇得差點心臟停止。」

「妳心裡完全沒個底嗎？」

「沒有，然後就發生了橋本先生的命案，對吧？我完全搞不清楚這是怎麼一回事。」

「但這兩件事有共通點。如果按照順序，下一個是我。所以我才會心生恐懼，來這裡找妳，犯人真的不是妳嗎？」

「我沒有殺人動機吧？」康子攤開雙臂說。

拓也直勾勾地看著她的臉，她也默默地注視拓也。

「唉，算了。」他說：「看來我們最好討論怎麼揪出真正的犯人——對了，要不要喝杯酒？」

「我說了，我不喝。」

「妳以為我下了毒嗎？」拓也一說，康子霎時瞪大眼睛，然後一臉想到什麼的表情，搖了兩、三下頭。

「是啊，你也可能殺我。雖然我想不到你殺害仁科先生和橋本先生的理由。」

「妳信不過我啊。那，這個怎麼樣？」拓也打開和酒一起帶來的包裹。上頭印著一家知名日式糕點的店名。康子非常喜歡這家店的糕點，特別是將整顆梅子放進果凍中的點心。

「酒和日式糕點，還真是奇怪的組合耶。可疑唷，你居然會買這種東西給我。」康子露出打探的眼神。

「妳還在懷疑我啊？那，妳隨便挑一個。我先吃給妳看。」拓也說。

康子從八個當中隨手挑了一個遞給他，拓也打開包裝，毫不猶豫地咬了一口，然後看著她說：「一般都會泡杯茶給客人吧。」

康子瞪了他一眼就起身去廚房，拓也看見她在準備茶壺和茶杯，對著她的背影說：「妳幹嘛辭掉工作？」

「沒為什麼。只是想從從容容地準備生孩子，雖然對你過意不去就是了。」

「我真是搞不懂妳。如果我順利得到仁科家的財產，妳大概會想跟我要一大筆贍養費，但是這麼一來，妳就一輩子沒辦法有個好歸宿，這樣好嗎？」

「我對結婚沒興趣。」康子將茶倒進茶杯，端了過來。茶杯上還冒著煙。

「是喔——吃點心嘛。」

「現在不想吃。」她說道。

「妳好像還是信不過我。」拓也面露苦笑，「唉，算了。那，妳為什麼對結婚沒興趣？」

「我的夢想是遊戲人間。我肚子裡的孩子是如意槌，用來變出讓我實現夢想的金錢，我一直在等待這種機會。」

「妳是寄生蟲嗎？」

聽見他這句話，康子嘴角露出一抹冷笑。「你還不是寄生蟲？少自命不凡了。」

拓也沒有回嘴，拿起不再冒煙的茶杯，但是送至嘴邊時手停了下來。

「怎麼了？」康子問道。

「仔細一想，只有我單方面地相信妳，未免說不過去吧。」

於是她搖搖頭，說：「無聊。」

「我不可能謀殺你。」

「天曉得。」

拓也將茶杯推到她面前，於是她面露微笑地拿起那個茶杯。

「我真心希望你出人頭地，你知道我是真心這麼想的吧？如果你進入仁科家，我也會跟著雞犬升天。這麼一來，我就能站在陽光普照的地方了。」

接著，她喝下自己親手泡的茶。拓也見狀，拿起酒杯。

「原來是向太陽乾杯啊？」

「嗯，沒錯……」她放下茶杯後，突然瞪大眼睛，做出摀住嘴巴的動作，然後倒在沙發上，開始發出呻吟。

拓也喝酒看著康子痛苦的身影。不可思議的是，他絲毫不覺得害怕。因為一切都在計畫之中。兩、三分鐘過後，她停止了動作。拓也確認這點之後，緩緩站了起來，手中仍拿著酒杯。他試著用腳尖搖了搖康子的身體。然而，康子沒有反應。

「我哪裡是寄生蟲了？別把我和妳混為一談！」拓也踹了康子的頭一腳，「什麼叫陽光普照?!陽光怎麼可能照在妳這種人身上?!少臭美了！」

拓也決定在康子不在家時下毒，到此為止都還好，但氰酸鉀使用的地方，令他傷透了腦筋。可以說他幾乎都在思考這件事。他考慮過紙盒牛奶、鹽或醬油等調味料，以及牙刷，但覺得不管哪一種，失敗的機率都很高。不曉得康子什麼時候會喝牛奶，調味料視煮什麼菜而定，恐怕會極度降低毒素。就算將毒塗在牙刷上，也不知道有多少量會進入體內。

重點是，必須是康子會在拓也面前吃下的食物。因為康子在自己不知道的時候中毒身亡，是很危險的一件事。假如當時剛好有人來她家，一切就功虧一簣了。

將事先下毒的飲料或食物，當作伴手禮帶去也是一種方法。或者讓她泡咖啡等飲料，然後乘機下毒呢？然而，前提是她毫不設防，這才得以成立。而且乘機下毒，實際上非常費工夫。有些東西即使是提高警覺的人，也經常疏忽喝下。那就是自己親手泡的茶或咖啡。想到這裡時，拓也想到了絕佳的下毒地方。

就是茶壺的壺嘴內側。事先將粉狀的氰酸鉀從壺嘴倒進去，這麼一來，從外觀看不出來被人動過手腳。一旦放進茶葉注入熱水，氰酸鉀就會無聲地溶化。直接倒進茶杯，就會形成濃度足以殺人的毒茶。

拓也確信會成功而執行計畫，結果果然毒死了康子。

他確認康子死了，便剝下指尖的接著劑，然後做的第一件事是清洗茶壺、茶杯和酒杯，擦乾淨之後，小心不留下指紋地放回電視櫃。警方大概作夢也沒想到，康子的死會和這些器具有關。

接下來的作業必須戴手套。拓也收拾帶來的行李，將裝了一些水的玻璃杯放在康子前面。

他還想將劇情設定成康子自殺之前，做過最後一番梳整——

拓也走到梳妝台，尋探適合點綴屍體的裝飾品。於是發現梳妝台上放著一個金花造型的胸針。八枚花瓣是黃金材質，中間鑲著鑽石。

妳有相當高級的東西嘛——拓也心想，就替屍體戴上這個吧。

但是他轉念一想，還是決定作罷。說不定康子今晚戴著這個去看戲。如果戴的地方不一樣，說不定和她一起去的女員工會把事情鬧大。

別太注重細節——他如此心想，離開了梳妝台。他在玄關穿好鞋，做最後的檢查。他點頭心想「沒問題，毫無破綻」，然後從窺孔觀察外面的模樣。雖然是深夜，但若是被人發現反而麻煩。他確定沒有人之後，打開大門。沒必要關掉屋內的燈。大概沒幾個人會在烏漆抹黑中自殺吧。

走出門外，用備份鑰匙上鎖。鎖起來很順手。這支備份鑰匙，是昨天下午用樣品工廠的機械打的。昨天午餐時，拓也走近康子的辦公桌，從抽屜拿出她的鑰匙，以黏土取模，再趁康子去看音樂劇時，用這支備份鑰匙溜進她家，事先用氫酸鉀下毒。

拓也一離開公寓，便回到自己車上。沒有忘記任何事。至今為止，他在重要時刻不曾失誤過。他發動汽車引擎，踩下油門，經過公寓前面時，一股笑意不禁湧上心頭。

5

週末過後的二十三日星期一，雨宮康子的屍體被人發現。因為她無故缺勤，女同事擔心她，到她位於調布市內的公寓而發現了她。不用說，公司之所以快速應對，是因為發生過橋本敦司的事。

康子倒在餐廳地上，餐桌上只放了一個裝著四分之一杯水的玻璃杯。屋內大致上很整齊，沒有鬥毆過的跡象。法醫研判，屍體乍看之下可能是氫酸鉀中毒。嘴巴附近沾著杏仁味的黏液，是氫酸鉀中毒的特徵之一。

「她是犯人嗎？」第一個低聲說的人是谷口。由於發生第三起命案，因此他也相當早抵達命案現場。所謂犯人，意指康子是殺害仁科直樹和橋本敦司的犯人。

「雨宮康子曾在仁科敏樹的部門待過，而且直樹遇害那一天，她請了年假……」佐山想起幾天前和谷口談話的內容說道。在他說話的同時，一股悔恨湧上心頭，雨宮康子早在嫌犯之列，但是沒有特別明顯的證據足以監視她。

「這女人想謀殺兩個男人，達成目的後自殺嗎？殺人動機不詳，但這麼一想，倒也合情合理。」

「我不能接受這種說法。」佐山說：「如果她一開始就打算自殺，無論是對仁科或直樹，應該都不必用那麼精心策劃的殺人方法。那種犯罪手法，無論怎麼想都是犯人為了讓自己脫罪。」

「說不定是心境改變了。或者是衝動性自殺呢？她也可能是對警方的調查感到害怕，而選擇了自殺。」

但是佐山搖搖頭。「這次的犯人很冷靜，總是謀定而後動，不會衝動行事。」

「不，殺人原本就是出於衝動。唉，總之今後調查這件事就會明白了。」谷口拍拍佐山的肩，指示其他調查人員行動。

佐山走進康子的臥室。房內有一張床和一個梳妝台，梳妝台的大鏡子能夠照出全身。梳妝台上有個黃金胸針，床鋪的枕邊放著一個長方形的珠寶盒。

佐山調查珠寶盒內，雖然為數不多，但各式各樣的名牌珠寶，用的八成都是真正的寶石。佐山的心情有些複雜，心想，時下粉領族的薪水高到能夠毫不手軟地買下這種東西嗎？

佐山看衣櫃內時，心中同樣升起這種感覺。他對仕女服飾的品牌名稱幾乎一無所知，即使如此，直覺告訴他那些都是高檔貨。

「她好像過著相當奢侈的生活。」

資淺刑警來到佐山身旁，同樣盯著衣櫃內。「這間公寓的房租，應該也不便宜吧？再加上她身邊的衣物，都要花不少錢。」

「嗯。我也覺得她有點花太多錢在這些東西上了。我不是嫉妒，但以我們的微薄薪水，是不可能過這種生活的。」

「因為現在的年輕女孩很有錢。」資淺刑警將羨慕寫在臉上地說。

佐山接著打開梳妝台最上面的抽屜。這間房內沒有半個收納櫃，寶石之外的貴重物品都收在哪兒呢？這個疑問，令佐山盯上了梳妝台的抽屜。他的直覺猜對了。抽屜裡放著存摺和健保卡等貴重物品，印鑑也放在一起，難道她都沒有想過遭小偷時怎麼辦嗎？

佐山打開存摺一看。比起調查，看看年輕女子多有錢的好奇心更強烈。

但是看見上頭的數字，佐山大失所望，餘額是四萬兩千一百三十七圓。

他心想，這是怎麼回事？就算是發薪日之前，這數字也未免太少了吧？他曾聽說，即使是剛畢業進公司的員工，有人一年能存一百萬以上。

然而，佐山馬上覺得這也難怪。乍看之下，雨宮康子過著奢侈的生活。所以存款少得可憐，是理所當然的事，如果她還有一大筆存款，反而顯得不自然。對於沒來由鬆了口氣的自己，佐山不禁面露苦笑。自己想和這個二十歲上下的小女生比較什麼呢？但是他立刻斂起苦笑。因為從抽屜中，出現了更引起他注意的東西。

是掛號證，上面寫著永山婦產科。到院日期是十月十三日，時間是一個多月前。

「署長。」佐山呼喊谷口。

永山婦產科距離雨宮康子的公寓約十分鐘車程，這一晚正好康子的主治醫師在值班，所以佐山和新堂前往問話。髮色斑白的中年醫師，聽見康子的死訊瞪大眼睛，驚呼連連。

「她和一般人有點不一樣，但是個美女。這麼啊，她去世了啊。我現在切身感覺到，真是天有不測風雲，人有旦夕禍福。」

「你說她和一般人有點不一樣，是什麼意思？」佐山問道。

「那是我第一眼看到她時的感覺。她說：『醫生麻煩你幫我看看，我大概是懷孕了。』最近的年輕女生說話很直接，她尤其如此。」

「那，她懷孕了嗎？」

「兩個月了，」醫師答道，「我向她祝賀時，她也沒有反應。她好像感到高興，但也好像漠不關心。她還沒結婚，但至少看起來不像大受打擊。」

佐山對於醫師相當冷靜的分析大感佩服。

「她沒有墮胎嗎？」新堂問道。

「沒有，」醫師明白地回答，「我原本也以為，她會不會希望墮胎呢？但本人有意生下孩子。我聽見她這麼說，還是鬆了一口氣。」

康子打算生下孩子——佐山一面思考「是誰的孩子」，一面試探性地問：「對於孩子的父親，她有沒有說什麼？」

醫師的表情有些困惑地扭曲。「坦白說關於這件事，雨宮小姐問了我一個有點奇怪的問題。」

「奇怪的問題？」

「嗯。她問我什麼時候會知道嬰兒的血型。」

「啊?!」佐山和新堂面面相覷，「她問的這個問題的確很奇怪。」

「所以我想，雨宮小姐大概也不清楚孩子的父親是誰，所以才會想用血液弄清這一點吧。」

「原來是這麼回事啊，那，醫生你怎麼回答呢？」

「我告訴她，血型是決定於受精的那一瞬間，驗血型最好等孩子出生之後。因為懷孕初期到中期驗血型，可能伴隨極高的危險。」

「結果雨宮小姐接受了這個說法嗎？」佐山問道。

「她想了一下，好像是接受了。她好像還是決定把孩子生下來，後來的懷孕情形也很良好。」說完，醫師再度面露遺憾的表情。

回到警察署，佐山向谷口報告。谷口抬頭看天花板，自言自語地在腦中整理資料。

「雨宮康子懷孕了，她自己也不曉得孩子的父親是誰。換句話說，她和一個以上的男人有關係。即使不知道父親是誰，康子還是打算把孩子生下來，難道她打算自己一個人扶養孩子嗎？」

「我實在想不通。」佐山說：「就我在她家裡的觀察，她是個過慣奢侈生活的女人，不是一個人吃苦拉拔父不詳的孩子長大的那種女人。」

「不，女人一談到孩子，就會變成另一個人。」

新堂從旁插嘴說：「有不少女人說她們不想結婚，但想要孩子。和許多男人交往過，受夠了和男人一起生活，是這種女人的共通點。」

他一副自信滿滿的口吻。佐山對最近的女性不太清楚，只好保持沉默。

「唉，總之得先找出孩子的父親是誰。」

谷口總結地說：「不過，不曉得他現在是否活著就是了。」

他指的是仁科直樹和橋本敦司，佐山和新堂一起點頭同意這個意見。

6

拓也大致上滿意公司內部對於康子死亡的反應。今天早報上的報導尚未提到詳情，但或許是發現屍體的女員工說的話變成謠言傳開了，大部分的人好像都認為她是自殺。拓也今天第一個遇見的同事也對他說：「你聽說了嗎？聽說董事室的雨宮康子用氫酸鉀自殺了。」

那名男同事還順口說：「聽說是她殺害仁科室長和一課的橋本，我不曉得事情原委，但女人真是可怕。」

「你說得一點也沒錯。」拓也表情嚴肅地出聲附和。

到了下午，他前往埼玉的工廠，這裡的人也都在談論命案的事。

「我很清楚橋本先生的為人，他不會和人結怨，但他果然和這次死掉的女人之間有什麼吧。」負責現場的生產技術、名叫長瀨的男人，似乎想從拓也身上挖出一些和命案有關的有趣消息，不停地繞著這個話題打轉。

「我不太清楚。」但是拓也只是如此回答。

那名生產技術部員工帶拓也到第二工廠，說是有機器人的運作狀況不佳。

「它的動作肯定比之前的快，而且不太會漏抓製品，這樣是很好。可是你看，有時候輸送帶上出現這種瑕疵品，它也會直接組裝。能不能想辦法改善這一點？」

長瀨拿著被視為次級品而打下來的製品說道。

「沒什麼大問題吧，反正在後續的品管流程中會被打下來。」

「話是這麼說沒錯，但如果在更早的流程中發現，就不用浪費零件了。」

「與其改善這個部分，別讓輸送帶上出現那種瑕疵品不就好了嗎？前一個流程有作業員負責這件事吧？」

「是的。」長瀨的音量變小，「這是相當精細的作業，沒辦法完全自動化吧？」

「只要靠人工的一天，次級品就不會消失。別把不好的結果推到機器人身上。」

「我不是那個意思。」

「你說有機器人的運作狀況不佳，就是這件事嗎？」拓也尖起嗓子說：「你特地叫我到埼玉，就是為了這點小事嗎?!」

「不，其實有一台機器人不按指令動作。」長瀨帶拓也到另一個地方，機器人進行焊接的地方。「聽說明明停止機器人了，但機器人卻突然動起來。所以才會像這樣關掉電源。」

「是喔，」拓也看了機器人一眼。這台機器人是稍微針對移動手臂時的軌道修改的機種。

「嗯，我調查看看，我想不是受到雜訊的影響。」

「麻煩你了，畢竟去年發生過那種意外事故，在一旁作業的人都提心吊膽的。」

聽見長瀨這麼說，拓也狠狠地瞪了他一眼。「那起意外事故確定是作業員的操作疏失。你不好好解釋清楚，讓員工亂誤會，我可是很傷腦筋耶。」

「不，我有好好解釋清楚，但是在現場工作的人怎麼也沒辦法拋下偏見。」

「偏見——你說得沒錯。」拓也邊說、邊打開控制器開關。

「噢，對了，」長瀨稍微改變語調，「昨天總公司來詢問末永先生的事。」

「我的事？」拓也停下手邊的動作回頭，「問了什麼？」

「問了很奇怪的事。總公司希望我回報你至今經手過的機器人名稱……我想，這種事情問你本人是最快的。」

拓也皺起眉頭。「這問題真的很奇怪，誰問你的？」

「對方只說自己是負責整理技術資訊的人，一個女員工的聲音。」

「哦……?!」到底是誰呢——拓也開始感到一股強烈的不悅。

7

雨宮康子的屍體被人發現的隔天早上，調布署接獲她父親來了的消息，通知狛江署的調查總部。康子的老家在福岡，所以昨天晚上無法趕來，她父親似乎是搭今天早上的第一班飛機來的。

谷口命令新堂前去問話。

佐山按例造訪ＭＭ重工，這已經是第幾次去了呢？佐山一面做無謂的計算，一面在公司大門的訪客名單上簽名。他在會客大廳裡，也像是在自家廚房裡走動。

這一天首先見到的是名叫中野秋代的主任；她掌管研究開發部的所有女員工。這名中年女子若用從前的說法，屬於知識分子的類型。細緻的臉部線條，相當適合戴金框眼鏡。據她所說，康子她們正式隸屬於人事部，被派遣到各個部門。所以中野自己也是人事部的主任。

「她工作很認真，總是順從地遵照我們的指示。」或許是已經聽見康子死亡的消息，中野秋代以較為平靜的語調開口說道。

「也就是說，她是個做事認真的屬下是嗎？」

「是的，但是……」中野秋代有些吞吞吐吐，「這可以說是時下年輕人的通病，我經常不曉得她腦子裡在想什麼。但話是這麼說，她在工作上卻不曾發生疏漏，或採取令人費解的行動。不過，我們除了公事之外幾乎沒有交集，所以我完全不知道她平常過著怎樣的私生活。應該可以說是，她不讓我看私底下的她吧。」

「也就是說，她把公司和私生活切割得清清楚楚是嗎？」佐山說道，這是現代年輕人的特徵。

「是的，所以我，」中野秋代說到這裡頓了一下，「坦白說，我有點拿她沒轍。」她扶正金框眼鏡。佐山點點頭，認為這是她的真心話。

他試探性地問道：「假如康子是死於自殺，妳心裡有沒有個底呢？」

「完全沒有，」她答道。「至少她在工作上沒有缺失。」

「噢，但是，」她想起來似的說：「她最近辭掉了工作，不過還沒提出辭呈就是了。」

「辭職？理由是？」

「她說是要回老家準備嫁人。詳細原因我沒有聽說。」

佐山心想，這是隨口捏造的謊言。從她的口吻聽來，中野秋代她們對於康子懷孕，似乎一無所知。從主管身上大概只能問出這麼多吧，他放棄繼續問下去，要求見和康子走得近的人，中野秋代推薦和康子同期進公司，名叫朝野朋子的女員工。但是佐山沒有從朋子身上得到有用的資訊。

「我完全無法相信她會死，如果有心事，找我商量就好了，用不著死啊。」朋子將手帕抵在哭腫的臉頰說道。

佐山打探康子的男女關係。

「她長得漂亮，好像也有男人向她示好，但我不曾聽說她實際在和誰交往。男員工經常會約我們去打網球或滑雪，但是她好像討厭那種活動。就算約她，她也從沒去過。」

「說不定她男朋友是公司外的人。」佐山說道。

「我想不可能，因為我完全沒聽她說過。」朋子斬釘截鐵地否定。

沒有男人不可能懷孕。而且，不可能想替發生一夜情的男人生孩子。簡單來說，朝野朋子也對雨宮康子一無所知。接著，佐山想和仁科敏樹見面。橋本也就罷了，仁科直樹和雨宮康子的共通點只有敏樹。

但是當佐山拿起內線電話的話筒時，改變了心意，覺得今天到此為止就好。他認為，要見敏樹最好等資料更齊全之後再說。他改以公用電話和調查總部聯絡，谷口指示他現在去新宿，要他和預定去向康子唸女子大學時的朋友打聽的調查人員碰面。

「我從康子的父親口中問出了對方的名字。她們好像一起去旅行過。康子的通訊錄上有對方的聯絡方式。」

谷口最後說了一句：「這件事就拜託你了。」

碰面地點是新宿某飯店一樓的咖啡店。佐山一去，一個國字臉的男子舉起手來；是谷口小組中的其中一人內藤。他比佐山年長兩歲，是柔道高手，身體鍛鍊得像一堵厚實的牆。

「太好了，」內藤抓了抓頭，瞇起眼睛。「我最怕工作上遇見年輕女孩子了，正在傷腦筋呢。」

「流氓比較好嗎？」

「那還用說。流氓就不用顧慮對方的感受。但如果是年輕女孩子，就得考慮問話的方式。這件事就拜託你了。」內藤用右手比了一個手刀。

五分鐘後，出現了他最怕的年輕女孩子。似乎是內藤的外表一看就是警察，她看著他筆直走來。這名美女令人沒來由地聯想到貓。她身穿黑底、顏色素雅的襯衫。她的身材姣好，說她是模特兒也會有人相信，但或許是利用服裝設計修飾體型。

她說自己叫杉村美智子，聲音中帶點鼻音。佐山知道她雖然緊張，但在打量刑警們。

「抱歉，百忙之中打擾妳。」自我介紹之後，佐山道歉道。

因為聽說美智子任職於這附近的一家保險公司。「妳知道雨宮康子小姐過世了吧？」

「剛才聽說了，」美智子答道，「我非常驚訝。」

她頻頻眨眼，但好像不用擔心她會哭出來。最近的年輕女孩子也擅長壓抑情緒。

佐山等她向服務生點奶茶，首先問她和康子的交情如何。美智子輕描淡寫地說：「我們是學生時代的朋友，現在也經常見面喝酒，但是這兩個月沒有碰面。」說完後，她問能不能抽菸，佐山說「請」，將玻璃菸灰缸挪到她面前。內藤也不顧自己身為警察的身分，想抽菸解癮，迅速地拿起菸灰缸中的火柴。然而，當他用粗手指打火柴時，她從皮包中拿出銀色的流線型打火機，帥氣地點燃香菸。

佐山將剩下涼掉的咖啡一飲而盡。「這兩個月左右，妳們沒有通過電話嗎？」

於是美智子用夾著萬寶路的手指按在太陽穴上，答道：「大概是一個多月前，她有打電話給我。好像沒什麼大事。不過，她說了奇怪的話。她說，我想下一輩子唯一一次的大賭注……」

「賭注，是指賭博嗎？」內藤振奮地說。

但美智子不理他，繼續說：「我問她那是什麼意思，她也不肯仔細回答我。我說：妳喝醉了吧。她說，因為今天終於是最後一天了。咦，這是什麼意思呢？」

說到最後，美智子也露出陷入沉思的表情。

「一個多月前嗎？知不知道正確的日期呢？」

「呃，是什麼時候呢？星期三……噢，不對。應該是星期二。所以是哪一天呢？」

「十三日對吧？」佐山立刻看著記事本的月曆說。

美智子點點頭，說：「我想應該是。」

佐山心想，稍微有點頭緒了。十三日是康子到永山婦產科檢查是否懷孕的日子。換句話說，她對美智子說的「我想下一輩子唯一一次的大賭注」，肯定是指要生下孩子。

問題是，為什麼那是個賭注呢？

這時，內藤問道：「雨宮小姐和男人的交往情況如何呢？」

他的語調生硬，但佐山也想問，所以時機正好。

「最近沒聽她提起這方面的事。但是她從以前就是惦惦吃三碗公的人，說不定找到了格外適合的對象。」當她這麼說時，終於稍微放鬆了臉頰的肌肉。

「學生時代和不少男人交往過嗎？」佐山問道。

「康子嗎？還是我？」她用貓般的眼睛瞄了佐山一眼。

「姑且先說康子吧。」

「她可多著了，她身邊幾乎隨時都有男朋友。我就完全沒有男人緣。」

「我覺得妳應該很搶手……她最後和當時交往的男朋友都分手了嗎？」

「應該是，她將隨便玩玩和結婚分得很清楚。」

「原來如此。」

佐山腦中閃過一件事。「我這麼問可能很奇怪，雨宮小姐在學生時代有沒有不小心懷孕過？」

突然間，美智子的表情不悅地扭曲。即使如此，佐山仍沒有別開視線，直盯著她的嘴唇，於是她雖然露出不耐煩的表情，還是吐出白色的煙，答道：「就我所知，有過兩次。」

「她把孩子拿掉了吧？」

「是的。」

「什麼時候的事呢？」
「大二的夏天和大四的秋天。」
「對方是？」
「大二時是社團學長，大四時是在打工的地方認識的攝影師。」
康子的男朋友類型在兩年內似乎也改變了不少。但這不重要，康子好像對墮胎這件事本身並不抗拒。
「她沒有想過和那些人結婚是嗎？」
「我想她是壓根兒沒想過。她說，要挑一輩子不用擔心錢的人作為結婚對象。」
「所謂的嫁入豪門嗎？」內藤低喃道。
大概是他的語氣中夾雜著輕蔑的意味，美智子瞪著他說：「出生於平凡家庭的人要擠進上流社會，唯一的機會就是結婚。畢竟光靠愛情，是填不飽肚子的。」
「這就是妳和雨宮康子小姐奉行的主義是嗎？」佐山說。
她稍微揚起下巴問：「不行嗎？」
「不是不行，這是妳們的自由。那情況如何？她身邊有理想的對象嗎？」
「這件事是在她進公司後不久提起的，她感嘆地說：很遺憾，公司內似乎沒有好對象。」
「所以她如意算盤白打了是嗎？那妳怎麼樣呢？」
「我？」美智子將還剩一半長度的香菸在菸灰缸中捻熄。「我明年要結婚。」
「那真是恭喜妳了，對方是理想對象嗎？」

「是的，他是銀行家的次男。」她說道。

「妳是怎麼順利找到這個金龜婿的呢？」

「那還用說，我們是相親認識的。」說完，她又稍微揚起下巴。

佐山他們回到調查總部後，新堂他們也回來了。新堂他們正要向谷口報告從康子父親打聽到的內容，於是佐山站在一起豎起耳朵聽。

「康子出生於福岡市內，父親的職業是高中老師，好像是教社會。她有一個哥哥，在鹿兒島的一家水泥公司上班。沒有母親，她父母好像在十年前離婚。」

「這麼說來，她父親是一個人生活囉？」

「不，還有一個八十一歲的老奶奶。兩個人一起生活。」新堂接著說到康子的簡歷，她唸當地的中、小學，之後讀市內明星高中。畢業後因為她本人的強烈要求，進入東京的私立女子大學。

「因為年輕人嚮往東京啊。」谷口嘆了口氣。

「據她父親所說，她別說讀大學的四年內，連畢業後也沒回過老家半次。找工作時所需的文件，好像都是她父親郵寄給她的。」

「這件事聽了令人不勝唏噓，覺得她父親真可憐。她一次都不回家，但錢卻是一毛不少地向她父親要。」

「聽說學生時代寄給她的生活費，是一個月十二萬。但她還是抱怨不夠用。」

谷口露出厭煩的表情，緩緩搖頭。

「老父親吃了那麼多苦，又死了女兒，大概萬念俱灰了吧。」

「你說得一點也沒錯，他相當沮喪，真是可憐。」

「你告訴她父親她懷孕的事了嗎？」

「說了，感覺好像是在她父親心上補一槍，真不是滋味。他當然完全不知情，好像大受打擊。不過──」新堂頓了一下。

「怎麼了嗎？」

「嗯，康子的父親問我她打算怎麼做，我回答她好像打算把孩子生下來。於是她父親露出在深思什麼的表情。這讓我有點在意。不，或許沒什麼大不了的。」新堂心裡好像有件難以接受的事。

不久後，兵分多路前去打聽消息的調查人員們陸續回籠。但沒有特別重大的收穫。只有調查康子銀行存款方面的調查人員，帶回了稍微令人感興趣的內容。

「我查出了康子揮霍金錢的秘密，」該名調查人員說：「全部是用貸款的。她會用信用卡購物，再用年終獎金支付，或分期好幾個月。薪水中的幾成光是支付每個月的分期付款應該就沒了，唉，簡單一句話，就是寅吃卯糧。不曉得她自己有沒有這種自覺。」

佐山想像，她大概每次看存摺，心中就會升起危機意識，但是購物時就會失去自覺。信用卡存在著這種陷阱。

「總之單純就計算面來看，她的財務破產只是遲早的問題。不過這兩個月左右，她花錢的方式稍微克制了些。或許當媽的人開始緊張了吧。」

「哎呀呀，怎麼會有人想蒐集名牌服飾和珠寶到那種地步呢。」柔道六段的內藤完全不懂年輕女孩子的心理，做出舉手投降的動作。

「對了，科學調查研究小組的報告書來了。」谷口拿出文件，「仁科直樹家中的菸灰缸裡有紙燒剩的殘渣，內容幾乎無法辨識。」

「只能辨識出A或B等記號對嗎？」新堂說道。

「正確來說，當時只能辨識出ＡＢＣ這三個英文字母。根據科學調查研究小組的報告，後來經過分析，也只能勉強解讀出另外三個字。」

谷口將文件放在眾人面前，所有人的目光集中在文件上。然而眾人立刻發出失望的聲音。

「光是這幾個字，對案情進展實在沒有幫助。」內藤說道。

「但這是個大線索。」

「那要怎麼辦？試著調查相關人士心裡對這有沒有個底嗎？」

「這也行，但公開這件事等待資訊進來也是一個方法。我們需要ＭＭ重工的協助，他們應該不會拒絕吧。」

雖說是個大線索，但谷口的口吻聽起來也不怎麼指望對案情有幫助。

這一晚，康子的解剖結果出來了。

調查人員齊聚一堂。

「死因是服下氫酸鉀中毒身亡。死亡時間應該是二十一日星期六晚上。」

此外，谷口掃視在場的調查人員的臉，「她懷孕三個月，胎兒發育良好。」

「孩子的血型是？」佐山問道。

「驗出來了。就結論而言，仁科直樹和橋本敦司都不是孩子的父親。」

8

康子遇害後過了五天。今天是二十六日，星期四。拓也在技術資料室中，調查文獻資料。話雖如此，他並沒有特別想找的文獻。工作累了時，他經常來這裡稍微喘口氣。因為這裡安靜，而且有桌子，最適合思考事情。還沒有刑警來到拓也身邊。似乎有刑警出現在其他相關人士身邊了，所以看來康子的死並不會被當作自殺草草了事。不管怎麼說，警方辦案不可能那麼草率。唉，不過事情進行得很順利。拓也對此感到滿意。話雖如此，事情尚未結束。還不清楚殺害直樹和橋本的犯人是誰，但好像不是康子。

非得想辦法揪出犯人才行——一想到這件事，就無暇放鬆心情。

拓也在腦中思考完全不相干的事，走在保管技術報告的資料櫃之間。MM重工的研究員們，會將自己的研究成果寫成報告提出。這將成為公司的資產，但研究員有好幾百人，如果每人每年提出幾件，保管室馬上就滿了。因此所有報告被製成縮微膠卷，保管於這些資料櫃中。

拓也恍惚地走著，猛一回神，自己竟站在機器人事業部的區域。這個區域的報告數量最近突然快速增加，其中表現最出色的應該是開發二課。

哎唷——他尋找應該收錄著自己的報告的縮微膠卷。但唯獨那裡像缺了一顆牙齒般空了下來。話雖如此，不用想太多。只要是公司員工，任誰都能閱覽這裡的資料。現在不在這裡，代表有人借走了。

是誰在看呢——？拓也對此感興趣，走進擺放縮微膠卷閱讀機的房間一看，閱讀機有五台，現在在操作的只有一個人，而且是女員工。看見她的臉，拓也感到詫異。他認識這個女人，她是過去待在仁科直樹辦公室的行政人員，名叫中森弓繪。

她為什麼在看我的報告呢——？接著他想到的是，到埼玉的工廠時聽見的事。聽說有人從總公司打電話來，詢問拓也負責的機器人。那通電話會不會也是中森弓繪打的呢？

拓也不被她發現地從背後靠近。她將某種資料夾放在一旁，看著縮微膠卷，彷彿在比對兩者的內容。從他的所在位置，看不見資料夾的內容。拓也躲在櫃子後面，等她看完膠卷。不久，她關上機器的開關，抽出膠卷拿去放回資料櫃，資料夾似乎放進了一旁的紙袋中。

拓也迅速走過去，抽出資料夾。標題是「昭和四十九年度工作計畫」。他心想「這是什麼？」他翻開封面後，立刻瞪大了眼睛。

組裝機器人「直美」引發的死亡意外——首先是一篇以此為標題的報告，是安全課提出的報告的影本。拓本繼續翻頁，報紙報導、機器人「直美」的規格書等被裝訂在一起。

這是怎麼一回事？她到底為什麼要查這個——？

拓也聽見腳步聲接近，將資料夾放回去，又躲在櫃子後面。

中森弓繪在想什麼呢？事到如今為什麼要查那起意外——拓也拚命整理有些混亂的思緒。機器人「直美」引發的意外事故，指的是去年夏天發生在埼玉第三組裝工廠的死亡意外。然而那件事已經以作業員的疏失結案了。

是開發企劃室的誰拜託她的嗎？不過話說回來，那本奇怪的資料夾是什麼──？

這件事怎麼也解釋不通。拓也想乾脆直接問弓繪算了，但是覺得這麼做會導致不好的結果。或許稍微調查一下那個女人比較好──想了半天之後，拓也總算下了一個結論。回到部門上，課長正在集合員工。拓也也被叫去，他和同事們一起並排在課長辦公桌前面。

「我希望你們事後告訴現在不在場的人。聽說警視廳對於之前發生的命案，廣泛徵求資訊。」課長的聲音壓得比平常低。他對於命案至今一直在看好戲，但現在似乎馬上出現了身為相關人士的自覺。

他在課員的注目之下，宣讀一張影印紙。「內容是這樣的。仁科企劃室長的命案發生時，室長住的公寓房間好像被人亂翻過，警方似乎在菸灰缸中發現了紙的灰燼。現在辨識出了紙上寫的字，所以警方問我們心裡有沒有個底。」

紙的灰燼？拓也心想，那是什麼呢？橋本翻遍了直樹的家，想找出那封連署書，但是沒說有什麼被燒掉。他應該說過，沒有任何可能成為殺害康子計畫的證據。

這麼說來，是直樹自己燒掉紙的嗎？

課長接著說：「發現灰燼時能夠辨識的似乎只有A、B、C這三個英文字母。問人心裡對這區區三個英文字母有沒有個底，簡直是豈有此理。」

ABC──拓也嚥下唾液，心想：是那個。企圖殺害康子時的計畫書。那在直樹身上。而執行計畫之前，他肯定在自己家中燒掉了。拓也咬牙切齒地心想，與其沒燒乾淨，不如揉成一團丟進車站的垃圾桶還好一點。

「呃，不過後來經過科學分析，有三個字依稀能辨。其中兩個字是漢字，分別是房屋的『屋』，和孩子的『子』。」

拓也感覺心臟用力地跳了一下，冷汗直流，心想這下危險了。「屋」應該是名古屋的「屋」，而「子」則是康子的「子」。兩個字都是計畫書中頻頻出現的字。

但課長接下來說的話，更令拓也驚訝。「最後一個字也是英文字母。是Ｄ。也就是說，繼Ａ、Ｂ、Ｃ之後，出現了Ｄ。心裡對以上六個字有個底的人，到我這邊告訴我——」

從喇叭中流洩而出的曲子，不知不覺間變成了重搖滾。拓也從床上坐起身子，操作控制器，將頻道從ＦＭ調成ＡＭ。他原本以為哪一台在播新聞，但傳出的只有偶像歌手難聽得要命的歌。他關上開關，感覺自己落單在黑暗之中。這是因為沒開燈的緣故。他從公司回家，馬上就躺平了。他打開音響開關，但幾乎沒在聽。

「Ｄ……啊。」他思考這個字的意思。擬定殺害康子計畫時用的英文字母，只有ＡＢＣ這三個，但是灰燼中卻留下了Ｄ這個字。他心想：Ａ、Ｂ、Ｃ分別是仁科直樹、自己和橋本——那麼Ｄ是康子嗎？但不可能。康子是康子，正因如此，警方才會發現「子」這個字。

拓也心想，還有魔術那件事。直樹擅長撲克牌魔術，要用抽撲克牌作弊應該是件輕而易舉的事，但他卻選擇了最吃力不討好的角色Ａ。直樹隱瞞了什麼，這點已經無庸置疑，而「Ｄ」就是他隱瞞的事情之一。可能是直樹告訴拓也他們計畫之後，又擬定了另一項計畫。那項計畫中除了ＡＢＣ之外，還出現了Ｄ，但是直樹不能告訴拓也他們Ｄ的存在。

直樹真正的計畫是什麼呢？拓也試著推理D的任務。直樹必須對拓也他們隱瞞D的存在，所以D的任務應該和B、C無關。那麼會跟A有關嗎？拓也思考到這裡，倒抽了一口氣。D的任務會不會是代替A殺害康子呢？難道是因為這樣，直樹才不惜用魔術選擇了A嗎？

拓也搔了搔頭，他隱約看見了什麼，就差一點了。直樹在計畫謀殺康子時，決定不要自己親自動手，而是交給D去辦。但是警方不見得不會懷疑D。因此他決定利用拓也和橋本，負責製造不在場證明。他假裝自己要親手殺害康子，以免被兩人知道D的事。

但是他打錯算盤了，因為直樹自己被D所殺害。

D究竟是誰呢？拓也試著想起許多人的臉，不能被人知道自己和直樹之間的關係的人是——拓也從床上起身到廚房喝水。自來水的水是最令人放心的，這一陣子自己稍微疏於警戒，但應該仍然有人想要自己的命。

想要我的命的也是D嗎？——拓也緊握玻璃杯。這時門鈴響起，拓也身體不禁抖了一下。現在誰會來家裡找我呢？他放下杯子，從窺孔往外看。站在門外的是刑警，之前也見過這名叫佐山的刑警。拓也緩緩打開鎖，迅速思考：會是康子命案有進一步發現嗎？拓也告訴自己：不，至少警方不可能懷疑我。他調整呼吸之後開門，佐山臉上堆滿了笑容。「抱歉，夜裡前來打擾。」

刑警想從口袋裡拿出什麼，但是拓也制止了他。「我記得你，你是佐山先生對吧？這麼晚了，有什麼事嗎？」

「沒什麼，事情是這樣的，我有點事情想請教你。你現在方便嗎？」

「方便，請進。」拓也請他進屋，然後發現若是平常的自己，應該不會請刑警進屋，自己果然失去了冷靜。

「這房子不錯耶，感覺日照也很充足，重點是很安靜。不好意思，請問這是買的嗎？」佐山刑警稍微打開靠陽台的窗簾，隔著玻璃落地窗看著夜景問拓也。

「是租的。」拓也答道，「上班族買不起房子。」

「我有同感，我自己也是住在狹窄的出租公寓。」

「對了，命案查得怎麼樣了呢？公司裡的氣氛讓人感覺這件事好像有了結論。」

「有了結論？」佐山將窗簾拉上，一臉意外地回頭。「什麼意思？」

「大家都認為雨宮小姐是一連串命案的犯人，最後自殺了。」拓也說。

佐山緩緩點頭，搓著脖子說：「這也不無可能，那種情況下警方就會結案。」

「也有可能不是那樣嗎？」

「不，我不曉得。」佐山說：「我還沒辦法說什麼，調查方面還有許多不足的地方，所以我才會像這樣到處打擾許多人。」

「對我的調查，也有什麼不足的地方嗎？」

「不，倒也不算是不足。」佐山從西裝外套的內袋拿出一本灰黑色的記事本，以格外裝模作樣的動作打開。「我想再請教一次這個月十號的事，你出差到名古屋的名西工機這家公司是嗎？」

「沒錯。」拓也稍微安下心來地點頭。如果是那一天的事，不管警察怎麼問，他都有自信不會露出馬腳。

「事實上關於這件事，我也請教了你們部門的課長。據我所知，好像是末永先生你主動要求出差的對吧？而且是相當臨時提出的。」

「倒也不算多臨時，這種事情經常有。」

「但貴公司和名西工機公司之間，在那之前沒有生意往來吧？為什麼偏偏這次會去出差呢？」

拓也心想，果然是在調查我。「名西工機從以前就會來推銷。我們也想避免向固定公司採購，所以想開拓新的貨源。但是沒有實際成績的公司到底令人不放心。所以這次我希望對方至少提出研究專用設備的報價單。」

「原來如此，不拘泥於既有的方針啊。」他姑且以佩服的口吻說。

這句話聽在拓也自己耳中，也覺得是一派胡言，但是佐山應該沒有判定這是謊言的證據。

「我的不在場證明有問題嗎？」拓也主動問道。

「不、不、不，」佐山揮了揮手。「不是那樣的，只是稍有疑問就要確認。請你不要覺得心裡不舒服。」

「我並不會覺得心裡不舒服。」

「不好意思，我想順便請教另外一件事，二十一號下午，你出門去了哪裡嗎？上星期六。」

拓也心想，來了，那是自己謀殺康子的那一天。「基本上我都待在這間屋子裡。晚上之後，我頂多就是去便利商店而已。噢，還去了錄影帶出租店。」

拓也從桌子抽屜拿出幾張收據，從中找出一張去便利商店時的收據遞給佐山。「我去買了一些簡單的食物。上面也有日期對吧？」

「十月二十日，二十一點五分……是啊。這天晚上，你一個人嗎？」

「嗯，是的。」拓也抬頭挺胸地回答，雖說沒有不在場證明，但也用不著畏縮。

「我知道了。這張收據我可以借用嗎？」

「可以，請拿去吧，送給你。」

佐山慎重地將白色紙片收起來。「打擾你了。淨問一些沒禮貌的問題，真是抱歉。」

「不會，」說完，拓也到玄關目送刑警。但是佐山在打開大門之前，忽然想起來似的回頭。「可以再問你一個問題嗎？」

「什麼事？」

「我想知道末永先生的血型。」

「血型嗎？」拓也邊說邊會意過來，刑警在找康子肚子裡孩子的父親。拓也看著佐山的臉，故意面露苦笑。「關於雨宮小姐懷孕的事吧。我和她毫無瓜葛。」

前幾天的報紙以小篇幅報導了她懷孕的事。於是佐山將手放在頭上，靦腆地露齒一笑。「被你看穿那就沒辦法了，抱歉，基本上要請教所有相關人士。」

「但是她的交往對象是橋本或仁科室長，不是嗎？報紙上沒有提到這個部分。」

「不，事實上這兩人都不是孩子的父親。因為血型不合。」

拓也心頭一怔。這麼說來，是自己的孩子嗎——？「怎樣血型不合呢？」

「在那之前，請你先說你的血型。」

佐山放鬆嘴角的肌肉，但以嚴肅的眼神對著拓也。拓也以舌頭舔舔嘴唇，儘可能以冷靜的態度說：「O型。」

「O型，」佐山重複一次確認，「確定嗎？」

「如果公司的醫務室沒有騙我的話。」拓也說。

佐山只有一邊的臉頰露出笑容，然後淡淡地說：「雨宮小姐的血型也是O型。橋本先生和仁科直樹先生兩人都是A型。但孩子的血型是B型。」

「B型……」

「是的，這下你的嫌疑也消除了。」

9

十月二十七日，星期五。佐山和新堂這兩名刑警，並肩坐在新幹線光號的禁菸座上，目的地是名古屋。

「以接力的方式搬運屍體，這真是個奇特的點子。如果認為這麼做是為了製造不在場證明，特地將屍體從大阪大老遠地搬運到東京的理由就說得通了。」新堂攤開道路地圖說，並以紅色粉彩筆圈起厚木交流道。

「但是，這個奇特的點子現在也是風中殘燭了。」佐山將手肘靠在扶手上托著腮。「如果要從大阪搬運到厚木，就算以接力的方式搬運屍體，對犯人也沒有什麼重大好處。我試著再次調查相關人士的不在場證明了，但是找不到有人留下這種跡象。」

「唯一有可能的是當天身在名古屋的末永。」

「唉，話是沒錯，不過話說回來，末永有不在場證明，完美到可恨。我也打算和證人見面，但案情大概不可能翻盤吧。」

「可是佐山先生之所以要求去名古屋一趟，果然還是因為在懷疑末永先生吧？你好像也尋求愛知縣警力協助，不是嗎？」

「不用想那麼多。因為堅持屍體接力說的情況下，如果用消去法，已經只剩下那個男人了。所以視情況而定，說不定得捨棄接力說。但是末永那一天剛好在名古屋，真是令人不爽。再說，我昨天和那個男人見了面，感覺到什麼不能疏忽大意的事。不過話是這麼說，這次我只是利用你的出差之便。」

新堂的出差是造訪仁科直樹的老家，直樹到十五歲之前，住在母親位於豐橋的老家。

「不過話說回來，那件藍色毛毯真是帥呆了。那讓署長也沒辦法完全否定接力說。」

「是啊，那是超乎意料之外的收穫。」

昨天晚上鑑識課提出了新的報告。報告內容指出，從仁科直樹身上穿的西裝外套，發現了幾根藍色羊毛纖維。橋本的轎車後車廂早已出現一樣的羊毛纖維。於是包在藍色毛毯中的屍體，替犯人用橋本的車搬運屍體這件事背了書。谷口之所以不情不願地同意這次的出差，也是因為這個緣故。到了名古屋，首先前往位於名古屋車站旁的中村警察署，向署長打完招呼後，見了名叫宮田的刑警。個頭矮小、面容和善的宮田，是針對佐山委託的事調查的人。

「關於租車一事，我調查了名古屋車站附近的租車公司，都沒有出現名叫末永拓也的客人。」宮田口齒清晰地說。

「果然是這樣啊。」佐山點點頭，「你替我調查那七個人了嗎？」

「調查好了。這並不是什麼費事的工作。我只有問他們本人，這樣可以嗎？」

「嗯，可以。」佐山說：「那，怎麼樣？」

「七個人當中，有六個人有車。有兩台豐田的MARK II、Carina ed……嗯，都是好車。總之六個人都否認。命案當天晚上，他們好像都沒有將車借人。」

「這樣啊……哎呀，勞煩你了。」佐山低頭致謝。

一離開中村署，新堂馬上問佐山：「那七個人是誰？」

「末永拓也高中和大學的同學，我要來畢業生名單，從中只列出現在住在名古屋的人。」

「哈哈，你認為末永說不定會和以前的死黨借車啊。」

「嗯。將屍體運到厚木，必須再回名古屋。這麼一來，無論如何都得在名古屋調車。」

「他好像沒有租車喔？」

「看來是這樣，不過我本來就覺得犯人不可能租車。」

這次的犯人不可能故意選擇留下證據的交通工具。

「不可能在東京調車，出差那一天開那台車到名古屋嗎？」新堂問道。

「但是他早上卻和合作業者的東京營業處的人在一起，他肯定是搭新幹線。」

「那事先將車開到名古屋怎麼樣？」

「誰會將車借他那麼久？」

「開自己的車怎麼樣？末永有車吧？」

「有啊。他開MARK II這款車，兩人座，後車廂很窄，頂多只能放高爾夫球袋。」

新堂「呼」地舒了一口氣，做出舉手投降的動作。

兩人接著前往名古屋中央旅館，找來櫃台人員，確認當天末永的住宿情形。旅館方面的紀錄和末永的供述沒有矛盾，甚至清楚地記載了末永要求櫃台早上七點叫他起床。

「這是當然的。」佐山邊走出旅館邊說：「假如要製造不在場證明，犯人不可能在這種基本的小地方出紕漏。」

「這麼說來，我們下一個要去的地方結果也一樣囉？」

「恐怕是，但又不能不去。」

他們下一個要去的預定地點是位於千種區的名西工機。

在名古屋的地下街用過午餐後，兩人搭乘地下鐵，在千種車站下車，然後搭計程車到距離五分鐘車程的名西工機。只告訴司機公司名稱，司機就知道地點了，所以在當地應該是知名企業。

在櫃台報上姓名，櫃台人員帶領兩人到名為ＰＲ室這間製品展示室的會客室。

靠牆展示的一排製品，大概是這家公司引以為傲的製品，但是佐山完全不曉得這些設備如何運作、有何作用。邏輯分析儀、暫態記錄器——他完全不知道這些是什麼玩意兒。

過了五分鐘左右，對方出現了。一名身穿深藍色西裝，將近四十歲的清瘦男子。他遞過來的名片上，寫著業務課長奧村豐。佐山事先打電話問過，這個男人說他一直和末永在一起。

「你們來是為了ＭＭ重工的命案吧？警方問過我幾次末永先生的事，你們在懷疑他嗎？」奧村開門見山地問佐山。

佐山連忙揮手否認，還不忘面帶笑容。「不是那樣的，只是他那一天剛好不在公司，所以我們不得不多次確認。」

「哈哈，原來如此。電視劇中警察辦案也是這種感覺。」奧村爽快地接受了佐山的說法。

佐山決定切入正題。首先從確認末永的不在場證明開始。這裡也和旅館一樣，和末永的供述沒有矛盾。奧村似乎和他在一起到晚上十點左右。

「十點左右才吃完飯，有點晚耶。」新堂說道。

「不知不覺就弄到很晚，我們原本是打算早一點散會，但是末永先生問了許多問題，所以就時間拖晚了。」

「喔？是末永先生在拖時間啊？」說完，新堂看了佐山一眼。他的眼神在說：末永是不是打算做什麼呢？

「末永先生在用餐過程中，有沒有很在意時間？像是頻頻看手錶，或是顯得坐立不安？」佐山問道。

「這我倒是沒有注意，」奧村露出回想當時情景的表情，「用完餐後，我提議帶末永先生去體驗名古屋的夜生活，但是他堅持拒絕，令我印象深刻。他說想早點整理數據，我們也就沒有硬邀他了。但我當時心想，整理那些數據應該花不了多少時間。」

「是喔。這麼說來，用完餐後末永先生就匆匆忙忙地回旅館了是嗎？」

不難感覺出末永想做什麼，然而十點之後能做什麼呢？

「嗯，我們是將這解釋成用來拒絕酒宴的藉口。因為一旦答應這種邀約，生意上就不能做得太無情。實際上，這也是我們的目的就是了。但是MM重工對於這次的採購案，大概從一開始就沒有意思採用敝公司的製品吧。他們應該只是先來觀察我們的實力。」

「這種事情常有嗎？」新堂問道。

「是啊，和新公司做生意之前一定會這麼做。但是這次末永先生的視察很有誠意，畢竟他花了兩天的時間。坦白說，我們並不期待他會那麼認真地視察敝公司。」說完，奧村瞇起眼睛。

花了兩天……啊——

末永有沒有可能是基於個人的理由，非那麼做不可呢？但這說不定也是想太多了。

離開名西工機，回到名古屋後，接著轉乘名古屋火車前往豐橋。這麼做是為了造訪原本的目的地——仁科直樹的老家。兩人搭乘的是全為指定座位的特快車，所以能夠坐在寬敞舒適的座椅上前往。

「屍體接力說果然被推翻了嗎？」佐山邊按摩自己的肩膀邊說。

「但是末永很可疑。」新堂說：「我總覺得他去名古屋出差是為了做什麼。」

「我也有同感，大概是為了製造不在場證明吧。」

「是啊，應該是為了製造不在場證明吧。但是不管怎麼想，他都沒辦法殺害仁科。」

新堂雙手交疊，扳折著手指關節，發出「嗶嗶剝剝」的聲音。這是當調查遇上瓶頸，他感到焦躁時的習慣動作。

「我在想一件事……」佐山一開口，新堂便驚訝地將臉轉向他。

「末永可不可能也是其中一名共犯呢？」

「什麼？」

「這是個假設，也就是主犯另有其人，末永和橋本都不過是搬運屍體的共犯。」

「請等一下，你的意思是這樣嗎？殺害仁科的是他們之外的人，而末永只是將屍體搬運到厚木，然後厚木之後的部分由橋本負責──」

「沒錯。但是人在名古屋的末永，不可能為了將屍體抬上車而前往大阪。主犯會不會是在大阪殺害仁科之後，將屍體搬運到名古屋呢？大阪、名古屋、厚木、東京──以接力的方式搬運屍體，會不會是由三人合作達成的呢？」說到這裡，佐山發現新堂聽得目瞪口呆，因而面露苦笑。

「我知道這很異想天開。所以一直沒辦法告訴任何人。畢竟我手上沒有半點證據。說不定是因為我非常在意末永，為了勉強將那個男人變成犯人，才會下意識產生這種幻想。」

「不，你說的有幾分可能性，」新堂以真摯的眼神看著佐山，「這很有意思。我捨不得放棄這個點子。這麼一來，主犯會是誰呢？」

「沒錯，必須揪出主犯。」

這時，新堂彈了一下響指。「康子。雨宮康子怎麼樣？」

「這我也想過了。」佐山說道。自從康子身亡時起，他就一直在想這件事。「但是我想，女人沒辦法完成這項工作。更別提她有孕在身了。」

「是喔，有道理。」

新堂發出低吟，然後說：「經你這麼一說，康子肚子裡孩子的父親仍是個謎。或許那個男人就是主犯也說不定。」

「很有可能。」佐山用力點頭。

「對了，我們先針對直樹的老家，也就是直樹母親的老家整理一下吧。」

「是啊。請等一下。」

新堂從西裝外套的口袋拿出記事本，打開夾著便利貼的那一頁。「她姓光井吧。直樹的母親名叫芙美子。芙美子的父親和她的兄弟姊妹一起經營一家叫做光井製造廠的公司。」

「那是什麼公司？」

「金屬加工的公司，主要客戶是ＭＭ重工靜岡工廠。」

「哦……」佐山稍微坐起身子，心想：這裡也出現了ＭＭ啊？

「說是主要客戶，其實工作好像幾乎都是來自ＭＭ重工。經營狀況實在不怎麼理想，因為與同業之間的生存競爭加劇。但是光井製造廠從某個時期開始，突然挽回頹勢。」

「你不必用戲劇化的說法，因為光井芙美子嫁進了仁科家對吧？」

「沒錯，芙美子之前在靜岡工廠擔任行政人員，當時仁科敏樹在各個部門間調來調去，對她一見鍾情。有點像是灰姑娘的劇情。這件婚事敲定之後，ＭＭ重工對光井製造廠的訂單忽然大量增加，光井家歡天喜地地擴大廠房。」

「彷彿一切歷歷在目。」佐山想像一群中年男子興高采烈的模樣，不禁面露微笑。

「但好景只持續了一年多，芙美子帶直樹回娘家之後，不久兩人就離婚了。」

「離婚的原因是什麼？」

「似乎是仁科敏樹在外面玩女人，這種事情常有。兩人馬上決定離婚，但爭執點是孩子。芙美子好像說她不要贍養費和養育費，但要自己扶養孩子。結果如她所願孩子歸她，而且敏樹好像付給她一些贍養費和養育費，讓這件事宣告落幕。」

「那，事情圓滿落幕了嗎？」

「沒有。」

新堂翻頁，清了清嗓子。「兩人離婚兩年後，光井製造廠倒閉了。理由不用我說，你也知道吧。因為ＭＭ重工停止下訂單了，大概是仁科敏樹下的指示吧。結果擴大廠房時的貸款拖垮了公司的財務，真是諷刺。」

「是喔，小企業的悲哀……啊。」

佐山心想：不過話說回來，竟然攻擊前妻的老家，仁科敏樹這男人也未免太陰險了。或許是因為他當時還年輕，不懂得壓抑自己的情緒。

從名古屋到豐橋約五十分鐘車程，豐橋車站是名古屋鐵路與ＪＲ的樞紐，是較大的車站。兩人在車站前攔了計程車，告訴司機仁科直樹的老家住址。「湊町是嗎？這樣的話很近。」司機親切地回應。

果如司機所說，沒幾分鐘便抵達了湊町。如果認識路的話，走路大概也沒多遠。佐山他們在適當的地點下計程車，循著門牌號碼走路。

「看來是這裡。」兩人在一戶老舊的木造房子前面停下腳步，新堂看著門牌說。

這是一棟雅致的兩層樓建築，隔著圍牆可見一坪半大小的庭院。話雖如此，草坪不像有人修整，任由雜草叢生。

佐山看了名牌一眼。上頭寫的姓氏並非光井。

「直樹被領養到東京的幾年後，芙美子的父親也過世，房子轉手賣給別人了。」新堂說道。
「也就是說，直樹沒有老家可回了嗎？」
「是的，光井芙美子的妹妹的婆家就在前面，聽說直樹前一陣子還經常到那裡露臉。」
「是喔，她算是直樹的阿姨吧。」
「聽說她名叫波江，現在姓山中。」
走了兩、三分鐘，看見一棟建築物，掛著山中木材加工的招牌。這棟兩層樓建築的水泥牆面龜裂，看起來十分老舊。建築物旁有個小車庫，並排停著舊廂型車和小貨車，廂型車還算好，小貨車感覺根本跑不動。
「這裡是以前的辦公室，這附近應該有棟新蓋的建築物……」
再往前走，眼前出現了一棟貼著全新瓷磚的建築物。山中木材加工ＫＫ這個招牌也閃閃發光，不同於光井家，這戶人家可說是生意有成。四層的大樓旁邊，果然有一棟看似最近重建的宅院，名牌上寫著山中次雄。「真氣派，應該有一百坪，不，超過一百坪吧。房子這麼大，讓人無法掌握實際坪數。」新堂讚嘆連連，按下對講機按鈕。
山中波江個頭很高，身材苗條；年紀大概五十多歲，但肌膚年輕，不像有五十多歲。她身穿紅色毛衣，也不會讓人感覺花稍。她一弄清刑警們來訪的目的，便毫不猶豫地帶他們到客廳，然後命令女傭去請自己的丈夫過來。
「我姊姊就像是為了光井家犧牲自己。」她對刑警們說：「我姊姊並不愛仁科先生。但是我父親和伯父們逼她嫁給他。我姊姊說，在仁科家的生活簡單像是一場惡夢，或許是我姊姊將這種心情表現出來，仁科先生馬上就對我姊姊變心了。」

「所以他們馬上就離婚了是嗎？」佐山邊說邊伸手拿茶杯，聞到了茶的香味。

「我姊姊在決定離婚之前，帶直樹回娘家。因為她不想被仁科先生搶走孩子。仁科先生一知道我姊姊生下男孩子，就處心積慮地想把我姊姊踢回光井家。」

「因為後繼有人，所以她就沒用了是嗎？」

聽見佐山的形容，波江淡淡一笑。「好像明治時代的女人一樣對吧？」

「但是直樹先生是由芙美子女士所扶養對吧？」

「是的，當時鬧得沸沸揚揚。仁科家甚至出言恐嚇，我們這邊的親戚到家裡來，拜託我姊姊務必將直樹交給仁科家……但是我姊姊沒有屈服。」波江接著說：「我姊姊很堅強。」

「但是到最後，光井製造廠卻被逼得走投無路。」波江垂下目光點頭。「當時的生活苦不堪言。每天都有人上門討債……親戚們硬說一切都要怪我姊姊。我姊姊從仁科家拿到的贍養費也一下子就用光了。」

佐山嘆了口氣，心想：原來如此，這家人真是悽慘。

「在那之後，你們怎麼生活呢？」

「我姊姊出去工作。房子沒有賣掉，日子勉強過了下去。直樹的養育費每個月都會匯進來。當時，我婆家的事業也才剛起步，沒有餘力幫助娘家。」

當波江說到這裡時，客廳的門打開，出現了一名肥胖的男子。他大概是波江的丈夫吧。或許是精力充沛地四處走動，這個季節額頭上竟冒著汗。

自我介紹之後，佐山提起直樹的話題。「他是個認真的好孩子，個性有點太乖了。他也經常到我家來玩。我家裡有兩個年紀比他小的兒子，對他而言，只有這裡能夠放鬆心情。」或許是天生大嗓門，山中的說話聲非常洪亮。

「直樹先生對仁科家的觀感如何呢？」佐山問道。

「他很恨仁科先生。」山中說：「芙美子不太願意說，但親戚們經常遷怒地對還是孩子的直樹大發牢騷，憎恨無可避免地在他心中深深扎了根。」

佐山好像明白了直樹的童年：老舊的家、身心俱疲的母親——

「但不是只有負面的事，」波江從旁附和地說：「他被領養到東京之後，也經常到這裡來玩。他唸大學之後，還會幫忙我們工作。」

「喔？幫忙工作啊。」

「只是稍微幫忙搬點貨就是了。」山中說：「我們家有一台平常幾乎沒在用的廂型車，那就像是直樹專用的一樣。」

「噢，對了，」新堂插嘴，「我們來這裡的路上，看見一棟老舊建築物的車庫裡停了兩台車。」

「就是那個、就是那個。」山中露齒一笑，「他現在來這裡的時候也會用那個充當代步工具。但是那個……他再也用不著了。」

夫人在一旁按著眼角。

chapter 5 謀殺陷阱

I

十二月初，拓也在一個奇怪的地方看見中森弓繪。氣溫下降，各棟建築物的暖氣也變強了。

奇怪的地方指的是，位於拓也他們使用的實驗大樓後方的倉庫。

那裡堆放著早已超過耐用年數的機械，或因為企劃案中途喊卡而一直未完成的樣品，全都是等著被丟棄的破銅爛鐵。

拓也之所以進入那裡，是為了重新回收之前丟棄的電源。他原本以為舊式的穩定性電源再也用不著了，但現在的一個小實驗需要用到它。

倉庫的燈開著，也就是說有人比他先來一步。

拓也下意識地往內側走。先來的人是弓繪，拓也險些叫出聲，但忍了下來。

弓繪站在倉庫的最內側，從拓也的角度看得見她的右邊側臉，他的目光對著位於她正前方的鐵塊。

那是——那個鐵塊似曾相識。

是組裝專用機器人「直美」。直美自從去年的意外事故以來就離開了生產現場，現在沉睡於這間倉庫中。

弓繪盯著直美，她一直注視著她，一動也不動。

拓也往前踏一步，耳邊響起「喀嚓」的金屬聲，似乎是踢到了什麼零件。弓繪嚇了一跳，將頭轉向他，然後露出更加驚訝的表情。

拓也感覺得到她倒抽了一口氣。接著，她想快步離去，但因為聽見拓也說「等一下」，而停下腳步。

她的反應就像是一股電流竄過全身上下。

他走到弓繪面前，她垂下頭。

「我有事想問妳，」拓也說：「妳到處調查我對吧？妳到底打算做什麼？」

弓繪瞄了他一眼，但馬上又低下頭，然後以幾乎聽不見的音量說：「我不知道。」

「妳少裝蒜了！」拓也冷冷地說，她的身體又抖動了一下。

他看著她垂下的睫毛接著說：「我知道妳對埼玉的工廠問奇怪的問題，又在資料室看我寫的報告。我想請妳解釋一下。」

但是弓繪嘴唇微微顫抖，然後說：「我有急事。」

她想經過他身旁，但是拓也迅速抓住她的手臂，一條纖不盈握的柔荑。拓也沒有拿捏力道，輕易地使個頭嬌小的她重心不穩。

隨著她發出「啊」的叫聲，有什麼東西「啪」地掉下來，那是一本米白色的資料夾。

弓繪想撿起資料夾，但是拓也拉扯她的手臂，不讓她撿。

「請你放開我。好痛。」她說道。

「讓我猜猜那本資料夾的內容吧，那是去年直美意外事故相關的資料。怎麼樣，我猜對了吧？」

弓繪抬起頭來，瞪大眼睛。但是拓也一瞪她，她又別過臉去。

「說話！妳到底在調查什麼？妳知道了什麼？」拓也將她的身體更拉近自己，抓住她的雙肩，直接將她按在附近的牆上。

弓繪皺起眉頭。「我說、我說就是了，請你別動粗。」

「如果妳老實說，我就放開妳。」拓也對抓住她肩膀的指尖使力，她單薄的肩膀差點被捏碎。

弓繪咬住嘴唇，盯著拓也的臉。「我……我，原本應該會嫁給高島勇二先生的。」

「高島？」拓也摸索記憶，他對這名字沒印象。或許是看他想不起來，弓繪露出憤恨的表情。

「你大概不記得吧，你總是貴人多忘事，高島先生。勇二他……是被那台機器人殺死的作業員。」她用下巴指了指直美。噢，拓也從記憶中找出了這個名字。高島勇二，他確實叫這個名字。

拓也放鬆指尖。弓繪鑽過他手臂底下逃走，撿起掉在地上的資料夾。然而她沒有離去，而是面向他。從她充血、紅通通的雙眼中，開始撲簌簌地掉下淚來。

原來她是那個作業員的女朋友啊——

「勇二，他是被你們害死的。」她聲音顫抖地說：「原本我們現在應該過著幸福快樂的日子，都是你們害的……」

「等一下，我不懂妳這話是什麼意思。那確實是一起令人遺憾的意外事故，我也很同情妳，但意外發生的原因是高島操作疏失。我們沒有過失。」

「你騙人！勇二，他才不會犯那種疏失。」

「我沒騙妳，這是我們充分調查後的結論。」接著拓也再度看她。「但是妳為什麼事到如今才想調查？妳該不會是在意外發生後，一直在做這種事吧？」

於是弓繪稍微猶豫地沉默了。

「室長過世後，我在辦公室找到了這個。」說完，她遞出手中的資料夾。

拓也接過來翻頁，是先前在資料室偷看的那本資料夾。

「這是室長的嗎？」他問道。

「是的，其實在那之前，我只知道室長熱中於調查什麼。我總是很好奇，他明明對平日的工作絲毫不感興趣，到底在做什麼呢？這次發現這本資料夾，我想他一定是在調查那起意外事故。」

「所以妳也想再重新調查嗎？」

弓繪點點頭。「老實說，我原本已經死心了，我雖然不能接受那起意外事故，但是我已經束手無策了。可是發現這本資料夾之後，我改變了想法，我想再重新調查看看。我想，這樣也能報達室長的好意。」

「好意？」拓也反問：「什麼意思？」

「我想，室長知道我是勇二的未婚妻。所以他才會將因為遇上不幸的意外事故而心情沮喪的我，調到現在這個工作量比較輕鬆的部門，設法體貼地對待我。」

「真是令人無法置信。」拓也頻頻搖頭，「那個室長為什麼會那麼在意那起意外事故？他明明應該和那個人毫無瓜葛才對。」

「不，我想他們有關係。」弓繪斬釘截鐵地說：「所以他才會遇害……我總覺得是這樣。」

「開什麼玩笑。」拓也丟下這麼一句話後，忽然想到一件事，凝視弓繪的臉。她或許也察覺到了什麼，稍微往後退。

「喂，妳之所以調查我，」拓也發出低沉的嗓音，「應該不是因為這樣吧？難不成妳以為我覺得室長的一舉一動很礙眼，所以殺了他？」

她又往後退了兩、三步。「不是你想的那樣……但是室長遇害之前，你和橋本先生兩個人和室長見過面對吧？其中兩個人死了……」

「只有我存活下來，所以妳懷疑我嗎？別鬧了。當時的談話內容和這件事完全無關。再說，妳好像想把所有事情都和那起意外事故扯上關係，但撇開我不說，橋本研究的是宇宙開發方面的極限機器人唷，他和意外事故一點關係也沒有。」

或許是因為口氣嚴峻，或無法反駁拓也的主張，弓繪又默默地垂下頭。她似乎淚流不止，不時用手按住眼角。「他或許和命案無關，但是……」

隔沒多久，她又小聲地開始說：「但是我無法接受勇二的死。我稍微研究了一下機器人。雖然聽說操作疏失的情況常出現，但是書上提到，程式疏失也有可能發生。」

「但是，非常罕見。」拓也說：「除此之外，像是因為雜訊使得機器人不按指令動作，或機器人本身的因素，而導致意外事故發生的案例也是少之又少。我想，人為疏失的機率，遠遠高於因為這種事情而引發意外事故的機率。」

於是弓繪縮起下巴，微微抬頭看拓也。「勇二常說，菁英分子比起作業員，更在乎機器人。對他們而言，作業員才是消耗品。」

拓也面露苦笑。因為他確實那麼認為，所以無從否認。但是這個表情好像惹毛了她。

「你們瘋了。」她說：「你們腦袋有毛病。」

「妳早晚會明白，」拓也說：「人類是一種乏善可陳的生物。」

拓也感覺得到弓繪嚥下唾液，沒想到她外表看似柔弱，個性卻很剛強。她走向拓也，伸出右手。「請把資料夾還給我。」

「不，這先寄放在我這裡。」拓也將那夾在腋下。

「你沒有……你沒有那種權利。」

「那妳就有嗎？妳有擅自佔有上司資料的權利嗎？」

「……」她咬住嘴唇。

「妳如果有意見的話，可以向妳現在的上司要求，說妳想借這份資料。」

她回以不甘心的眼神。拓也心想，這是什麼眼神啊？為了已經過世的人耗損心神，又有什麼用？「妳經常來這裡？」拓也感覺自己稍微被她的氣勢震懾住了，因而問道。

「很少。」她說：「像是意志消沉的時候會來。」

「妳最好別再來了，這是在白費工夫。」

但是她沒有回應，只說了句「告辭」，便轉身快步離去。等到她的身影消失，拓也才發現自己感到莫名的放心。這是怎麼一回事呢？自己不可能拿那種小女生沒轍……

不，那種事情不重要，重要的是這個——拓也翻開資料夾。

2

佐山搓揉臉部，掌心因為油脂而閃閃發亮。頭好癢。寬敞的會議室中只有一個小暖爐，但調查人員身上散發出來的體溫，卻令人感到燥熱。佐山伸展雙臂，發出低吟。然而沒有人問他：

「你怎麼了？」因為不用問也知道。再說，發出低吟的人不只他一個。

關於仁科直樹和橋本敦司的命案，調查進度可說是一籌莫展。因為幾乎沒有出現決定性的證據。查明橋本的車似乎是用來搬運仁科的屍體是一大收穫，但是關鍵人物橋本已死，無法指望能夠進一步地釐清案情。

至於雨宮康子的命案，也是相同的狀態。無法判斷她是死於自殺或他殺。有許多調查人員主張她可能是殺害仁科和橋本之後，認為自己難逃法網而選擇自殺，但並沒有出現任何證據替這項推論背書。

由於康子懷有身孕，她肚子裡的孩子與遇害的兩人血型不合，因此也有人認為，其實她的死可能和一連串的命案無關。而對於這兩種意見，也沒有人能夠明確地予以反駁。

不過，關於康子少女時代的事情，警方倒是得到了一些多少值得令人玩味的資訊。她的高中同學在東京上班，得知她的死訊而出面。那名高中同學知道康子沒有告訴大學死黨的事，而其中包含了她父母離婚的理由。

「她是個可憐的女孩子。」那名高中同學如此說道，流下淚來。

不過這些內容也不得不令佐山皺起眉頭，懷疑是否有助於釐清這次的命案。調查當局想知道的是康子的現在，而不是過去。

從第一起命案發生至今約莫過了三星期，總歸一句話，就是毫無斬獲。

佐山的屍體接力說也處於遇上瓶頸的狀態。就算橋本在厚木接下屍體，但被問到厚木之前是由誰搬運，佐山就舉手投降了。佐山基於末永那一天在名古屋這個理由，認為他的嫌疑最大，但是找不到關鍵的車輛，所以不過是紙上空談罷了。再說，假設真是如此，末永也不是主犯。

佐山替自己泡茶，順便拿出另一個茶杯，拿著兩個茶杯走到谷口面前。谷口剛掛上電話。佐山一將茶杯放在他面前，谷口便道謝道：「喔，不好意思。」他的聲音中透著些許疲憊。

「不能一一調查相關人士的車嗎？」佐山一問，原本拿著茶杯送至嘴邊的谷口，停下了手邊的動作。但是他沒有看屬下一眼，只搖了一下頭。

「不行。」說完，他啜飲茶水。

「果然不行。」佐山也啜飲一口。對他而言，這件事也不是非做不可。

「你是不是該放棄接力說了？有人開橋本的車，將屍體從大阪搬運到東京。我認為這樣思考比較合情合理。」

「還有收據的事。」

「那張紙片嗎？又不曉得那是何時的收據，太過拘泥這一點，反而會忽略重要的事物唷。」

「您聽過『抓住救命稻草』這句話吧？」

「當然聽過，我們這一行總是這樣的。但我希望這根稻草，是經過腳踏實地的一番努力後獲得的成果，而你那種作法叫做亂槍打鳥。」

「我自認自己很腳踏實地。」

佐山想從谷口面前離開時，一名調查人員回來了。他劈頭就說：「問到有用的消息了。」說完，他來到谷口身邊，他正是調查鋼筆的那個男人。

「經過腳踏實地的一番努力，似乎出現了成果。」

谷口看著佐山咧嘴一笑，然後面向那名刑警。「那家店在哪裡？」

「在調布市××町，所以離ＭＭ重工的總公司不遠，大約十分鐘車程。一家叫做菊井文具店的小店，店面只有兩間（約三點六公尺）的寬度。」

「那種地方有在賣鋼筆嗎？」

「當然有在賣，但幾乎都是國產貨就是了。老闆說幾乎賣不出去。所以對於難得上門購買的客人，他似乎記得格外清楚。這次的命案使得Ｓ公司製的鋼筆成為話題，他記得自己店裡最近也有賣出去，一查發票之下，發現命案發生之前果然有賣出鋼筆。他不知如何是好，猶豫了兩、三天，最後在女兒的勸說之下，決定跟警方聯絡。」

這類的資訊接連幾天如雪花般飛來，這名刑警一一著手調查。然而那些資訊都不可靠。幾乎都是弄錯鋼筆的製造商，或弄錯款式，更誇張的是誤以為是原子筆。警方必須感謝一般民眾的好意協助，但做好白忙一場的心理準備、四處奔走的調查人員的辛勞，實在難以用言語形容。

「這下怎麼樣？」谷口趨身向前。

「製品肯定和用來犯案的兇器一致。我確認過發票了，日期是上個月十二號，所以是仁科直樹的屍體被人發現的隔天，也就是包裹寄到橋本手上的前一天。」

「客人的衣著和長相呢？」

「問題就出在這了……」調查人員看著記事本說：「老闆說他不太清楚對方的年紀，但好像是個土里土氣的歐吉桑。」

「土里土氣的歐吉桑？這什麼玩意兒？」

「是，事實上當時顧店的是老闆就讀高一的女兒，因為老闆在吃晚餐。」
「那，客人是晚上來的嗎？」
「老闆女兒說是八點左右，因為老闆當時在吃晚餐，所以就他女兒所說，她不太想和客人面對面，所以不太記得對方的長相。」
「但是她卻記得對方是個土里土氣的歐吉桑啊？」佐山說。
「是的。她說：『對方身穿歐吉桑經常會穿的夾克，戴的金框眼鏡也是落伍的奇怪款式。』沒有看臉，這種地方卻看得那麼仔細，真是有她的。」
「夾克的顏色呢？」谷口問道。
「她不清楚是灰色、淺藍色或淡咖啡色。但不管怎樣，都是黯淡的中間色。」
佐山總覺得她對於顏色記得七零八落，但人類的記憶力實際上就是這種程度。因為她是高一的小女生，所以能夠記到這樣，假如是她父親的話，應該會記得更模糊不清。
「要不要畫肖像畫看看……她記不記得對方的臉部輪廓呢？」
「她說對方是一般長相。」
「一般長相？」
「她說：換句話說，就是不寬不窄、不圓不長。」
「簡單來說，」谷口皺起眉頭，「就是她不太記得是嗎？」
「很遺憾。我問她：『如果再見到對方的話，認得出來嗎？』她回答：『不可能認得出來。』」
谷口搔了搔頭，焦躁的心情溢於言表。「那個男人只買了鋼筆嗎？」

「不，還有藍色墨水。」

有人移動椅子，發出「砰」一聲。鋼筆和藍色墨水，這和那起命案的殺人手法完全吻合。

「藍色墨水瓶嗎？」谷口確認道。

「是的，男人買了兩瓶。」

「兩瓶？」佐山出聲說道。

3

悟郎停下拿著奶精的手，一臉聽見意外事情的表情，「咦」地一聲抬起頭。

「我在那台機器人前面的時候被他發現了，而且那個人好像知道我在四處調查他。」弓繪邊用湯匙戳霜淇淋邊說。她告訴悟郎今天在公司倉庫裡，對末永全招了。

「連妳曾是他的女朋友也說了？」

「嗯，我全招了。我順口告訴他，勇二是被你們害死的。可是——」弓繪想起末永像戴著面具般的表情，「他好像完全不為所動。」

「他認為他們一點錯也沒有吧？」

「沒錯。他自信十足。他當真相信，機器人比人類更優秀。他瘋了。我說他瘋了，他也一臉不以為意。」

「他就是這種人，」悟郎說完後又問道：「那本資料夾怎麼樣了？」

「被他拿走了。」弓繪嘆了一口氣，將霜淇淋送進口中，然後道出事發經過。

「這樣啊……那個被他拿走啦。」悟郎好像大受打擊，弓繪也是一樣。

兩人沉默許久，只有弓繪用湯匙吃霜淇淋而發出的聲音，和悟郎啜飲咖啡的聲音一來一往。

「那，接下來怎麼辦？」悟郎一口飲盡咖啡後問道。

「這個嘛，我沒什麼食欲……」

「我指的不是今天的事，而是今後的事。妳要繼續調查那件事嗎？」

「噢，今後的事啊。」弓繪將目光落在吃光的霜淇淋容器中。她尚未做任何思考。這幾天，她全心在調查勇二的意外事故。然而沒了那本資料夾，要繼續調查也很困難。她心想：早知道會發生這種事，就先影印一份起來了。

不過——她也覺得繼續做這種事，又有什麼用呢？經過今天和末永的對話之後，她確實感覺一切都是徒勞。

「乾脆放棄算了。」弓繪脫口說了一句。

「放棄，是指放棄調查嗎？」

「嗯，我有點累了，而且認知到自己多麼無能。」

「……但是妳努力過了。」

「我還給你添了麻煩，讓你調查了一堆事情。」

「不，到頭來我幾乎沒有幫上忙。」悟郎自我解嘲地笑了。弓繪請他調查負責調查公司內部意外事故及維持安全的安全課等部門，確實如他所說，可說是毫無收穫。

「悟郎，」弓繪叫他，「我嫁給你吧。」

「弓繪……」

「我的心情已經稍微整理好了，不過……」

於是悟郎表情有些靦腆地看著她。「到時我會再向妳求一次婚，然後妳要答應我喔。」

「嗯。」弓繪微笑點頭。

「接下來要做什麼？」悟郎問道。

「接下來？」

「今天接下來啊。還有時間吧？」

「是啊。」弓繪偏著頭，她今晚不願想太多。「我想去喝酒。」她低喃道。

「了解。」悟郎一把抓起帳單，順勢猛然起身。

4

拓也心想，我實在想不透。這是他看著白天從中森弓繪手中搶過來的資料夾的感想。他鑽進被窩，在檯燈下盯著資料夾。資料內容是去年發生的機器人意外事故相關的安全課調查結果、報紙報導、警方的見解、研究開發二課的報告書等。其中也包括了引發意外事故的機器人直美的規格書，以及當時直美組裝的製品相關的資料。

直樹為什麼在蒐集這種東西呢？真是想不透。

即使有人在調查那起意外事故，若不是直樹，拓也倒也不會特別在意。他早就想開了，總會有這種人。而且雖說是開發二課負責的，拓也卻不太接觸直美的開發。這是因為直美並非特別要求突出性能的機器人，只是代替無能的人類做人類也能做到的作業而已。他認為，開發這種程度的機器人，不需要自己特地出馬。即使如此，拓也之所以耿耿於懷，是因為聽見直樹在調查。

整理一連串的命案之後弄清的是，直樹有什麼事情瞞著拓也他們。他從一開始計畫謀殺康子時，就有屬於他自己的秘密。亦即除了拓也他們之外，還有協助者D。

那麼，D究竟是何方神聖呢？為什麼直樹必須隱瞞他的存在呢？

拓也必須設法找出D這名神秘人物，因為這個人身上有擬定謀殺康子計畫時的連署書。

不過話說回來，有一件事拓也稍微無法理解，就是自從那起鋼筆命案之後，沒有人鎖定自己作為下手目標。

當然拓也本身也全神戒備，而且犯人也不能貿然出手。然而想到直樹死後，犯人馬上就寄來餵毒的鋼筆，應該恨不得盡早殺了自己。

或者——也可以如此思考，神秘人物D會不會認為橋本和拓也知道他的身分，而想連他們一併除之而後快？但是判斷拓也好像不知道，所以改變想法，認為沒有必要殺他——

拓也認為，這有可能。那麼，D殺害直樹的理由是什麼呢？

答案是否躲在這裡頭呢——

拓也如此心想，再度將目光移回資料夾。「真想知道答案。」

當他依序瀏覽從意外發生到解決問題的流程時，不禁出聲說道。各個階段進行必要的調查，報告書也很制式，但是破綻百出。

開發二課不承認自己有疏失是理所當然的，但是一旦發生意外事故，便見獵心喜的安全課，追究的方式未免稍嫌放水。客觀來看，感覺安全課打從一開始就認定是作業者的操作疏失。安全課針對作業程序書的記載項目，以相當強硬的語氣指控作業員的疏失，但對於機器人的性能及規格則顯得語氣柔軟。

拓也記得那起意外之後，自己的部門被要求製作相當多種資料。課長拿著那些資料出席對策會議也記憶猶新。他以不安的心情觀察局勢如何演變，但是事情沒有延燒到開發二課，事件就解決了。

拓也確信，這是因為仁科敏樹的權勢，肯定是他在事情變得複雜之前，動用各種關係將事情壓了下來。所以仁科直樹之所以調查這件事，是對父親懷恨在心，要向他反抗嗎——

拓也心想，無論如何都稍微調查看看吧。接著，他面露苦笑，沒想到自己居然會接手調查這件事。他闔上資料夾，關掉檯燈開關。黑暗中，冷不防地浮現中森弓繪哭泣的臉。

隔天早上，拓也為了見負責調查意外事故的人，立刻到安全課跑了一趟，但是長相寒酸、名叫馬場的負責人對於拓也的詢問，露骨地露出狐疑的表情。

「事到如今，你問這個做什麼呢？」馬場坐在辦公桌前，像在檢查似的從頭到腳打量拓也。

「我有點事情想調查一下，當時的資料或數據還留著嗎？」

「當然保管著，因為是規定。」檢查完拓也的打扮之後，馬場完全不正眼看他地答道。

「能不能給我看呢？」

於是馬場一臉不悅地從椅子上起身，然後從牆邊的角櫃拿出一本厚資料夾，像是故意惹人生氣地在拓也面前「呼」地吹氣。塵埃飛揚，稍微蒙上了拓也的臉。

「請看。」馬場說道。

拓也道謝後接過資料夾，然後馬上打開。不久，他感到失望。其中的內容和直樹的資料夾相差無幾。

「你有什麼意見嗎？」一直盯著拓也一舉一動的馬場問他。

拓也心想：他用的不是有什麼「問題」，而是有什麼「意見」，著實有趣。

「我有個小問題。」他將資料夾轉向馬場說：「我覺得調查期間很短，有沒有這回事呢？」

報告上寫的調查期間大約兩星期，若考慮到這是一起死亡意外，應該會花上一個月左右。

「沒那回事。」馬場說：「因為只要查明原因和問題點就行了，工作當然是盡早解決得好。」

「有沒有特別急著結案呢？」

「上頭總是命令我們盡早解決，所以如果工作拖太久也就罷了，早早解決還要被人抱怨，我可受不了。」

「不，我這並不是在抱怨。」

「你是開發機器人的人吧？」馬場看著拓也別在胸前的徽章說，上頭寫著部門和名字。「既然這樣，你最好別對這個問題唧唧咕咕的吧，畢竟這件事都已經以作業者的疏失塵埃落定了。」

拓也低頭看依然不願和他對上視線的馬場，他一臉不耐煩地轉向一旁。

「我知道了，謝謝你。」

拓也將資料夾還給馬場後，走出安全課的辦公室，然後關上門的同時，心想：假如我和星子結婚手握實權，第一件事就是把那個馬場外放到地方的閒差。人若腦袋不靈光，又不懂得如何說話，難保哪天不會踢到鐵板。

撇開這件事不談，根本無從調查起——從馬場的態度來看，或許是上級針對那起意外事故對他下了封口令。

這麼一來，必須避免太過顯眼的舉動。當拓也離開安全課所在的建築物，朝本館走去時，看見一名男子從正面大廳走出來。這一陣子經常遇見他。他是來找過拓也好幾次的佐山刑警。他似乎又是來打聽什麼，或許毫無斬獲，垮著一張臉。

拓也小跑步靠近，出聲喚他。佐山也馬上發現他，恭敬地低頭行禮。

「你要回去了嗎？」拓也問道。

「是啊，反正今天也沒什麼大事。」

「要不要喝點飲料呢？不過，是自動販賣機不太好喝的即溶咖啡就是了。」

「這樣啊，」佐山稍微想了一下，然後說：「那就奉陪一下。」

拓也帶領刑警前往位於離大門有點距離的公司內部公車候車處，一間兩坪多的小房間。這裡的話，除了公車發車時間之外不會有人來。

「你今天來有什麼事呢？」拓也到擺在門口的自動販賣機買了兩杯咖啡，遞一杯給佐山問道。

「不好意思——哎呀，其實沒什麼大不了的。聽說去世的雨宮康子生前最後曾和一名女性友人一起去看音樂劇，我今天是來見她，詢問當時的情況的。」

「原來如此。然後呢？」拓也和他並排坐在長椅上。

「一問三不知。」

佐山一臉傷腦筋的表情偏著頭，津津有味地喝著不怎麼好喝的咖啡。「那名女性友人說，康子的樣子不像會自殺。說她表現得非常愉快。但是，人自殺之前往往會這樣。」

刑警又喝了一口咖啡。拓也看著他的側臉，試圖看穿他的內心想法。

這名個性冷靜的刑警，不可能爽快地接受康子是自殺。

「對了，孩子的事怎麼樣了呢？查出孩子的父親是誰了嗎？」這個問題與其說是在試探警方的動作，倒不如說是問出自己心裡在意的事。

但是刑警難為情地拍了拍後頸。「這件事還不清楚，這種問題很難查。」

「我想也是。」拓也說：「或許她玩過不少男人。」

「嗯，是的。」佐山說：「你別告訴別人，她學生時代墮過兩次胎。我也見了當時替她墮胎的醫生。醫生甚至威脅她，如果妳這次再墮胎，就沒辦法再懷孕了。唉，所以我現在在想，她大概是因為這個緣故，所以這次沒有意思墮胎。」

「是喔……」拓也心想，這事倒新鮮。

「唉，不只是她，」佐山說：「時下的年輕女孩子性關係很亂。我完全跟不上時代，男人根本招架不住。」

「父母難為啊。」

「真的是，」佐山點點頭，像是想起什麼似的說：「但是啊，有不少情況是值得同情的。」

「同情？」

「是啊，像是雨宮康子小姐的情形，聽說她擔任高中老師的父親的外遇對象是一名畢業生，而且女方還有了身孕，擅自把孩子生了下來。那種事情如果傳開來，她父親的面子會掛不住，更重要的是，被迫離職是可以預期的。她父親不得已只好認養孩子，支付贍養費。但這不是一筆小數字。女方威脅她父親要昭告天下，她父親只好額外多付一些錢。結果導致家庭鬧得烏煙瘴氣，他太太離家出走。雨宮小姐八成也受夠了那種家庭吧。她來東京之後一次也沒回家。」刑警說完後，拓也一時想不出該發表的意見。因為他完全無法想像康子有這樣的過去。

「她父親親口告訴你這件事的嗎？」拓也問。

佐山連忙否認地揮手。「雨宮小姐的高中同學在東京，我是聽她說的。雨宮小姐好像也沒有告訴其他人這件事。」

拓也不悅地想，她以父親為恥啊，父母的家醜總會對孩子造成影響。

「那麼……」佐山捏扁喝光的紙杯，丟進一旁的垃圾桶。「我差不多該走了。謝謝你的招待。」

「調查方面，請你加油。」

「嗯，我會盡力。」說完，佐山站起身來，忽然想到什麼似的回頭望向拓也的方向，「對了，前一陣子失禮了。死纏爛打地向你確認不在場證明，弄得你心裡不舒服了吧？」

「唉，的確令人心裡不怎麼舒服，」拓也應道，「那件事有什麼進展了嗎？」

「沒有，這件事也是一籌莫展。」

可是，佐山頓了一下，然後接著說：「我有了一個新的想法。關於最先發生的仁科直樹命案，我懷疑那起命案有共犯。」

「喔？」拓也佩服道，「也就是說，犯人有兩個人嗎？」

「哎呀，問題就出在這了。」佐山注視著拓也的臉，「犯人不是一個或兩個。新的主張是或許有三個人。怎麼樣，很有趣吧？」

拓也霎時心頭一驚。但是在此同時，他感覺到佐山在觀察自己的反應。佐山在某種機緣巧合下察覺到數名共犯的可能性，但因為毫無根據，所以在試探自己。

「這真是有趣，改天請務必說給我聽。」拓也佯裝平靜，心想，我怎麼可能會上這種當?!面不改色對他而言，並非難事。

「好，改天一定說給你聽。」刑警的表情和先前完全一樣，從拓也面前離去。

5

佐山離開MM重工後，與調查總部聯絡，簡短地說明和康子去看音樂劇的女員工的談話內容。谷口的感想是，這雖然是一項懷疑自殺說的證據，但不能說是決定性的證詞，佐山也有同感。

「那你等一下和新堂會合，他現在正前往池袋。」

「池袋？發生了什麼事？」

「仁科直樹大學時代的朋友在池袋工作，從直樹辦公室裡的行程表得知，他在遇害前和那名朋友見過面。」

「池袋哪裡？」

「那名男子在池袋的太陽城中工作。我等一下會跟新堂聯絡，要他跟你會合。在哪裡碰面比較方便？」

佐山稍微想了一下，然後回答：「東急手百貨公司前面。」因為他想起了妻子託他買花盆。

佐山到了一看，發現新堂拿著東急手百貨公司的紙袋站著。佐山上前出聲叫他。資淺刑警臉上浮現略帶疲憊的笑容。「你買了什麼？」佐山指著紙袋說。

「櫃子專用的鉸鏈，衣櫃門壞掉了。」

「買新的怎麼樣？」

「薪水微薄，哪來那種錢。」

「單身貴族少說那種丟人現眼的話。對了，我也想買東西。花盆在幾樓呢？」

佐山想走進建築物中，卻被新堂抓住手臂。「已經沒時間了，請你回程再買。」

和對方碰頭的地點，是位於太陽城地下街的咖啡店，兩人坐在最內側的座位，目光望向門口。

「早上真倒楣。」新堂先用毛巾擦臉，然後說：「又有另一家文具店跟荻窪署聯絡了。說是命案之前，有個男人買了同款的鋼筆。不湊巧的是沒人有空，落得剛好在場的我得去調查的下場。」

「那還真是背啊。」

「簡直倒楣透頂。關於鋼筆，我們已經認定那個戴金框眼鏡的男人是在那家文具店買的。」

「那，結果怎樣？」

「嗯。對方確實不是胡說八道，男人出現的時間是寄送包裹當天的早上八點，而且鋼筆的款式也相同。不過，男人沒有買藍色墨水，而且地點是……」

「哪裡？」
「八王子的學生街。」
佐山忍俊不住笑了出來，如果是學生街的文具店，大概也有許多客人會去買鋼筆吧。
「對方說是怎樣的客人？」
「說是一個戴著安全帽的男人，因為那一帶有許多學生騎摩托車上學。」
「是喔……」
聽見安全帽，佐山斂起笑容。犯人是故意遮住臉的嗎？然而對方沒有買藍色墨水。
想到這裡時，一名男子走進店內；一個身穿灰色襯衫、五官略顯洋味的男人。從他環顧店內的動作，兩人察覺到他似乎是直樹的朋友。新堂起身去叫他，果然是他沒錯。
男人名叫金井隆司，他任職於通產省直轄的能源研究所，位於這棟大樓內。
「仁科是個忠厚老實的男人，朋友也不多。但是他並不膽小，要做什麼事情的時候，他不會找任何人商量，毫不猶豫地放手去做，他就是這種人。」
這是金井對直樹的評論，兩人大學就讀同一個學院，研究室也在隔壁，所以好像交往甚密。
「你們好像最近也經常見面是嗎？」新堂問道。
「是的。不過我們彼此都忙，倒也不算是經常。我和他走得近，是在接下來的這個季節。」
「季節？」
「是的。我們經常一起去滑雪。我對滑雪多少有點自信，他滑得也很好。因為這項運動除非彼此的程度相近，否則一起去也不好玩。其實今年年底，我們倆也預定要一起去北海道。對了，最後一次見面時也提到了這件事。」說到這裡，金井臉上突然浮現遺憾的表情。或許是想起了和好朋友一起度過的歡樂時光。

「聽說你們最後一次見面，是仁科先生去世前的星期六是嗎？」新堂確認道。

「是的。我們想討論一下詳細日期。」

「當時只有談到滑雪的事嗎？」

「當然多少閒聊了一下，但是我們見面的目的是為了這個。」

「那，你們滑雪的日期談得怎樣呢？」佐山問道。

「他還不是很確定，所以要我等他預定行程確定之後再說。他的頭銜不愧是開發企劃室長，好像很忙。」

金井好像沒有從直樹口中得知，他在公司裡的地位。實際上，他應該沒有忙到連滑雪的日期都排不出來。

「噢，對了……」金井像是想起什麼似的開口說：「仁科在大阪住的是大阪綠旅館吧？其實他遇害那天晚上，我有打電話到那家旅館。」

「打電話？」新堂和佐山異口同聲。咖啡店的女服務生詫異地看了他們一眼。

「幾點左右呢？」新堂問道。

「應該是，」金井稍微看著上方，「十點左右吧。我之所以打電話給他，是因為他說那一天會知道今後的預定行程。所以其實應該是他打電話給我，但如果忘記的話，希望我打電話給他，於是他告訴我旅館的電話號碼。結果當天他果然沒打電話給我，所以我就打給他了。他還告訴我，他十點應該會回旅館。但是旅館的人卻說他還沒回來。我想他大概還在忙，結果就沒再聯絡上了。」

佐山心想，這段話很令人在意。如果只是擬定滑雪的預定行程，從大阪回來之後再說也不遲。還是時間相當緊迫呢？佐山問到這一類的事，金井說：「我們確實想盡早決定日期。因為各方面都要預約。倒也不是非得那一天確定不可，但是越早越好。」

「原來如此。」佐山總覺得無法釋懷，但關於這件事，沒有進一步詢問金井的必要。

接著，新堂問金井對於直樹遇害有何感想。金井深吸一口氣，痛苦地皺起眉頭，然後開口說：「那傢伙的人生確實很坎坷。就連這次的命案，或許也是他的命運使然。這麼一想，就更令人寄予同情，畢竟他的人生坎坷，並不是他的錯。」

兩名刑警與金井告別後，再度回到東急手百貨公司，佐山沒有忘記要買花盆。然而他腦中，頻頻出現金井說的話。

「這個怎麼樣？」新堂拿起一個人頭大小的花盆說。他陪佐山一起找花盆。然而佐山只是隨口應道「噢，嗯」，新堂苦笑著放下花盆。

「你在想打電話那件事嗎？」他問道。

「嗯。我很在意這件事。正好是那一天，未免太巧了。」

「如果我沒打電話給你，你就打電話給我……啊。聽起來簡直像是知道自己有性命危險耶。」

聽見這個意見，佐山不禁看了新堂一眼。這句話令佐山恍然大悟。原來如此，新堂說得沒錯，但是直樹不可能有預感自己會遇上兇險。

「不，可是……」

開始有種莫名的感覺在心中蔓延開來。學生時代，像是考試的時候，經常嘗到苦思答案卻想破頭也想不出來的滋味，現在就和當時的心境一模一樣。

「我這是假設。假如直樹知道那一天會發生的事怎麼樣？」

「怎麼可能？他如果知道的話，鐵定會逃跑。」

「是嗎？直樹和犯人見了面，然後感覺到自己可能會被對方殺害……不，不對啊。光是這樣的話，讓金井打那種電話就說不通了。讓金井打電話，對直樹有什麼好處？」

佐山的目光轉向花盆，但實際上沒有在看任何東西。他心情焦躁，開始思考了起來。

「佐山先生，」新堂說：「我可以說些奇怪的事嗎？」

「你儘管說，像我老是在說奇怪的事。」

「直樹之所以讓他打電話，會不會是為了製造不在場證明呢？」

佐山險些弄掉手上的花盆，他連忙重新抱好，然後問道：「你說什麼？」

「不在場證明啊，如果那個時間有電話打來的話，事後就能成為不在場證明，小說中經常出現這種手法。」

「直樹為什麼要那麼做？遇害的人是他……」佐山邊說邊覺得心臟狂跳，再度看著新堂的臉。

「也可能是他打算殺害犯人啊？」

「但是結果卻正好相反。」

佐山點點頭，盯著空中。這件事開始有些眉目了。「我們回署裡吧。」

「不用買花盆了嗎？」

「先用臉盆就好了。」

兩人走出建築物，趕往池袋車站。人行道上依舊擠滿了人。佐山一面穿梭在人群中走路，一面繼續說：「假設直樹擬定了那種計畫。這麼一來，搬運屍體的就是直樹的同夥。原本打算搬運的是對方的屍體，但是卻出現了意想不到的情況。即使如此，為什麼還要按照原定計畫行事呢？」

「對於共犯而言，並沒有出現意想不到的情況。共犯從一開始就打算殺害直樹。不同的只有行李的內容物，輸送帶按照原定計畫轉動——」

「原來如此，輸送帶啊。」

直樹準備用來殺害對方的陷阱，其實是引他自己上鉤的陷阱。

「假如準備那條輸送帶的是直樹，說不定用來搬運屍體的車也和他身邊的人有關。」

「當然是這樣沒錯。直樹自己的車已經調查過了，所以就要看他身邊是不是有別的車了」

聽見這句話的那一瞬間，某個景象在佐山腦中復甦了。是去豐橋時的事。他突然停下腳步，佇立在人行道正中央。

「你怎麼了嗎？」新堂一臉擔心的表情。

「是那個，那輛廂型車。」

「廂型車？」

「山中木材加工的那輛廂型車，山中說直樹都用它代步。」

新堂也「啊」地張開嘴巴。

「現在不是慢慢散步的時候了。」佐山說道。

「也不是站在路中間的時候了吧？」

「打電話回署裡。趕快！」

聽見佐山的命令，新堂衝向電話亭，撞上一個在發傳單的年輕男子，白色傳單隨風飛舞。

6

十二月的第一個星期六，拓也中午過後造訪仁科家，因為星子要他陪她去購物。平常的見面形式總是拓也前往她指定的地點，然後她開著保時捷出現，但今天她卻吩咐他到家裡來接她。

拓也一在安裝於大門旁的對講機報上姓名，她便要他進屋。他看著兩旁的針葉樹，朝玄關走去。當他接近宅第時，星子從二樓的窗戶探出頭來。

「我正要換衣服，請你在樓下喝茶等我。」

「好。」拓也應道。

當他想打開玄關大門時，感覺有人從旁靠近。轉頭一看，宗方拿著網球拍走了過來。仁科家東邊有一座簡易球場。

「值得信賴的騎士出現啦！」宗方用食指扶正金框眼鏡，「任由千金小姐耍任性是很好，但也要適時阻止她。你的追求方式無懈可擊，但是收網方式有待加強。要駕馭悍馬，就需要鞭子和紅蘿蔔。」

「過來人經驗分享嗎？」

「不，幸好沙織沒星子那麼蠻橫不講理，所以我同情你。一起喝杯茶怎麼樣？」

「好啊！」

兩人進屋，在面向露台的客廳裡對坐。坐下來一看，宗方徹底融入了這個家。他雖然不是入贅婿，但好像長年住在這裡。他指示女傭泡紅茶，似乎連有哪些種類的茶葉都瞭若指掌。

「沙織小姐在哪裡？」拓也問道。

「大概在那一帶吧。『三點的點心時間』她應該會回來。」

「你放假都待在這裡？」

「是啊，兼討岳父大人的歡心。」說完，宗方以銳利的眼神看了拓也一眼，「你也別忘了這件事。你現在確實是專任董事眼中的紅人，但你如果辜負他的期待，可是會落得悽慘的下場。」

「我不記得自己辜負過他的期待。」拓也話說完時，女傭端來了紅茶。從皇家哥本哈根的茶杯冒出蒸氣，香氣四溢。

拓也等女傭的身影消失，再度開口說：「你是不是對我有什麼不滿呢？」

於是宗方拿起茶杯，品香後喝了一口茶，然後低聲地說：「關於直美的事，聽說你在四處打聽無聊的事。」

「那件事啊？」拓也的聲音有些沙啞。他除了安全課之外，還去了工程設計課、保全課一趟。

「為什麼會傳進宗方先生耳中？」

「是專任董事告訴我的。他要我提醒你。我先警告你，你最好別多管閒事。我只警告你一次，不會有第二次。」

宗方露出在觀察拓也反應的眼神。拓也心想，現在在場的人不是宗方，而是仁科敏樹透過他的眼睛在看著自己。

「我不懂。」拓也說：「為什麼不能調查那起意外事故呢？當然，我相信那起意外事故單純只是作業員的疏失。但是正因為這樣，我對那種處理方法有意見。看過各方面的報告書，不難明白公司採取息事寧人的態度。因為我有身為機器人技術人員的尊嚴，所以沒辦法忍受這種半吊子的做假方式。」

拓也技巧性地強調，自己並沒有反抗仁科敏樹，而且不是信口胡謅。

宗方彷彿在嘲笑拓也的極力主張，用鼻子冷哼一聲，然後重複拓也的一句話：「技術人員的尊嚴？好空泛的一句話啊。」

「為什麼呢？你也是技術人員吧？」

於是宗方先是別過臉去，然後目光轉向露台外的植物。

「沒辦法，」他低喃道，「看來還是先告訴你比較好。」

「告訴我什麼？」拓也問。

宗方再度面向他，然後蹺起二郎腿。「那起意外事故啊，並不是作業員的疏失。詳情現在也不清楚，但肇事原因好像是出在直美身上。」

「不會吧？」

「當然，沒有確切的證據。但等到證據出現就為時已晚了，所以專任董事才會趕緊動用各種關係將事情壓了下來。當時，我也四處奔走，忙得不可開交。」宗方面露冷笑。

「為什麼懷疑直美呢？」拓也問道。

「因為意外事故發生後，出現了非常棘手的證人，和死亡的作業員日夜交班巡視機器人的男人。那個男人說，自己作業時也曾經差點發生相同的事。當直美發生一點小問題，他停止她想作業時，直美似乎突然動了起來。他說，自己倖免於難，但是差一點就小命不保了。這件事發生於實際意外事故的十二個小時前。」

「真是令人不敢相信。」拓也搖搖頭，「但是，他的證詞為什麼沒有公開呢？」

「因為運氣好，」宗方一臉嚴肅地說：「假如那個男人向安全課報告，就算是專任董事大概也無能為力。但幸好他去的是開發企劃室長的辦公室。」

「室長的辦公室？」

他為什麼要去直樹的辦公室？

「在開發企劃室最近的工作當中，那個機器人工廠也是最受關注的。所以直樹室長也經常去巡視，似乎和作業員都認識了。因為事關重大，那個男人也不曉得該對誰說才好，於是跑去找最熟悉的人商量。」

拓也心想：假如室長知道的話，事情就說不通了。

「那室長知道意外事故的真相嗎？」

但是宗方乾脆地肯定道：「知道，於是直樹室長找專任董事商量，當時的狀況非常緊急。因為對專任董事而言，那個機器人工廠發生那種意外事故，對他極為不利。因為機器人事業部一直以來，都是專任董事帶頭推動，那個全自動工廠也象徵著他的功績。為了今後坐上社長的寶座，手攬獨裁政權，不能在這種節骨眼留下無謂的污點。」

「於是湮滅了事實嗎？」

「費了我好大一番工夫。」宗方說：「首先是封住證人的口。那個男人因為自己察覺機器人不夠完善卻疏於報告，所以格外順從地遵照了我們的指示行動。為求保險起見，我將他調到了別的部門。然後動用各種關係將事情壓了下來。如果意外事故是因為作業員的疏忽，警方也不會追根究柢地調查。我說過好幾次了，我不想再做一次這種辛苦的工作。」

宗方一臉像在懷念這份辛苦的表情，說不定他想起了自己當時處理事情的效率，而感到滿意。

「唉，因為這種緣故，」他稍微壓低音調，「別亂調查才是明哲保身之道。哪怕是基於身為技術人員的尊嚴，最好也別輕舉妄動。」

拓也無言以對，只好沉默。不曉得宗方對他的反應做何解釋，緩緩地點頭說：「你只要將你那份尊嚴活用在下一項研究上就好了。我已經受夠了那種意外事故。」

「我製作的機器人是完美無瑕的。」

「鐵塊就是鐵塊，那個叫什麼？你在研究發表會上展示的……」

「布魯特斯。」

「對，那也一樣，它又沒有心。」

「心是多餘的。」拓也話說完時，走廊上傳來星子的聲音。宗方的表情頓時轉為柔和。

這一天，星子首先帶拓也到銀座的一家畫廊，說是為了找一幅用來裝飾房間的畫作。星子好像打算徹底重新裝潢直樹之前的房間，她說壁紙已經重貼了。
「最好是令人看得一頭霧水的畫。」拓也問星子喜歡哪種畫，她如此答道。
「當人看見的時候，會說：噢，這是某某某的畫作吧，真美啊——最好是讓人沒辦法說這種話的畫。讓大家想避免以畫作為話題的畫是最理想的。」星子環顧畫廊中解說道。
「但是這麼一來，進妳房間的人還真辛苦。不但得減少一個話題，還必須不去看那幅畫。」
拓也跟在她身後，走馬看花地注視著牆上的畫說。他對畫不感興趣，心想：看這種東西有什麼好開心的呢？
「這就是我的目的。用這方式讓對方產生壓迫感。這麼一來不管什麼事，我都能握有主導權。」
看著稍微鼓脹鼻孔的她，拓也佩服地說：「原來如此。」
他真心感到佩服，這個女人確實是仁科敏樹的女兒。
猶豫半天之後，星子買了一幅拓也家窗框大小的巨幅畫作。那的確是一幅令人看得一頭霧水的畫，整幅畫分成淡咖啡色、灰白色、橘紅色、黃綠色的部分，各個色塊中擠滿了說不上是生物或非生物的物質。每個色塊的特徵多少略有不同，但至少拓也不清楚其中有何含意，也不曉得在畫什麼。如果有人說這幅畫是在畫細胞質內的粒線體大移動，他可能也會同意。
「這到底在畫什麼呢？」拓也忍不住問星子。
「不曉得。」她明確地回答。
繼畫廊之後，星子又前往服飾店，猶豫了兩小時左右，終於買了一件皮草大衣。令拓也感到意外的是，在這兩小時內，她一次也沒找他討論。連「這適合我嗎」這句話也沒說。所以拓也幾乎默默無言地坐在服飾店角落的沙發上。這段期間，他心裡在想的不是星子的事，而是先前宗方說的內容。

那起意外事故並不是作業員的疏失——據說當時有證人在場，這件事也很難令人置信，但更令拓也耿耿於懷的是，直樹知道意外事故的真相。既然如此，他為什麼想重新調查呢？

拓也感到匪夷所思，他不明白直樹的行為有什麼意義。不，先前聽到的內容當中，還有令他尚未釋懷的部分。那究竟是什麼呢？拓也就這樣思考了兩小時。

兩人離開服飾店，到附近的法國餐廳用餐。這裡似乎也是星子常來的店，吃到一半時主廚過來打招呼。一個看起來就像主廚的胖男人。他恭維星子幾句之後，也向拓也打招呼，以意有所指的眼神看著星子。「這位是小姐的？」

她對主廚回以微笑，答道：「偶爾交個男朋友，有什麼關係嘛。」

這是她第一次像這樣介紹拓也。星子一面動刀叉，一面說起在美國留學時吃過的一些難吃的菜。或許是相當不甘心，話題無窮無盡。她一直滔滔不絕地說到上甜點為止。拓也小心翼翼地絕對不打斷她的話。因為他知道一旦那麼做的話，星子的心情會立刻變差。

「對了，那起命案進行得怎麼樣了？」用完餐後，她問拓也。「警方好像完全找不到犯人。」

「不曉得……總之調查好像遇上了瓶頸。」

「什麼事那麼費工夫呢？」

「很多吧，室長的行動好像也有很多令人費解的部分。」這不是警方的見解，而是自己的感想，拓也不禁脫口而出。

「令人費解？未免講得太好聽了吧。」星子尖聲說道：「那個人只是在違抗仁科家罷了。除此之外，他就是個空殼子。」

「妳對他依然毫不留情耶。」拓也面露苦笑，那一瞬間他忽然心想：意外事故的證人到直樹的辦公室找他商量之後，直樹為什麼馬上向敏樹報告呢？如果像星子所說，直樹凡事都要違抗仁科家，當時使用別種手段才是直樹的行事風格，不是嗎？

拓也想到，先前之所以無法釋懷，就是因為這件事令他耿耿於懷。

「你幹嘛突然安靜下來。」

拓也回過神來，發現眼前的星子瞪著他。「不，沒什麼……我們差不多該走了吧。」

「不用你說我也會走。接著去『華屋』，我要找耳環。」星子站起身來，快步走向門口。

「華屋」是一家面向銀座大道的知名珠寶店，雖然店內也賣衣服或皮包等，但主要商品還是從各國名店進口的名牌珠寶。星子一進店內，馬上走進內側和一名看似店長的男人交談。與其說是奢侈，看在拓也眼中，只是覺得愚蠢，花好幾百萬在這種無聊的玩意兒上，有何樂趣可言？

星子按例擅自挑選耳環。對拓也而言，反而感謝都來不及。

拓也和看畫時一樣，目光在展示櫃中游走。這裡之所以比看畫稍微令他感興趣，是因為價格吸引了他，這種小石頭要一千萬？簡直荒謬。

喔？拓也停下目光。因為展示櫃裡有一個他曾看過的胸針，金色的花瓣、中間鑲著鑽石，這和在康子家中看見的一模一樣。拓也一看價格，八十七萬圓——這種價位的商品在這家店中不算貴，但也並非一般粉領族隨便買得起。

「你發呆在看什麼？」突然間，星子叫他。他心頭一怔。她看進拓也剛才在看的展示櫃中，說：「Chaumet的胸針啊。這怎麼了嗎？」

「不，沒什麼。這品牌叫Chaumet嗎？」

「是啊。拿破崙的最愛，法國歷史最悠久的老店。我不太喜歡就是了。」說完，她輕輕敲了敲展示櫃。「對了，今年我爸爸去法國時，說他去了Chaumet，買給我一串不怎麼有品味的項鍊。」

「專任董事買項鍊給妳？」拓也嗓門變大了，「真的嗎？」

「真的啊。怎麼了？倒是我們走吧。這家店已經沒救了。沒有半件好貨。」

星子開車送拓也回公寓。她在吃飯時喝了紅酒，所以是酒醉駕車，但是她好像絲毫不以為意。

「今天謝謝你陪我。玩得很開心。」星子邊切方向盤邊說。拓也有些驚訝地看著她的側臉。她第一次像這樣向自己道謝。

到了公寓，這次換拓也道謝了。然後他向星子道晚安。

「晚安。啊，等一下。」星子叫住想打開車門的拓也，右手環過他的脖子，毫不猶豫地覆上他的唇。她的雙唇觸感柔軟，但是缺乏性魅力。

「這是今天的獎賞。」她離開拓也的唇，嫣然一笑。從裝模作樣中，感覺得到些許羞赧。他心想，這是她至今最美的表情。

「那，晚安。」拓也說道。

「嗯，晚安。」

拓也下車，回頭說：「噢，等一下。妳知道專任董事的血型嗎？」

「血型？」她皺起眉頭，「為什麼要問這種事？」

「有點好奇……妳知道嗎？」

「我知道啊，應該是AB型。」

「AB型……」

「下次接吻之後問這種事，我可不饒你唷。」星子話一說完，用力踩下油門疾馳而去。

拓也回到家關上大門。那一瞬間，他笑了出來。實際上，一股無法壓抑的笑意從肚子裡湧上心頭。他心想：搞什麼鬼啊?!康子竟然也和仁科敏樹有一腿。原來孩子的父親是那個老頭子——

「康子，我終於知道妳為什麼不墮胎了。」

他心想，這也難怪。因為孩子說不定是敏樹的。這麼一來，她就能夠拿到不愁吃穿的贍養費。順利的話，還有可能混進仁科家。拓也想起了刑警前幾天說的話。

康子的父親一直支付贍養費給外遇對象，弄得妻離子散。康子會不會是想透過讓自己站在相反的立場，消除這份怨念呢？

「這是賭博。她確實下了大賭注。」但是，拓也馬上轉念一想。這果真是賭博嗎？敏樹和康子分別是AB型和O型。這麼一來，如果生下A型或B型的孩子，康子也能主張那是敏樹的孩子，不是嗎？而O型就推給拓也就行了。結果孩子的血型是B型。拓也又笑了出來。他心想：搞什麼鬼啊?!橋本和直樹是A型，康子從一開始就將他們排除在外了。

他們白死了——這麼一想，拓也又覺得可笑。

但是——

直樹不曉得敏樹和康子之間的事嗎？就像拓也從那個胸針察覺到的一般，他會不會也知道呢？如果他知道的話，事情就會有所不同。直樹是否害怕仁科家的接班人出世呢？因為他的野心是掠奪仁科家的財產，毀滅仁科家。

除此之外，還有一點。直樹恨敏樹入骨。透過一個女人，和那個男人產生關係，終究是令他無法忍受的狀況吧？

「關係真是錯綜複雜啊！」拓也躺在床上，看著天花板低喃道，這次他沒有感到笑意。

7

宗方敲了敲門，隔了半晌才傳來「請進」的聲音。這是敏樹平常的習慣。宗方緩緩推開門，敏樹正對著書桌看書。他抬起頭來，摘下老花眼鏡。「知道了嗎？」敏樹以低沉而洪亮的嗓音問道。

「知道了。」宗方答道。

「結果是什麼？」

「B型。」

「B型……確定嗎？」

「我是問認識的報社記者，我想沒有錯。」

敏樹整個人靠在椅背上，閉上眼睛，就此沉默。宗方站在原地，等他下一句話。「也就是說，」

他閉著眼睛說：「很有可能是我的孩子。」

「正確來說，是您的孩子……對吧？」宗方沒有抑揚頓挫地說。

敏樹睜開眼睛，眼神銳利地瞪了有話直說的女婿一眼。

「嗯。沒錯。」敏樹不帶感情地答道：「這次的命案，害死了我們的孩子啊。」

「您原本打算領養嗎？」

「如果是男孩子的話。」敏樹說：「但就算是女孩子，我也打算盡我所能地照顧她。所以我事先告訴康子：如果懷孕的話馬上告訴我。」

「她自己會不會也不確定孩子是專任董事的呢？我想，她是打算等孩子生下來，確定血型吻合之後再告訴您。」

「如果血型不合的話，她打算怎麼辦呢？」

「那種情況下，她大概打算依靠和孩子血型吻合的男人吧。這對她而言，應該是一項賭注。」

「原來如此，但是會下這種賭注的女人，不可能選擇自殺。」

「您說得沒錯。」

「這件事果然和一連串的命案有關嗎？」

敏樹說「果然」是有理由的。直樹遇害那一天，敏樹從康子口中得知，直樹找她去大阪。由於她在命案發生當天請假，敏樹逼問她這件事，她便老實承認了。但是她卻主張，自己與命案無關。她說她一直在直樹約她去的咖啡店裡等他。

於是宗方大老遠跑到大阪確認這件事。他到位於新大阪車站地下樓層的「Vidro」打聽，當天確實有這樣的女客人。

據康子所說，直樹說要和她談敏樹跟她之間的事。也就是說，直樹察覺到了兩人的關係。敏樹看了宗方一眼。「康子身邊沒有出現和我有關的事吧？」

「目前沒有，但有一樣東西不太妙；就是Chaumet的胸針。送禮果然還是該用現金。」

「那個啊。」敏樹露出疲憊不堪的表情。「唉，沒辦法。總之麻煩你繼續蒐集資訊。不過，別提起我的名字。」

「我知道。」

「還有，關於那起意外事故，你提醒末永了嗎？」

「嗯。我逼他按我說的做。」

「這樣就好，那傢伙是個機伶的男人，如果他亂動腦筋就麻煩了。」接著，敏樹揮揮手掌，示意宗方可以退下了。

8

白色的煙朝燻黑的天花板裊裊而上。是谷口吐出的煙。到處都有人在抽菸，會議室內一片煙霧彌漫。令人窒息的沉默與異常的悶熱。但是沒有人走出會議室。有人用手指敲著桌子，發出「叩叩叩」的聲音。

耳邊傳來「喀嚓」的開門聲，眾人的視線一起聚集過去。走進會議室的是剛才去洗手間的年輕刑警。四周響起一陣「呼」地吐氣聲，年輕刑警一臉歉然地回到自己的座位。佐山坐在谷口的斜前方，盯著自己的指甲，指甲不知不覺間長長了不少，上一次剪指甲是什麼時候呢？

走廊上傳來快步走來的腳步聲。佐山心想：來了。

門倏地打開，新堂走了進來。他筆直走向谷口身旁，將手上的文件放在桌上。「找到藍色羊毛纖維了，還有五根頭髮，每一根都和仁科直樹的毛髮吻合。」

「噢！」調查人員們異口同聲地發出歡呼。

鑑識課針對位於豐橋的山中木材加工的廂型車進行調查，結果今天出爐。新堂的話道出了佐山的推理正確。谷口看著報告書用力點頭，然後微微抬頭看著佐山咧嘴一笑。「喂，你一臉幸災樂禍的表情啊。」

「我是光明正大地感到高興，瞎貓碰上死耗子的感覺很爽。」佐山也笑容以對。

有人搬出黑板，谷口站在黑板前面，從左到右依序寫下大阪、豐橋、東京，各個地名間稍微空出間隔，然後一面整理至今查明的事，一面說明，分別在大阪和東京底下寫上仁科和橋本。

「現在的可能性是，仁科與同夥共謀想殺害某個人。他們準備廂型車，製造幾近不自然的不在場證明，也可說是計畫中的一環。」

某位刑警發問，谷口立刻予以回答。

「豐橋的廂型車，能夠輕易偷到手嗎？」

「考慮到車門自動上鎖，以及去拿鑰匙很麻煩，於是以螺絲釘事先將備用鑰匙固定在後保險桿上。所以只要是知道事情原委的人就沒問題了。」

當然，直樹應該也早已知道了這件事。

谷口接著說：「擬定這種計畫的人，是實際遇害的直樹。他恐怕是遭到共犯背叛吧。而犯人順著直樹自己擬定的計畫，將他的屍體從大阪搬運到東京。好，問題在於這個計畫，關於這點請佐山為大家說明。」

谷口坐下之後，佐山站了起來。他環顧會議室一周，然後開口說話：「仁科直樹以相當刻意的方法，製造當天傍晚六點之前的不在場證明。我想，他在旅館指定房間，也是為了加深櫃台人員對他的印象。此外，他還設計讓朋友在當天晚上十點打電話到他房間。換句話說，直樹從六點到十點之間打算做什麼。總之就是殺害誰，再將那具屍體搬運到某個地方。預定用來搬運屍體的，就是那輛廂型車。在此，我們假設仁科將屍體搬運到第一個地點為A點，然後他再搭火車回大阪。另一方面，共犯將屍體從A點搬運到B點——我想這裡八成是厚木，然後折返。而最後一名共犯則將屍體從厚木搬運到東京。」

「這最後一名共犯就是橋本。」谷口補充道。

佐山點點頭。「但是結果卻變成仁科遭人毒手，屍體被搬運至東京。這應該是因為兩名共犯背叛了他。」

「關於想殺害仁科的人，還有除了橋本之外的另一名共犯是誰，有沒有什麼線索呢？」狛江署的刑警問道。

「很遺憾，連目前說的內容也屬於推理的階段，毫無物證。但若根據這項推理，就能鎖定對象。」說完，佐山面向黑板。「我們也必須確定另一名共犯到A點接過屍體之前的不在場證明。也就是說，這一名共犯應該在距離A點不遠處。至於A點在哪裡，仁科直樹打算在六點到十點之間，搬運完屍體回到旅館。也就是說，從距離思考，頂多是名古屋。」

佐山提出名古屋是有理由的。因為他腦中想著末永的事。不過實際上，若要殺人再往返大阪、名古屋之間，四個小時實在難以辦到。關於這一點，佐山認為直樹自己在計畫時，是否就已估錯時間了。谷口不發一語，只是當個聽眾。

「所以說，當天在名古屋附近的人很可疑啊？」

向佐山發問的狛江署刑警像是接受地點點頭，然後問：「關於殺害直樹的人，沒辦法用這種方法鎖定對象嗎？」

「目前沒辦法。」佐山答道。

「有沒有可能就是雨宮康子呢？」

這個問題是對谷口發問的。

「說不定，」谷口坐著回答，「因為那個女人當天向公司請假。但是也有人主張，靠女人的力量辦不到。」

眾人點頭。

這時，谷口站了起來，然後環顧會議室說：「佐山剛才說的是一項推理，不曉得是否正確。應該有必須思考別的可能性。但是有人利用位於豐橋的山中木材加工的廂型車，搬運屍體卻是不爭的事實。而且恐怕是在半夜裡進行。那麼，搬運屍體的人怎麼離開那裡呢？是開別輛車回東京呢？等到早上搭火車呢？還是利用其他交通工具呢？我想，如果從這個方向下手，應該能查出什麼。」

佐山心想：原來如此，這是個好主意。如果是末永，他會怎麼做呢？那個男人必須回名古屋。而且……對了，他拜託櫃台人員七點叫他起床——

計程車嗎——？這一瞬間，佐山想起了豐橋車站前的情景。

9

拿在一隻手中的筒子裡，插著圓棒。筒子的內徑是一百釐米多數十微米，圓棒的外徑是一百釐米少數十微米。材質是軟鋼，這項作業連人也無法輕易辦到。若想硬塞進去，塞到一半就會卡住，而完全動彈不得。然而，布魯特斯卻能輕易辦到。裝置於指尖的感應器會接收資訊，展現熟練工人有如行雲流水般的手法。完成作業後處於停擺狀態，布魯特斯不動了。

喏，你看，這是理所當然的——拓也抬頭看像忠實的家臣般文風不動的機器人，滿意地點點頭，然後想起前幾天宗方說的話。那種事情是例外中的例外，機器人總是對人忠心耿耿。

當拓也在實驗室想這件事時，有人從門口走進來。他是同部門晚自己一年進公司的田所，是拓也找他來這裡的。

「你說的秘密是什麼？」他搬張椅子到拓也身旁，坐了下來。拓也對他的評價是，學歷雖然高，卻從事缺乏獨創性研究的男人。自從他在三年前結了婚之後，一心只想著守護家庭。

「我想問你有關直美意外事故的事。」拓也一說，他臉色頓時沉了下來。他似乎不願想起這個話題。「那具機器人的程式方面是由你負責的吧？」

「是。」他露出警戒的眼神。

「意外事故發生後，各個部門向你訊問了發生原因吧？」

「是的，像是安全課。末永先生也很清楚當時的事吧？」

他一副「事到如今，你哪壺不開提哪壺」的口吻。

「當時開發企劃室有沒有找你過去？」

「企劃室？」田所露出詫異的表情，「沒有，企劃室沒有找我過去。」

「是喔……」

直美之所以不按指令動作，是因為程式疏失。知道這個事實的直樹，至少應該會問一下田所為什麼會發生這種疏失。

「意外事故發生後，那個程式怎麼樣了？依然繼續使用嗎？」

「不，那是舊程式，直美之後就沒再用了，那個程式只有用在直美身上。」

這麼說來意外事故發生後，沒必要偷偷對同型的機器人進行改良。

「你到底為什麼要問這種事呢？」田所問拓也，這是個理所當然的問題。

「沒什麼，我針對機器人帶來的災害在做一點調查。沒什麼大不了的。」拓也向田所道謝。田所也乘機起身，但是一臉若有所思的表情，看著拓也說：「對了，那起意外事故發生後一陣子，仁科室長有來找過我。」

「室長去找過你？為了意外事故的事嗎？」

「不，不是，他和你現在一樣，說是針對機器人帶來的災害在做調查。」

「他問了你什麼？」

「沒什麼大不了的，他問我當作業員讓運作中的機器人一度停止，再以人工操作操縱機器人手臂時，會不會留下人工操作過的跡象。他的意思好像是事後能不能檢查作業員的保全步驟。我回答：如果安裝這類的監視器，應該可以。不過，目前的機器人沒有安裝那種東西。」

拓也心想，真是奇怪的問題啊！為什麼直樹想知道那種事呢？

「他好像也很閒，會不會在思考什麼防止意外事故發生的方法呢？」田所說完，輕輕拍了一下布魯特斯的機體後離去。

真是奇怪的問題啊——等到田所的身影消失之後，拓也仍然在想這件事。直樹的行動有許多令人百思不得其解之處，他咬著拇指指甲，試著在腦中整理不清楚的問題點。

直樹在計畫謀殺康子時，除了拓也他們之外，還打算利用共犯D。而他對拓也他們隱瞞了D的真實身分。直樹知道直美事件的真相。而他告訴了敏樹證人的存在，直樹平常總是違逆敏樹，當時為什麼協助他呢？

直樹為什麼重新調查意外事故的事呢？而最後——

「他提到人工操作？」拓也睜開眼睛，握緊拳頭，總覺得腦中有什麼炸開了。至今連想都沒想過的想法充斥腦中。對了，這麼一想，所有的謎團都會解開——

10

宗方輕輕清了清嗓子，舔舔嘴唇。「剛才刑警來找過我了。」

敏樹抬起頭來，放下手中的鋼筆，一副洗耳恭聽的姿勢。

「他來確認我在直樹遇害那一天的不在場證明，我那一天去了橫須賀的工廠。」

「晚上和我在一起對吧？」

「是的，但是刑警一副『晚上有不在場證明也沒用』的口吻。看來警方好像認為殺人犯和搬運屍體的人是不同的人。」

「哼，」敏樹伸手拿玻璃製的菸盒，「那些傢伙也絞盡了腦汁啊。」

「畢竟那是他們的工作。」

敏樹等宗方替自己點菸，敏樹討厭有人在他抽第一口菸時跟他說話。宗方確定他吐出白煙後，才開口說：「還有另一件重要的事。」

「什麼事？」

「自從直樹遇害之後，我就和豐橋的山中家聯絡，刑警好像也去了那裡好幾趟。」

「這是當然的吧。」敏樹一臉不悅。

「是啊。警方主要問他少年時期的事，但前一陣子，警方好像有了奇怪的動作。」

「奇怪的動作？」

「是的，據說警方調查了停在山中家舊車庫裡的車。」

「調查車？」

「詳情不清楚，但用來搬運直樹的屍體的聽說就是那裡的車。」

「你說什麼？」敏樹瞪大眼睛。

「也就是說，用來搬運屍體的車，是直樹自己準備的。」

「直樹他自己準備的？這話是什麼意思？」

「我不清楚警方如何看待這件事。不過，我們最好做最壞的打算。」

「最壞的打算……難道有什麼事情不利於我們嗎？」

但是宗方沒有馬上回答這個問題，又清了一下喉嚨。「直樹說想和雨宮康子談她和專任董事之間的事，找她到大阪。他不知道她懷孕的事嗎？」

「我不曉得，或許他知道。」敏樹粗聲粗氣地答道。

「假如他知道的話，說不定會認為雨宮康子是個礙事的女人。」

「喂，」敏樹目光一閃，「你想說什麼？」

宗方提醒自己要不動聲色，繼續說道：「直樹找雨宮康子到大阪，然後他在那之前，事先準備了用來搬運什麼的車。」

「你的意思是，直樹打算殺害康子嗎？然後，他打算搬運她的屍體？」

「我想，八成有共犯。那個人將謀殺雨宮康子的計畫還施彼身，使直樹變成了被害者——」

「胡扯！」敏樹像要制止宗方說下去地吼道，將還挺長的香菸在菸灰缸中捻熄。「怎麼可能有那麼荒謬的事?!」

「這純粹是推理，很可能只是我多慮了。我想姑且對您一說。」宗方離開辦公室前，低頭行了一禮。

然而在他轉身離去前，敏樹出聲說：「等一下，警方察覺到什麼程度了？」

「我不知道。警方應該完全不知道專任董事和雨宮康子的事。但是發現那輛廂型車，應該會認為直樹不是單純的被害者。」

「這下糟了。」敏樹說：「非得想個辦法才行。如果被人認為仁科家的人和殺人計畫扯上關係，會損害MM重工和仁科家千辛萬苦才建立起來的名譽。」

「還有另外一件事。」

「還有什麼事？」敏樹板起面孔。

「從刑警的語氣聽起來，警方好像認為使用豐橋的車的人，是當天在那附近的人。這麼一來，末永就有嫌疑。」

「末永啊……」敏樹偏著頭，目光望著窗外良久，然後以這個姿勢指示宗方：「沒辦法，捨棄那個男人吧。別再讓他和星子有任何往來。」

「遵命。」宗方再度鞠躬。

「一切都得從頭來過了，還得思考接班人的事。」敏樹深深嘆息。

「您最好也考慮一下領養橫濱的孩子的事。」

「嗯，是啊，這也好。那孩子今年讀國中一年級。前一陣子跟他見了一面，長得挺俊俏的。」敏樹對宗方說：「你去給我準備好。」

II

悟郎雙手抱著枕頭，將臉埋在其中面向一旁，背部劇烈起伏。弓繪將手搭在他肩上，他之所以大汗淋漓，大概是因為使出渾身解數的緣故。他的身體燥熱，簡直像要將汗水蒸發成水蒸氣。

「沒關係，」弓繪對著悟郎的背部說：「這種事情也常有啊。」

但是他不發一語，也沒有改變姿勢。弓繪稍微移動身體，將臉頰貼在他背上。弓繪聞到淡淡的機油味。他應該剛才沖過澡，但或許是他高中畢業之後就一直與機械為伍，所以這股味道滲入了皮膚之中。

悟郎說了什麼。但是他仍將嘴巴靠在枕頭上，聲音悶悶的聽不清楚。「咦？你說什麼？」弓繪稍微抬起頭。

「抱歉，」他將臉從枕頭移開，「讓妳見笑了。」

「我才不會笑你呢。」弓繪說：「我從幾本書上看過，這種事情經常發生。轉換心情就沒事了，所以你別放在心上。」

悟郎離開枕頭，用手抱住自己的頭，然後將頭髮抓得亂七八糟。

「抱歉。」他又呢喃了一次。

「別再道歉了。」弓繪吻了他的背，然後緩緩閉上眼。

今晚吃完飯之後，他提議上賓館，弓繪抬頭看了他一眼。

「算了。」他搓著人中，「我亂說話了，對不起。」

弓繪將視線落在桌上考慮。她總覺得這需要一點決心，但透過肌膚之親讓兩人重新出發也好。所以她回答：「好啊。」

悟郎好像停止了呼吸。接著他緩緩吐氣，問她：「可以嗎？」

弓繪點點頭。

然而對他們而言的重新出發，卻不能說是一帆風順。因為寬衣解帶、鑽進被窩之後，悟郎的下體一直硬不起來。他氣喘吁吁地吸吮弓繪的頸項，揉捏小巧的乳房，觸碰她的私處。但即使如此，他的下體仍處於委靡不振、無法性交的狀態。弓繪把心一橫，主動伸出手指，摸到悟郎的下體像少年的那裡一樣小，有如棉花糖般柔軟。她碰的時候，悟郎有些反應。所以悟郎好像也抱持期待，但是馬上就恢復了原狀。他或許是做到一半放棄了，以口愛撫弓繪。

「不用了。」她說。因為她不想讓這一晚以單方面服務的形式畫下句點。

或許是「不用了」這句話傷了他的心。他突然抓住枕頭，將臉面向一旁。

「我問妳……」悟郎說。

弓繪睜開眼睛，「什麼事？」

「勇二……沒有發生過這種事吧？」

弓繪沉默不語。

於是悟郎又說了一句：「抱歉。我沒有意思要提起他，我到底是怎麼了——」

「只有一次，」弓繪一說，悟郎的肩膀抖動了一下。「第一次的時候。他在那之前明明一臉自信滿滿，但是事到臨頭卻不行。當時我們倆也是躺在賓館床上，赤裸著身子抱在一起，直到早上……然後到了早上，他就可以了。」

「到了早上……啊。」

「是啊，所以像這樣抱著睡一下，一定沒問題的。」

「但是，我沒辦法睡到早上。」悟郎將身體轉向弓繪。他的雙眼充血，紅通通的。「我半夜有事得去實驗室一趟。」

「半夜？非去不可嗎？」

「嗯，」悟郎點點頭，「非去不可。」

「是喔。」

「但是還有一點時間。我決定在那之前像這樣抱著妳。」悟郎的手臂環過弓繪的脖子和肩膀。她將臉埋進他的胸膛，輕輕閉上眼睛。

12

晚上十點，佐山和新堂在豐橋。因為接獲通知指出，十一月十一日早上，也就是仁科直樹遇害的隔天早上，有男乘客從豐橋車站搭計程車到名古屋。那家計程車公司的名稱是豐北交通。佐山他們在辦公室裡，等待載那名問題男乘客的司機回來，聽說那名司機現在前往渥美半島。

「他還記得嗎？畢竟是將近一個月前的事了。」新堂將手伸到圓形暖爐上方，一臉惴惴不安的表情。

「只能祈禱了。這一行的人見過不少客人，記憶力不可小覷，十分值得期待。」

「是啊，我也來祈禱好了。」新堂說完，又問道：「從豐橋車站到名古屋……會是末永嗎？」

「我想是他，除了他沒別人了。」

坦白說，佐山將破案關鍵賭在這名計程車司機身上了。因為警方查出山中木材加工的廂型車被用來搬運屍體，到這裡為止事情進行得還算順利，但是之後的調查就一直碰壁。特別是直接下手殺害直樹的人是誰呢？——關於這點毫無線索。佐山重新調查了相關人士的不在場證明，但是一無所獲。最重要的是，連應該將相關人士的範圍拉到多廣都無從推斷。

說不定犯人完全在調查範圍外——仁科一家子的關係勢同水火、雨宮康子懷孕、直樹的身世，除此之外說不定還有什麼未爆彈。

佐山心想，一切要等末永被逼到走投無路之後再展開行動。

「好像起風了。」新堂搓著手說。紙屑在窗玻璃外飛舞，每當司機們開關辦公室的門，就有冷風吹過腳邊。

「明明都十二月了，光穿薄西裝外套應該會冷，這種時候用不著強調你很年輕吧。」佐山看著弓著背發抖的新堂，面露苦笑，自己穿上帶在身邊的大衣。

「我不是愛漂亮而穿得少，只是沒錢買大衣。等這次的案件解決之後，再去二手衣店添購行頭好了。」說完，新堂打了一個大噴嚏。

或許是聽見他們的對話，計程車公司的行政人員說：「很冷吧。」拿出防寒衣物給新堂。那是一件咖啡色夾克，領口的地方有毛，雖然稱不上時尚，但看起來的確很暖和。

「太好了，有了這個就能慢慢等了。」新堂攏緊防寒外套的前襟，像尊不倒翁似的變得圓滾滾，露出一口白牙。

「糟蹋了谷口小組的帥哥。」

「隨便你怎麼說，要是著涼感冒，豈非得不償失。」

「你這樣穿，好像五十多歲的大叔。」

佐山笑道，但旋即斂起笑容。因為他從新堂的打扮和自己剛才的話，聯想到了一件事。

「喂，新堂。買鋼筆的客人那件事查得怎麼樣了？」
「不怎麼樣。自從那之後大概就沒有像樣的線索了。」
「證人說是戴金框眼鏡、穿夾克的中年男子是吧？」
「嗯。」
「另一邊怎麼樣？在八王子買鋼筆的年輕男子那邊。」
「那邊的可能性很低，應該沒有詳細調查吧。你為什麼突然提起這種事呢？」
「嗯……」佐山看著窗外的景色沉思良久，然後說：「那兩個人會不會是同一個人呢？」
「同一個人？穿夾克的男人和戴安全帽的年輕男子？」
「有件事我有點在意。」佐山說：「如果按照現階段的想法，有三人共謀殺害直樹、搬運屍體。假設橋本遇害是同夥意見不合的結果，犯人是否必須殺掉另一名同夥呢？這麼一來，犯人就有可能準備兩枝餵毒的鋼筆，分別寄到兩個人手上。而結果，只有橋本一個人死了。」
「經你這麼一說，穿夾克的男人買了兩瓶藍色墨水對吧？犯人說不定是擔心在一家店買兩枝鋼筆，會令店裡的人留下印象。」
「高中一年級的女孩子之所以將穿夾克的男人形容成歐吉桑，單純只是基於衣服和眼鏡的品味，對方說不定是年輕男子。」
「你的意思是，他喬裝打扮嗎？」
新堂一臉有些想不透的表情，但馬上小聲地驚呼出聲。「佐山先生，夾克說不定是MM重工的工作服，而金框眼鏡則是用於製造現場的護目眼鏡。」

佐山不禁深吸一口氣，然後在吐氣的同時說：「年輕作業員啊。」

「是啊！如果是作業員的話，說不定就能進入熱處理工廠的倉庫，拿出氫酸鉀。」

佐山輕輕拍了自己的膝蓋一下，但是目前沒有想出和這項推理吻合的對象。明天起必須鎖定直樹身邊的年輕作業員。

「事情變得有趣了。」佐山感覺心中湧起了新的鬥志。

晚上十點四十分，他們等的人終於回來了。

是一個名叫河田、年逾四十的男人。他留著平頭，表情僵硬，就像木雕人偶，感覺是所謂個性豪邁的男人。

佐山覺得他很靠得住。

河田喝了一杯熱茶，然後來到佐山他們身邊。

新堂首先確認內容：「命案發生那一天，有記錄你載過那種客人，你有沒有印象？」

河田說：「有。」

「那一天對吧？我記得啊。我在豐橋的車站前打盹兒。那種時間，很少會有客人。他突然拍打擋風玻璃叫我起床，嚇了我一跳。」

「聽說他去了名古屋是嗎？」新堂問。

「是的，他說要到車站，我想他應該是要搭一大早從名古屋發車的電車吧。」

「你們在車上有交談嗎？」

「不，我想是沒有。」

「我聽說是個年輕男子。」

「他是比我年輕，但不至於是學生。」

這時，佐山對新堂使眼色。新堂以眼神表示會意，問道：「你記得那個客人的長相嗎？」

司機低吟道：「不曉得，我沒有自信。」

「你看照片想得起來嗎？」

「說不定想得起來，但是很難說。」

新堂將手伸進防寒外套下的西裝外套，拿出一疊照片。那是各種男人的照片。新堂一一拿給河田看，說：「如果有印象的話，請告訴我。」

河田第一個喊停的是警視廳調查一課的菜鳥刑警的照片，接著是沒沒無名的藝人，最後他有反應的是末永的照片。佐山內心雀躍，高呼萬歲。

「我覺得好像是這個男人。」河田拿著末永的照片，喃喃自語：「不過……我不敢斷定。」

佐山希望他能斷定，但或許這是個無理的要求。但光是如此，就能說是有了重大收穫。

「那個客人有沒有什麼特徵呢？」新堂收好照片後問道。

「特徵啊……」河田偏著頭，說：「啊，對了，我忘了一件重要的事。」

「什麼事？」

「傷痕，在這一帶。」河田給刑警們看自己的左耳，他的耳下有縫過的痕跡。「我年輕的時候車禍受傷的。而那個客人啊，和我相反，右耳後面有傷痕。大約兩公分左右吧。他下車的時候，我不經意看見的。我記得我當時心想：咦？跟我相反耶。」

13

當拓也將保時捷停在公寓前時，星子驚呼一聲「哎呀」，摸了摸他的右耳。他一面將腳放開煞車踏板，一面問她：「怎麼了？」

「你這種地方居然有傷痕，我都沒注意到。」

「噢，」他用頭髮蓋住。「我平常用頭髮遮住，一剪頭髮就會露出來。」

「那是怎麼弄的？當壞孩子時留下的勳章？」

「嗯，可以這麼說。」拓也想起了受這個傷時的事。陰暗狹窄的家、骯髒的衣服——這是被酒醉的父親撞倒，撞到柱子時受的傷。人人並非生而平等，從一出生就有階級之分，而我身在最底層，像我這種低賤的人想要爬上頂層。

為了達到這個目標，我不惜殺人——拓也吻了星子的嘴唇後，下了保時捷。星子移動到駕駛座，揮手向他道別。他也揮揮手，站在原地直到看不見車影為止。但是後來他沒有回家，而是前往自己的停車場，然後坐進MR II。他發動引擎，開上剛才保時捷消失的路。

弓繪一覺醒來，發現床鋪旁邊沒有人。她坐起身子，叫喚道：「悟郎。」但是無人回應。她一絲不掛地下床。一旁的茶几上放著一個白色信封；正面寫著：「抱歉，悟郎。」弓繪忐忑不安地打開信封，裡面有三張寫滿字的信紙。她看完第一張後不久，激動地開始哭喊。

這一晚，ＭＭ重工的實驗大樓裡，沒有其他人在工作。當然，拓也是知道這一點，才選擇這個地點的。三樓是機器人專用的實驗室，拓也白天事先拿走了這裡的鑰匙。他走進室內打開主電源，日光燈點亮時開始響起地鳴般的聲音。拓也走到布魯特斯身旁，打開這名忠實家臣的電源，試著移動它的手臂，它的動作猶如鞭子般迅速。身旁響起腳步聲，拓也拿著布魯特斯的控制器，望向一旁。眼前站著酒井悟郎。

「嗨，」拓也朗聲道：「你來得正好。」

悟郎默不作聲，一動也不動，定定地盯著拓也的臉。

「要不要過來這邊坐？」拓也指著一旁的椅子。

但是悟郎好像不想靠近他，倒是開口說：「找我來有什麼事？」

「有什麼事啊？」拓也說完，放下控制器。「首先，我想跟你確認事實。如果我有說錯的話，希望你指正。」

悟郎稍微縮起下巴，彷彿在說：請說。

「那就開始吧。首先，就從你犯下的第一起罪行開始說起。你殺害了高島勇二。對吧？」

悟郎霎時垂下目光。但或許是他堅決不那麼做，馬上正面對著拓也說：「嗯，沒錯。」

弓繪趕緊穿上衣服。穿衣服時，淚水不停奪眶而出。但是她心想，得趕快才行。她不希望一切以這種形式收場。「我殺了勇二——」

她想起悟郎信中的一句話。弓繪的內心隨這句話徹底崩潰。

……我一直很喜歡妳。很久以前，我就喜歡上妳了。但是我進公司遇見了勇二，帶他回群馬的老家之後，我的夢想一點一點地幻滅了。因為妳和他墜入了情網。妳之所以進現在這家公司，也是因為想待在他身旁吧。但是愚蠢的我卻沒有發現這件事，一個人歡天喜地。我竟然還笨到約妳。不久之後，我才明白一切。我是聽勇二親口說的，他說他打算和妳結婚。

弓繪如今也清楚地記得當時的事。當時是她人生中最快樂的時光。正因如此，勇二的死是她在那之前從未經歷過的悲慘經驗。

我恨勇二，還有另外一個理由。妳也知道，我和他日夜交班，負責檢查全自動工廠的工作。每一天只面對機器人。這份工作簡直不是人幹的。當然，我和他都希望調部門。但是就我得到的消息，上級只接受了他的申請。理由是高島最近即將成婚。不用說，勇二得到了妳這個天使，也確定能過像人過的生活。而我什麼也得不到，注定得繼續過和不知何時會壽終正寢的機器人為伍的生活。於是我開始心想：勇二死了最好。

弓繪離開賓館，攔了一輛計程車，告訴司機：去MM重工。計程車司機沒有回應，驅車前進。

她祈禱：一定要趕上。

不過我之所以殺害他，或許不只是基於這種嫉妒。坦白說，我沒有自信自己當時的精神是否正常。每天只面對機器人的男人，到底是誰呢？而我就像個夢遊患者，殺了勇二。

「當高島勇二在巡視時，你偷偷接近停止機器人。而當高島想補充零件時，你再度啟動機器人殺了他──是這樣沒錯吧？」

悟郎悶不吭聲，拓也將之解釋為他默認了。

「動機是那個女孩子嗎？嗯，她長得挺可愛的。當我釘上你、跟蹤你的時候，看見你在跟她約會，嚇了一跳。當下，我就確定自己的推理是正確的了。」

即使如此，悟郎還是不發一語。拓也接著說：「但是有人知道這件事，那個人就是仁科直樹，他親眼目睹了嗎？」

「在我要離開工廠的時候，」悟郎這時開口說：「那個人碰巧來巡視深夜的運作情形。」

「原來如此，你運氣還真背啊！」

拓也先是這麼說，然後改口道：「哎呀，或許幸好是被他看見。畢竟他對你下了完全不同的指示。他要你做偽證，說機器人白天也同樣發生了不按指令動作的情形，你只好乖乖按他的話做。」

拓也心想，我對直樹的想法瞭若指掌。他憎恨他父親的一切。因此，他想透過機器人不按指令動作一事，折磨仁科敏樹。

「直樹還進一步對你祭出了鞭子與胡蘿蔔。鞭子是服從他的命令，胡蘿蔔是調部門。仁科直樹為了更容易控制你，將中森弓繪調到自己身邊。話雖如此，據她所說，直樹心裡好像多少對她感到愧疚。對了，仁科直樹是不是對你下了很多命令？」
但是悟郎搖搖頭。「結果只有一個。」
「他只命令你殺害雨宮康子。」拓也說：「但是你必須更狡猾一點。你想想看。關於你殺害高島這件事，是以意外事故的形式收場，你只要別理會仁科的命令就好了。」
「可是如果他告訴警方的話……」
「你只要打死不認就好了，他手上毫無證據。告訴你一個好消息吧，其實仁科直樹也發現自己手上沒有證據，所以他才會徹底調查那起意外事故。為的是找出證據，但是應該沒有那種東西。」
悟郎露出懊悔的表情，但旋即又恢復原本的面無表情。
拓也見狀，說：「我想知道仁科直樹對你下令的詳細情形。」
「詳細情形？」悟郎皺起眉頭。
「沒錯，我看了你的打卡單，你那天提早下班，中午過後就結束工作了。仁科大概也考慮到這一點，而選擇那一天作為執行計畫的日子吧。你離開公司之後馬上前往大阪對吧？」
悟郎點點頭。「新大阪車站前的停車場裡，停著一輛車身漆著山中木材加工的廂型車。車鑰匙用螺絲釘固定在後保險桿上。仁科直樹指示我——你確認這一點之後，在五點之前前往地下樓層的咖啡店。康子在那裡等我，所以你假裝是替我跑腿的人，讓她坐上廂型車，載她到沒有人看見的地方殺了她。然後開上名神高速公路，將廂型車丟棄在名古屋交流道附近的空地。」
「空地？」拓也問道，「而不是停車場？」
「是的。」悟郎答道。

拓也心想，這是怎麼一回事呢？這和約定好的中間點不一樣。他感到不可思議，說：「但是你沒有按他的話做。你認為既然要殺人，不如殺了手中握有你的把柄的仁科？」

悟郎默默點頭。

「你在哪裡下手的？」

「他指示我丟棄廂型車的地方。當我蓋著藍色毛毯等他的時候，他就來了。他好像以為我是屍體。我等他坐上駕駛座後，從背後襲擊他，用手中的尼龍繩勒死了他。」

原來是這麼回事，拓也想通了。直樹打算讓悟郎將康子的屍體搬運到名古屋交流道附近，自己再悠悠哉哉地搭新幹線之類的交通工具前往，然後將廂型車開到和拓也約好的地點。其實他原本大概想讓悟郎直接將屍體搬運到和拓也約好的中間點，但或許是害怕兩人見到面時會出什麼意外。

直樹八成打算搭新幹線回大阪後，在十點左右事先製造好自己的不在場證明。若按照直樹告訴拓也他們的計畫，他的空白時間是六點到十一點，但實際上卻縮短為六點到十點。如此一來，萬一拓也或橋本被警方逮捕而供出計畫時，直樹就能主張這件事與自己無關。而直樹為了製造這種狀況，當時才會用撲克牌魔術吧。

「那，你殺害仁科直樹之後，發現了我們的連署書嗎？」

「除了那個之外，還有畫著他和你交接廂型車地點的地圖。坦白說，我嚇了一跳。我沒想到殺人計畫中，還有其他兩名同夥。」

「於是你姑且將廂型車開到地圖上的地點是嗎？」

「因為除此之外，我想不出其他方法。」

「你把我害得好慘。」拓也緩緩站了起來。事實和他的推理沒有太大出入，聽了這麼多，剩下的就沒問題了。「殺害橋本的人當然也是你。你看了那份連署書，認為我們也知道了你的秘密吧。」

「我做了對不起橋本先生的事，」悟郎說：「但是他也想殺了人，這也是命中注定的吧。」

「或許吧。」拓也話說完時，悟郎舉起角鋼。

弓繪下了計程車，衝進大門。這種時間不可能有女員工來，但是守衛沒有叫住她。實驗室……他說要去實驗室——弓繪只負責行政業務，從沒去過實驗大樓。她像隻無頭蒼蠅，到處亂竄。

當時，我失去理智了。令我失去理智的，是那群在建築物樓上製造機器人偶爾沾沾自喜的人。弓繪，妳說得沒錯。那些人瘋了。我看見那個叫做末永的研究人員，用臉頰磨蹭機器人。被這些瘋子連累，我的人生也毀了。

找他到這裡來，乘機用布魯特斯殺了他——這就是拓也的計畫。然後拓也會做偽證——我請他來幫我做實驗，他趁我不注意的時候亂動機器人。但現在不是說這種話的時候了。悟郎揮舞角鋼，擊中了拓也的大腿，令他痛得站不起來。悟郎又瞄準拓也的頭部，將鐵條往下一劈。拓也勉強閃過，角鋼打中某種測量儀器，隨著一聲悶聲，許多零件飛散一地。

「如果殺了我，你就再也逃不掉囉！」拓也上氣不接下氣地說，右腳感到劇痛，只憑雙臂和左腿逃命。

「我知道。」悟郎說：「我沒有打算逃，我只想殺了你而已。」

悟郎繼續發動攻擊。然而拓也這次很走運。悟郎揮舞的角鋼在擊中拓也之前，打中了一旁的機器人機體。「砰」地一聲，角鋼朝反方向飛去。接著悟郎似乎感到肩膀一陣劇痛，當場單膝跪地。

拓也見機撲了上去，用雙手勒住他的脖子。但是悟郎擠出吃奶的力氣，用右腿踹了拓也的腹部一腳。拓也承受不了這一擊，被踢到後方。那一瞬間，一支大型扳手映入眼簾。拓也二話不說一把抓起，幾乎和悟郎攻過來同時間。

拓也忘我地揮舞扳手，頂端準確地命中了悟郎的額頭，他的眉間破了一個大洞。他用雙手摀住臉，殷紅的鮮血從指縫間淌下，然後當場蹲了下來。

拓也對著他的後腦勺又補了一下，悟郎發出野獸般的哀號。

弓繪費了好一番工夫，才找到實驗大樓的門口。到處都上了鎖，無法進去。總算找到大門，弓繪首先前往電梯處。但她不曉得悟郎在哪一樓。她一面衝上樓梯，一面叫他的名字。他不在二樓。

二樓一片漆黑。於是她爬上三樓。她看見實驗室裡燈火通明。走進實驗室之前，她呼喊悟郎的名字。弓繪覺得有什麼聲音，往內側前進。機器人一字排開，簡直像是一座巨大的墳場。個頭嬌小的她，無法完全看見前方。繼續往內側走去時，她嚇得倒抽了一口氣。她看見有人倒在那裡，花了兩、三秒鐘，才發現那是悟郎。鮮血四濺，他俯臥在一片血泊之中。

「悟郎！」弓繪衝過去。

但是同時從一旁的機器人後面，出現另一名男子。在她尖叫的同時，男人用力抓住了她的手腕。她心驚膽戰地看了男人一眼。他是個表情扭曲的陌生男子。不，在哪裡見過他。最近見過和這個男人神似的男人——男人將手搭上她的脖子。弓繪心想，自己要被殺了。

拓也掐著女人纖細的脖子，心想，我到底在做什麼呢？明明一切都順利地按照計畫進行，自己現在卻在做無可挽回的事。殺了酒井悟郎之後，現在還想殺這個女人。

拓也在心中低喃，一定是哪裡出了錯。自己肯定是在作惡夢。到了明天，一切都會一如往常，未來在等著我。我將能到達那個誰曾說過的陽光普照的世界。

這個女人是誰？我在做什麼？我為什麼掐著她的脖子？

下一秒鐘，拓也的脖子受到一陣劇烈的衝擊。作用力使得他放開弓繪的脖子。獲得自由的弓繪，弓著背用力咳嗽。

拓也回頭一看。在此同時，脖子感覺到冰冷的刺激感。是布魯特斯，布魯特斯的手抓著他的脖子。他看見悟郎趴在地上操作控制器的身影。

「布魯特斯，你在幹什麼……」當他低喃時，黑色的金屬手指無聲地動了起來。感覺脖子受到壓迫，只是一剎那的事。

眼前閃過一道光，繼而消失。

謎人俱樂部

歡迎加入**謎人俱樂部**！為了感謝您對皇冠出版的推理、驚悚小說的支持，我們特別規劃推出讀者回饋活動，您只要按照規定數量蒐集每本書書封後摺口上的印花（影印無效），貼在書內所附的專用兌換回函卡上，並詳填個人資料後寄回，便可免費兌換謎人俱樂部的專屬贈品！詳細辦法請參見【謎人俱樂部】活動官網。

【謎人俱樂部】臉書粉絲團
www.facebook.com/mimibearclub

□集滿4個印花贈品（二款任選其一）：

A：【推理謎】LOGO皮質燙銀典藏書套一個
（黑色，25開本適用，限量1000個）

B：【推理謎】吉祥物『獨角獸』圖案皮質燙金典藏書套一個
（咖啡色，25開本適用，限量1000個）

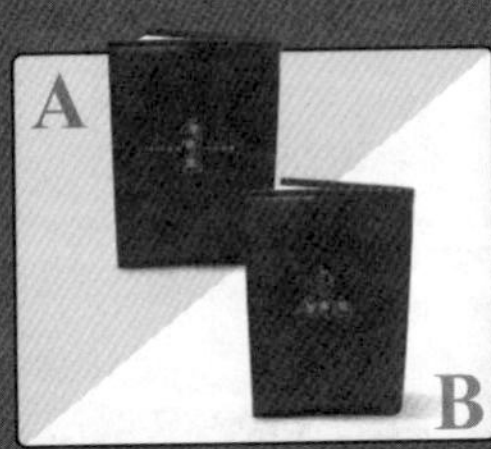

□集滿8個印花贈品（二款任選其一）：

C：【推理謎】LOGO皮質燙金證件名片夾一個
（紅色，11.5cm x 8.6cm，限量500個）

D：【推理謎】吉祥物『獨角獸』圖案環保購物袋一個
（米色，不織布材質，41.5cm x 38.6cm，限量1000個）

□集滿12個印花贈品（二款任選其一）：

E：【推理謎】LOGO不鏽鋼繩鑰匙圈一個
（限量500個）

F：【推理謎】吉祥物『獨角獸』圖案馬克杯一個
（白色，320cc容量，限量500個）

謎人俱樂部會不定期推出最新限量贈品提供兌換，
請密切注意活動官網和粉絲專頁。

【注意事項】

◎本活動僅限台灣地區讀者參加。

◎贈品兌換期限自即日起至2019年12月31日止（以郵戳為憑）。

◎贈品圖片僅供參考，所有贈品應以實物為準。

◎所有贈品數量有限，送完為止。如讀者欲兌換的贈品已送完，皇冠文化集團有權直接改換其他贈品，不另徵求同意和通知。贈品存量將定期在【謎人俱樂部】活動官網上公佈，請讀者在兌換前先行查閱或直接致電：（02）27168888分機114、303讀者服務部確認。

◎皇冠文化集團保留修改或取消謎人俱樂部活動辦法的權利。辦法如有更動，將隨時在【謎人俱樂部】活動官網上公佈。

國家圖書館出版品預行編目資料

布魯特斯的心臟 / 東野圭吾著；張智淵譯. -- 初版.
-- 臺北市：皇冠, 2010. 02　面；公分. --
(皇冠叢書；第3941種　東野圭吾作品集；05)
譯自：ブルータスの心臟
ISBN 978-957-33-2624-3(平裝)

861.57　　99000436

皇冠叢書第3941種
東野圭吾作品集 05

布魯特斯的心臟

ブルータスの心臓

作　　者—東野圭吾
譯　　者—張智淵
發 行 人—平雲
出版發行—皇冠文化出版有限公司
台北市敦化北路120巷50號
電話◎02-27168888
郵撥帳號◎15261516號
皇冠出版社(香港)有限公司
香港上環文咸東街50號寶恒商業中心
23樓2301-3室
電話◎2529-1778　傳真◎2527-0904
印　　務—林佳燕
校　　對—黃素芬・邱薇靜・孟繁珍
著作完成日期—1989年
初版一刷日期—2010年02月
初版五刷日期—2018年03月
法律顧問—王惠光律師

讀者服務傳真專線◎02-27150507
電腦編號◎527002
ISBN◎978-957-33-2624-3
Printed in Taiwan
本書定價◎新台幣260元/港幣87元

謎人俱樂部贈品兌換卡

我要選擇以下贈品（須符合印花數量）：□A □B □C □D □E □F

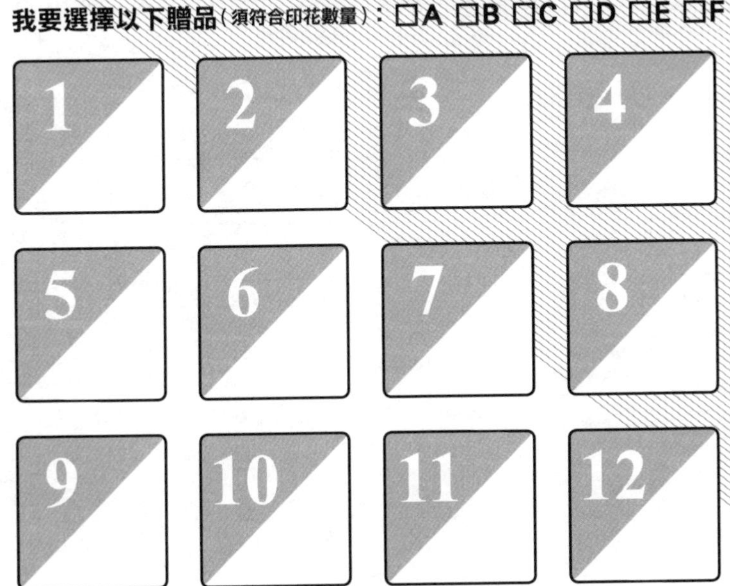

請沿虛線剪開、對摺、黏貼後寄出。

【個人資料蒐集、利用及處理同意條款】

您所填寫的個人資料，依個人資料保護法之規定，皇冠文化集團將對您的個人資料予以保密，並採取必要之安全措施以免資料外洩。您對於您的個人資料可隨時查詢、補充、更正，並得要求將您的個人資料刪除或停止使用。

本人同意皇冠文化集團得使用以下本人之個人資料建立該集團旗下各事業單位之讀者資料庫，做為寄送出版或活動相關資訊、相關廣告，以及與本人連繫之用。本人並同意皇冠文化集團可依據本人之個人資料做成讀者統計資料，在不涉及揭露本人之個人資料下，皇冠文化集團可就該統計資料進行合法地使用以及公布。

□同意　　□不同意

我的基本資料

姓名：________________

出生：________ 年 ________ 月 ________ 日　　性別：□男 □女

職業：□學生 □軍公教 □工 □商 □服務業

□家管 □自由業 □其他 ________________

地址：□□□□□ ________________

電話：（家）________________（公司）________________

手機：________________

e-mail：________________

◎請沿虛線剪開、對摺、裝訂後寄回。

我對【東野圭吾作品集】系列的建議：

寄件人：

地址：□□□□□

北區郵政管理局登
記證北台字1648號
免 貼 郵 票
〔限國內讀者使用〕

10547
台北市敦化北路120巷50號
皇冠文化出版有限公司 收